【鹤舞云台系列丛书】

临安的钟声（上）

博言 著
BO YAN

辽宁人民出版社

© 博言　2024

图书在版编目（CIP）数据

临安的钟声 / 博言著 . —沈阳：辽宁人民出版社，2024.1
 ISBN 978-7-205-10790-1

　Ⅰ.①临… Ⅱ.①博… Ⅲ.①历史小说—中国—当代 Ⅳ.① I247.5

中国国家版本馆 CIP 数据核字（2023）第 125674 号

出版发行：辽宁人民出版社
　　　地　址：沈阳市和平区十一纬路 25 号　邮编：110003
　　　电　话：024-23284191（发行部）　024-23284304（办公室）
　　　http：//www.lnpph.com.cn
印　　刷：北京长宁印刷有限公司天津分公司
幅面尺寸：165mm×235mm
印　　张：34.5
字　　数：520 千字
出版时间：2024 年 1 月第 1 版
印刷时间：2024 年 1 月第 1 次印刷
责任编辑：赵维宁　段　琼
封面设计：乐　翁
版式设计：一诺设计
责任校对：冯　莹
书　　号：ISBN 978-7-205-10790-1
定　　价：99.80 元（上、下册）

序

南宋绍定五年,早春的一天,一艘硕大的商船正在钱塘江上向东行驶。这船随着江流驶向大海,江面微有波澜。经过王盘山以南时天色阴沉,远处海面灰茫,似乎将有大雨来临。水面上逐渐起了波浪,晃动着船身。

楼船上坐着一个男子,此人须发斑白,面色十分凝重,不停地抚着胡须。他注视着远去的江岸,轻轻叹了一口气。身旁站着一个管家,见他心事重重,便劝慰道:"宗主,现在风向是北风,出了江口借着风只需半天工夫,就可以到达象山那里,宗主您不用担心了。"

这位"宗主"就是白云宗的掌舵人莫彬。几天前,他突然接到兄长户部尚书莫泽紧急派人递来的字条,上面只写了两个字:"速去"。仓促之间,他躲进了临浦钱塘江码头上自家的大船,然后派人四处打探消息。

随后两天,各种坏消息如雪片般飞至。先是堂兄莫泽被皇帝下旨罢官入狱,随后自己以及兄长的近百处田产、房屋,被如狼似虎的差役查没、封禁。因为早有准备,房屋里已经是空空如也,自己并不是很肉痛。但揪心的是,还有一批巨额的钱财无法全部运走,现在都由心腹梁光看管着。

早就派了人通知梁光来跟自己会合,为什么都过去两天了,他还没有赶来?难道他也被抓了?莫彬心里忐忑不安。

听管家说很快就能到达象山,看来梁光肯定是追不上自己了。莫彬便问管家道:"你能确定梁光收到消息了吗?"

"宗主放心，肯定收到了。"

"那他会不会出事了？"

管家犹豫了一下："宗主，我有一句话不知当说不当说？"

"你说。"

"梁光很可能叛变了，又或者，他本来就是一个奸细！"

这后一句话犹如当头一棒，莫彬的心陡然一颤。

自己以前不是没有怀疑过梁光，但这个年轻人才能出众，是一个不可多得的助手。难道当初梁光投向自己就是一个骗局吗？但他一直以来的表现，并无十分可疑之处。如果不是梁光在最后关头消失了，自己仍然不会对他有什么怀疑。倘若他真的是别人派来的卧底，那会是谁派来的呢？又或者其实是梁光自己另有图谋吗？

这一连串问题让莫彬疑神疑鬼，心神不宁。

莫彬摇了摇头。梁光是自己看中的人，当初是自己主动去找的梁成大，才将这个年轻人请来帮自己做事。

除非，这根本就是布下的一个局，有人故意给梁光机会施展才华，吸引了自己对他的注意。而梁光恰好又仕途不顺，一切都顺理成章的，他就被自己聘到身边做事了。

突然，犹如醍醐灌顶一般，莫彬顿时脸色苍白。如果真是这样，有能力布下这样一个局的人，非宰相史弥远不可。极有可能就是他在背后操控，安排梁光在身边盯着自己。想到这里，莫彬的手接连颤抖了几下，脑门冒出了冷汗。

事实上，莫彬的这个猜想分毫不差，梁光正是史弥远精心布在他身边的一枚棋子。

此刻，梁光隐秘地来到宰相府里，向史弥远汇报莫彬的行踪。

史弥远沉着脸问："莫彬是怎么失踪的？你为什么没有看住他？"

梁光有些惶恐，躬身回答："莫彬为何突然逃匿，下官实在不知详情。的确是属下失职，难辞其咎。"说完，偷眼看了看史弥远。

史弥远面无表情，手轻摆了一下，示意他继续说下去。

"等下官得到通知的时候，已经是一天以后。想来是他们实在等不及，就仓皇出逃了。"

这时，一旁的管家万昕，面带狐疑地上下打量着梁光。梁光也注意到了他，略有尴尬地冲万昕点了点头。

史弥远盘算着，从莫泽被抓、贤良寺被抄，到莫彬出逃，时间的确可以对上，可是这期间梁光在干什么呢？史弥远想了一下，吩咐道："你亲自带人，去一趟他在会稽山的老家，一旦发现莫彬，立即拿下。"

"是，丞相。"

"还有，万一他不去会稽山，你认为他可能会逃到哪里？"

"一定是金国。"

"去找那个王世安吗？"

"极有可能。"

"可王世安已经被国用安抓了，莫彬会不知道吗？"

"回丞相，现在只有金国才能给他庇护了。虽然莫彬从未讲过，但下官判断，他跟别的金国高官还有不少联络。王世安跟那些人比，只是一个小角色。"

史弥远想了一下吩咐道："缉拿莫彬的通告已经发往各地，陆路关卡众多，他是逃不掉的。只有水路还有可能，你马上带人走海路去抓他，分作两拨，一拨向南去会稽山，另一拨沿海岸线向北搜寻。"

"丞相放心。"说完，梁光办差去了。

看着梁光的身影，万昕说道："相爷，他在撒谎，他应该能在第一时间知道莫彬的行踪。"

可史弥远好像入定了一般，毫无表情地沉默了一会儿，回答说："就让他去，看看他究竟要干些什么……"

此时莫彬的大船依然向东航行，他一路沉思不语，管家也不敢去打扰他。

前面海鸟成群翻飞，有几个岛屿的轮廓豁然跃入了眼帘。管家报告说："宗主，我们就要到普陀了，要不要停船，上岸休息一阵？"

莫彬抬起头眺望，远处的海岛越来越清晰。恍惚间，他似乎看见了岛上的寺院，还有那些佛塔的尖顶，甚至还听到了僧侣敲钟的声音。

他突然深吸了一口气，吩咐管家通知水手改变航向，向北驶离这片海域。

管家很是惊讶，但没有问他为什么，转身下去通知了部下。过了一会儿，大船开始转向。管家上来时，两个跟随莫彬多年的贴身护卫一起过来了。

这二人是兄弟，名叫完颜律和完颜忽。完颜律问莫彬道："宗主，我们现在要去哪里？"

莫彬背着手，眺望着北方，幽幽地回答道："去燕京。"

二人非常惊讶，但他们都出生在燕京，一听莫彬说去自己的家乡，都是惊喜交加。完颜律兴奋地说："这真是太好了。不知宗主为什么要改变计划？"

莫彬看着他们，问道："你们兄弟二人跟着我，快有20年了吧？"

完颜忽点头："是的。"

莫彬轻叹了一口气："你们刚来大宋那时，都是青年壮勇之士。看看现在，你们的两鬓都有些白了。"

完颜兄弟听他这样说，以为莫彬嫌弃他们勇力不及当年了，完颜忽立即将上衣褪去，露出雄健的肌肉："宗主，只要有我们兄弟在，就绝不会让人伤到您分毫！"

莫彬看着他臂膀上的黑虎纹身，微笑着回答："衣不如新，人不如故！穿起来吧。我绝不是嫌弃你们。来，都坐下来说话。"说完，示意管家跟二人一起坐下。

莫彬打开一张金国的故旧地图，目光盯着中都。中都大兴府，曾经是大金国的国都，如今被蒙古占领将近20年了。

他用手指点了点中都说:"我们就去这里。"

三人看着地图,都非常困惑。完颜律问:"宗主,我们去中都干什么?"

"会稽山我们是肯定不能去了。如果我没猜错,那里应该已经到处都是抓我们的衙役。"

"那为什么不去金国呢?"

莫彬摇了摇头:"大金国已经没落,朝不保夕。更何况金主并没有取消当年对你们二人的缉捕,我不能置你们于险境。"

15年前,完颜兄弟受金国丞相术虎高琪派遣,到莫彬的身边效力。术虎高琪被金主杀死后,他所有的亲随也都被诛杀殆尽。完颜兄弟无家可归,从此死心塌地跟着莫彬。今天听说要去家乡燕京,两人都是既兴奋又困惑。

完颜忽问:"宗主,我们去那里究竟做什么呢?"

莫彬对三人说:"那里有一个圣寿万安寺,因为战火几乎全被焚毁。我们去那里把它重建起来。"

完颜兄弟对视一眼,都很是困惑:"宗主,我们要把总坛迁到那里去吗?"

莫彬摇头:"不,那是个吐蕃喇嘛寺。"

三人面面相觑,更是不解。管家问道:"宗主,这合适吗?"

莫彬笑了:"都是佛家,何分彼此?"

管家起身冲莫彬作了一揖:"还请宗主明示。"

莫彬点了点头:"多年前,我曾经资助过吐蕃法王萨班·贡噶坚赞。没有我的帮助,他做不了萨迦寺住持,萨迦派如今在吐蕃也占不了上风。为了感谢我,他派人给我送来萨迦度牒及法器,并赠法号萨巴喇嘛。中都圣寿万安寺正是一个喇嘛寺庙,我们去那里可以暂时安身。再说你们几位也都过了不惑之年,我必须给你们的余生一个平稳可靠的安排。"

三人听了这番话,感动之余又都很是困惑,完颜忽问:"宗主,那临安的事情怎么了结?咱们不再报仇了吗?"

莫彬冷笑着回答:"当然要报的。但我们在大宋已经无法立足,去金国更是无济于事。我们只有去投奔当下最强大的蒙古，才能利用他们的力量，将来报仇雪恨！"

三人听罢，觉得这种希望十分渺茫，于是全都一脸茫然。

莫彬看出了他们的心思，便解释说："他们是新生强权，虽然勇力有余，但君主乏术，民智不开。我们此去，要帮助他们灭金亡宋，雪耻报仇，大有可为。萨班法王跟蒙古的王公亲贵颇有来往，正好可以为我们引荐。"

管家问："那我们要去吐蕃吗？"

"不，西北到处都是战乱，我们暂时不去那里。克烈部富商镇海，当年跟我有旧。听说他现在做了蒙古高官。我们此行就先去找他吧。"

于是，这艘诡异的商船改变了航向，一路向北驶去……

目录 CONTENTS

序 ·· 001

第一章　扬州议兵（一）··· 001
第二章　扬州议兵（二）··· 006
第三章　黄金家族（一）··· 011
第四章　黄金家族（二）··· 016
第五章　苍狼幼子（一）··· 021
第六章　苍狼幼子（二）··· 027
第七章　西夏香妃（一）··· 032
第八章　西夏香妃（二）··· 037
第九章　佛血舍利（一）··· 042
第十章　佛血舍利（二）··· 047
第十一章　惠净太师（一）·· 053
第十二章　惠净太师（二）·· 059
第十三章　十地秘册（一）·· 064
第十四章　十地秘册（二）·· 070
第十五章　佛堂惊变（一）·· 077

第十六章	佛堂惊变（二）	083
第十七章	火烧佛塔（一）	089
第十八章	火烧佛塔（二）	095
第十九章	萨班法王（一）	101
第二十章	萨班法王（二）	106
第二十一章	江畔论道（一）	112
第二十二章	江畔论道（二）	118
第二十三章	宋金对峙（一）	123
第二十四章	宋金对峙（二）	128
第二十五章	恶斗楚州（一）	134
第二十六章	恶斗楚州（二）	139
第二十七章	金宋议和（一）	144
第二十八章	金宋议和（二）	149
第二十九章	桃源酒馆（一）	155
第三十章	桃源酒馆（二）	160
第三十一章	金箓道场（一）	166
第三十二章	金箓道场（二）	172
第三十三章	岐国公主（一）	178
第三十四章	岐国公主（二）	183
第三十五章	大力尊使（一）	189
第三十六章	大力尊使（二）	194
第三十七章	危机重重（一）	200
第三十八章	危机重重（二）	205
第三十九章	桥头对峙（一）	211
第四十章	桥头对峙（二）	217
第四十一章	柱石陨落（一）	223
第四十二章	柱石陨落（二）	229

第四十三章	兵进卫州（一）	235
第四十四章	兵进卫州（二）	240
第四十五章	瓦岗之战（一）	246
第四十六章	瓦岗之战（二）	251
第四十七章	白马渡口（一）	257
第四十八章	白马渡口（二）	262
第四十九章	金山古寺（一）	269
第五十章	金山古寺（二）	275
第五十一章	济王显灵（一）	280
第五十二章	济王显灵（二）	285
第五十三章	相府魅影（一）	291
第五十四章	相府魅影（二）	296
第五十五章	燕京之行（一）	302
第五十六章	燕京之行（二）	307
第五十七章	应天门外（一）	313
第五十八章	应天门外（二）	318
第五十九章	渊圣太子（一）	324
第六十章	渊圣太子（二）	329
第六十一章	古镇灵山（一）	335
第六十二章	古镇灵山（二）	340
第六十三章	西京大同（一）	345
第六十四章	西京大同（二）	350
第六十五章	群英会聚（一）	356
第六十六章	群英会聚（二）	362
第六十七章	三路伐金（一）	367
第六十八章	三路伐金（二）	373
第六十九章	蒙金大战（一）	379

第七十章	蒙金大战（二）	385
第七十一章	蒙金大战（三）	390
第七十二章	蒙金大战（四）	395
第七十三章	借道宋境（一）	401
第七十四章	借道宋境（二）	406
第七十五章	君臣密议（一）	412
第七十六章	君臣密议（二）	417
第七十七章	西山归来（一）	423
第七十八章	西山归来（二）	428
第七十九章	朝会惊变（一）	434
第八十章	朝会惊变（二）	440
第八十一章	盟友决裂（一）	446
第八十二章	盟友决裂（二）	452
第八十三章	哈拉和林（一）	458
第八十四章	哈拉和林（二）	463
第八十五章	拖雷叩关（一）	468
第八十六章	拖雷叩关（二）	474
第八十七章	权相归天（一）	480
第八十八章	权相归天（二）	486
第八十九章	三峰恶战（一）	491
第九十章	三峰恶战（二）	497
第九十一章	联蒙攻金（一）	503
第九十二章	联蒙攻金（二）	508
第九十三章	拖雷之死（一）	514
第九十四章	拖雷之死（二）	520
第九十五章	临安钟声（一）	526
第九十六章	临安钟声（二）	533

第一章　扬州议兵（一）

大宋淮南东路的首府扬州，有一座建于晋代的古刹隆兴寺，至今已近千年。隆兴寺毗邻长江之畔。寺内有一座山，山上建有一阁，名叫大悲阁，进香的游客都喜欢在阁中稍作休息。从阁中向江心眺望，远处波光粼粼，白鹳掠水而过。一江之水浩浩荡荡，借着风势自西奔腾而来，遇到近岸礁石阻挡，两不相让，撞出雷鸣般的巨响。而浪涛绝不停留，随即向东激流而去。当真气象万千，令人心潮澎湃。

隆兴寺的住持方丈是法慧禅师，跟沿江制置使赵善湘交往多年，二人时常在大悲阁相聚，谈禅论道。

这几个月，忠义军首领李全叛乱，带兵围攻扬州。赵善湘联合扬州知州赵范、滁州知州赵葵以及两淮转运使赵汝谈共同率军，终于击溃了叛军。李全的残部已经逃回楚州。赵葵派部将王鉴、胡显率领主力尾随追击，务必收复重镇楚州城。

肩负平乱重任的赵善湘一直忙于军务，大胜之后心情轻松愉悦。今日得空，他就去了隆兴寺，与法慧禅师在大悲阁里煮茶清谈。

赵善湘问："大师，这几年来，我心里常有无数烦恼，以至于夜不能寐，白发越来越多，气色也越发不好。大师身在空门，无烦无忧，开朗豁达。可否教我一些佛家法门，以助我解脱烦恼？"

"阿弥陀佛，不知大人被何事烦扰？"

"我处在当下的位置上，承受的压力前所未有，实在觉得苦不堪言。因而常思问道解脱。"

法慧微微一笑："佛说：'一切有为法，如梦幻泡影，如露亦如电，应作如是观。'赵大人位高权重，愿意舍此而去求道吗？"

"如果不是为了国事，我情愿断了这万千烦恼丝，倒也彻底解脱了。"

"大人为什么会为国事烦恼呢？"

赵善湘叹了一声："如今国事日益艰难，我常常感到自己才乏力尽。刚才我向佛祖祷告，希望佛祖保佑大宋扭转乾坤，一改颓势！"

法慧回答："大人熟读圣贤书，还记得一句话吗？"

"大师请赐教。"

"国必有非常之人，方有非常之事；必有非常之事，方有非常之功啊。必须要用贤才，国势才能蒸蒸日上。"

"大师说得很对。可是能建非常之功的贤才，实在太难找了。"

"阿弥陀佛，江山代有才人出，他们一直都在的。有可能远在天边，又其实近在咫尺……"

"大师的意思，我的身边就有人才？"

"阿弥陀佛，老衲不知。可总有一天，赵大人会知道的。"

赵善湘再想问些究竟，法慧却岔开了话题。两人又谈论了一阵，赵善湘起身告辞。

乘船返回途中，他看着运河两岸的风光，不禁思绪万千。自唐朝以来，扬州就是运河上一个以繁华著称的大都会。但金军南侵之后，扬州便战事不断。这里人口锐减，市面凋敝，几乎成了一座空城。"谁知竹西路，歌吹是扬州。"昔日风景秀美的竹西亭，变成一片断瓦残垣，萧瑟衰凉。"春风十里扬州路，卷起珠帘总不如。"过去热闹非凡的长街市井，却是遍地荞麦，满目疮痍。

但经过朝廷多年的苦心经营，扬州变成了一个重兵把守的军事要镇。

昔日雄心勃勃的金主完颜亮，认定自己是华夏正统，要灭亡南宋朝廷统一中国。他写诗明志："万里车书一混同，江南岂有别疆封？提兵百万西湖上，立马吴山第一峰！"于是亲率几十万金军渡过淮河，进逼长江。

战争起初，淮东前线的宋军大举溃败，金军如入无人之境。完颜亮一路打到瓜州，图谋渡江之后，立即攻取临安。但他万万没有料到，宋廷派出的一个书生督军虞允文临危受命，率军绝地反击，竟然击溃了他的水陆大军。完颜亮被迫退到了扬州后，前方奇耻大辱未雪，后方又突遭从弟完颜雍政变。进退无路之下，完颜亮孤注一掷，下令全军三天内必须渡江，否则全部处死。这样疯狂的命令逼得部下们合谋发动兵变。最终完颜亮被部下所杀，金军退屯50里。之后金国新君完颜雍遣使议和。

自此之后，扬州终于开始了休养生息。一直到十几天前，李全叛军来攻，结果兵败身死。

这是全军振奋论功行赏之时，淮东的将士从上到下对此都非常期待。

临安收到扬州大捷的喜报后，理宗和大臣们无比兴奋。朝臣们都认为，应该给有功将士升官赐爵，以彰显军功。理宗高兴之余，提笔就要亲自拟旨，对扬州有功将士大加褒奖。

然而，宰相史弥远出班奏道："陛下，老臣认为，御将之道，犹如养鹰。鹰只有饿时才会寻找、依赖主人。即便是当年开国大将曹彬有平定江南那样大的功劳，太祖尚且顾虑，没有任命他为使相。现在淮东警报还在，随时就会再来。如果淮东诸将这次得其所求，难保不会滋生骄惰。下次危机来时，他们怎么会再拼死效力呢？"

参知政事郑清之和赵汝谈心里很不赞成这样的说法，但他们深知无法说服史弥远。另外两个参知政事乔行简和余天锡也全都默然不语。他们明白，史相以前偏袒的李全反叛被杀，让他丢了面子，当然要给自己找补了。

理宗对史弥远的建议，一向绝少驳回。因见郑清之和余天锡都不置可否，他便听从了史弥远的建议。因此淮东军队的有功将士，只得到了非常有限的犒赏。为此军官们都非常失望。

之后圣旨又到扬州，宣布升任赵善湘为江淮制置大使，全权负责淮东各地的军政大事。公认立下首功的赵葵，虽然没有发出任何怨言，但心里认定史弥远心胸狭隘，一味偏袒自己的亲家赵善湘。因此他很是愤愤不平，以至于几天来脸色一直很是难看，属下们跟他说话时全都赔着小心，生怕触到他的霉头。

这夜，扬州知州的官衙热闹非凡。阔大的府门外面，悬挂着上百盏明晃晃的灯笼。整齐排列的护卫，个个虎背熊腰，精神抖擞地挎刀而立。他们手里全都打着灯笼，将偌大的衙门照得犹如白昼一般。今夜赵善湘和赵范二人邀请了淮东主要军政大员赴宴，席中自然少不了商议要事。

官衙的大门外站着值日官，只要有高阶官员到达，立即大声唱名，里面会有管事出来迎接，将官员们引进内厅入座。

此刻，两淮转运使赵汝谠的官轿到达。跟他一起进入知州衙门的是冉琎和冉璞二人，他们的身旁还有一个特别的人物：苟梦玉。

前几日，因为冉琎的引荐，赵汝谠跟苟梦玉会过一次面，谈话过后对他非常欣赏，因此就向赵善湘推荐了苟梦玉，说此人是个人才，通晓蒙古事务，而且他曾经跟已经逝去的成吉思汗深入交谈过，对蒙古的高层人物颇有了解。赵善湘听罢很是高兴，便特意让他今天请了苟梦玉过来，要他向众人详细介绍蒙古军政的情况。

此时赵善湘正在跟赵范、杜杲和余玠等人闲谈，见赵汝谠率领冉琎、冉璞等人进来了，便迎了上去，亲热地跟赵汝谠互相问候几句。赵善湘对冉琎、冉璞颇为尊重，特意过来跟二人招呼一下，随后目光停在苟梦玉身上，问道："阁下就是苟梦玉先生吧？"

苟梦玉拱手作揖："下官参见制置使大人。"

赵善湘觉得好奇："哦，先生现在在哪里任职哪？"

"下官现任扬州府司录参军。"

赵善湘点了点头，嘴上应付着说："好，好。"赵善湘经历官场多年，为官极其老到。他立即产生了一个疑问，既然扬州府有这样熟悉蒙古事务的人才，为什么从没有听赵范提过，难道有什么隐情吗？

赵范早就看见苟梦玉跟随赵汝谠进来了。因为有传言说，苟梦玉在楚州时跟刘庆福那些人颇有交情，后来许国被逐，他也有些干系，所以赵范一向对他成见很深。如果不是苟梦玉做官极其低调小心，赵范早就找个借口将他剔除了。现在他居然巴结上了转运使大人，赵范不由得心里有些嫌恶，所以就故意冷落了赵汝谠他们。

淮东大员基本到齐，现在就差赵葵了。众人三三两两地聊天等了一阵，赵善湘提议说："南仲可能有事还要耽搁一阵，要不我们就开始吧。"

众人全都入座后，赵善湘首先举杯，向众人提议共饮一杯，庆祝此次扬州大捷。

喝完酒之后，赵善湘说："今天请各位同僚过来，是要商议一下，打下楚州之后，我们该如何进军徐州。各位，皇上和各位宰辅对进军徐州之事，非常关注，期盼着我们能再传捷报哪！现在就请大家边饮边谈，畅所欲言。"

听了这话，众人纷纷议论。这次扬州大捷，公认首功属于赵葵，而且他正在调兵遣将进攻楚州城。如果收复了楚州，出兵徐州当然也非他莫属。可是他现在正缺席，如何讨论此事呢？

这时有些冷场，赵范便说："过一会儿南仲来了，就让他说说看法吧。"

赵善湘回答道："对南仲带兵去接管徐州，我当然是有信心的。可是有一点我一直放心不下：占了徐州后，蒙古军队会不会向我们报复呢？他们军力到底如何，我心里没底啊。"

有人立即回答："制置使大人，金国军队在徐州刚刚打败了蒙军。他们能打赢蒙古人，我们当然也能！"

扬州大胜之后，军中上下充满了自信，这种不畏战的态度让赵善湘很是满意。但作为淮东最高主官，他自认必须通盘考虑，而不能一味地逢迎上意。

赵善湘微笑着冲那人点点头，然后说："我们这里就有一位对蒙古军队相当了解的人，今天我特地将他邀请过来，让他给大家介绍一下蒙古的情况。"

说完，他冲苟梦玉招手示意，向众人介绍了一下他。

苟梦玉站了起来，正要开口说话，大厅外值日官高声喊道："赵葵将军到。"

第二章　扬州议兵（二）

经过此次大胜，赵葵现在变得炙手可热，被公认为是大宋军中的希望之星。众人全都向外望去，只见赵葵身穿鹤氅，交领大袖，神态飘逸，只差手拿一柄纸扇，分明就是一个风流倜傥的书生。众人都知道，赵葵最喜欢别人称赞他是虞允文一样的儒将，今天又穿成这样前来赴宴，众人都不禁有些暗自发笑。

赵葵正为朝廷的封赏不公而恼火，本来并不愿意参加这个宴会，可推却不得赵善湘的面子，只好勉强来了。他一进来就看到了苟梦玉，正站在那里准备说话的模样，不禁心头火起。赵葵冲赵善湘拱手施礼，然后转头问苟梦玉："阁下是哪位？"

赵葵认得苟梦玉，却这样问话，显然是明知故问。众人都听得出他的语气颇为不善。

苟梦玉便小心地回道："在下苟梦玉。"

"现居何职？"

"扬州府司录参军。"

"哦，是个正七品。司录参军的职责是什么？"

苟梦玉犹豫了一下，回答道："下官平时办理一些府衙役差、婚丧诉讼、通书六曹案牒这类杂务。"

赵葵撇了撇嘴道："一个小吏也来参加宴会？"然后扭头问赵善湘道："制置使大人，这人有什么大事要跟我们讲吗？"

这是在公开地羞辱苟梦玉。赵善湘心里虽然略有不快，却依旧笑容满面地回答说:"南仲你怎么这么晚才到,来来,罚酒一杯。"

说完起身举起一杯酒,走近递给了赵葵,看着他一饮而尽:"南仲来,就坐在我旁边吧。"然后吩咐差事在自己的旁边再摆上一张酒桌。

赵葵坐定后,赵善湘特意观察了一下荀梦玉,见他也坐了下去,神色间毫无异常之处。赵善湘心里不由得对他高看了一眼。

冉琎与冉璞知道赵葵一向就是这个做派,所以不以为意,跟荀梦玉互相致意。那边赵葵又看到了冉琎、冉璞兄弟,几年前他们在蒲沂太平寨曾经挟持过自己,至今记忆犹新。他见三人说话,互相之间透着十分的亲热,不禁心里冷笑起来。

这时赵善湘问赵葵:"南仲,大家都在关心你们什么时候能攻下楚州,你觉得呢?"

赵葵毫不犹豫地回答:"三天为限。"

"三天?"赵善湘觉得他可能有些托大了。

赵葵正色说道:"是的,楚州那里现在基本都是从扬州逃回的溃军,如果王鉴跟胡显三天之内攻不下楚州,那都可以撤职了!"

"好,好!"赵善湘赞道,"兵贵神速,皇上让我们尽快赶往徐州接应国用安,将徐州接管过来。这个事情就只能交给南仲你了,希望赵将军不辞辛苦,亲自领军去一趟,怎么样?"

赵葵一口答应了下来:"赵大人放心,末将一定不辱使命。"

赵范听罢,觉得赵葵答应得有些太快了,应该给他提个醒,便对赵葵说道:"行军打仗,首要的就是粮草。你应该敬一下转运使大人才对。"

赵葵便起身满满地斟了一杯酒,走到赵汝谠席前,双手举杯敬酒道:"没有转运使大人的配合,这次在扬州就不可能大胜,赵葵这里由衷感谢了!"

赵汝谠起身回敬,向赵葵承诺说:"将军请放心,无论你们大军开到哪里,本官全力保证军粮及时供上。"

赵善湘听他这样说,很是高兴:"南仲你就放心领军前去吧,我们一定做好你的后盾。"

"多谢二位大人。"

"不过,我心里一直在担心,如果此去万一遇到了蒙古军队,你有把握吗?"

赵葵立即起身,朗声说道:"本将有信心战胜一切敌人!"

四周顿时响起一片鼓掌叫好之声,众人都对赵葵啧啧称赞。赵善湘快速地扫视了一圈,看到众人都在赞好,只有杜杲和苟梦玉二人脸上微微冷笑,余玠面无表情,而赵汝谠、冉琎和冉璞三人一直在自在地饮酒,仿佛没有听到周围动静一般。

赵善湘便问杜杲:"子昕,你可有什么建议?"

杜杲摇头说:"没有。"

赵善湘就转头问苟梦玉:"苟先生,如果我军遭遇蒙古军,你觉得会怎么样?"

苟梦玉拱手向赵善湘敬了一下,回答道:"我军此行一旦遇到蒙古军队,必败无疑。"

这话一出,所有的人全都愣住了,随后就是一片窃窃私语,之后逐渐地安静下来。

这时一片寂静,很多人大气都不敢出,紧张地观察着赵葵。众人心里都在猜测,苟梦玉为什么敢这样说话?赵葵会不会大为光火?

只见赵葵面色涨红,明显在竭力地克制怒气,随后他的脸上现出不屑的神情。赵葵不想在众人面前,跟这个所谓的"小吏"争辩而有失身份。于是他只当作没有听到。

赵善湘惊讶地问:"这是为什么?请苟先生说明白些。"

苟梦玉坦然回答:"在下认为,现在蒙古军的战力,尤其是骑兵的能力,要远远超出我军。因此,不管谁带军去徐州,都不行。"

赵善湘很是失望,但坚持问道:"难道一点取胜的希望都没有吗?"

"不过,这次赵将军如果非去徐州不可,极有可能根本遇不到蒙古军。因为他们的主帅孛鲁刚刚去世,新的主帅还未到位。此时蒙古军队不会去攻打徐州。"

赵善湘随即又问:"那如果金军去攻打徐州,又会如何?"

苟梦玉回答:"我军几乎没有保城的胜算。"

赵葵平生最恨金兵,当年他们父子三人就是因为跟金军作战有功才声名大振。现在苟梦玉认为他不敌金兵,这分明就是在打他的脸。赵葵实在无法控制自己,斥责道:"这是行军打仗,凭你一个腐儒,也敢在这里夸夸其谈,纸上谈兵吗?"

苟梦玉苦笑不语。

赵范见兄弟在众人面前失态,赶紧说道:"南仲,要让人说话,听听不同的意见,只有好处,没有坏处。"

赵善湘点了点头:"武仲说得好。苟先生你讲讲看,徐州怎么就守不住呢?"

苟梦玉再次起身,回答道:"各位大人,徐州的位置极其重要,自古就是一个四战之地,易攻难守。如果朝廷一定要据守徐州,那么粮草辎重的供应将至关重要。现在水路已然不通,陆上的道路曲折漫长,粮车行动非常缓慢。即便从最近的楚州出发,只怕也需六到七天左右。这期间敌人可以随时切断粮道。而没有粮草的话,徐州守军将不攻自乱。"

其实对朝廷想要收复徐州的计划,赵善湘从开头就是反对的。他认为收复徐州所得有限,下面必将劳民伤财,于军于民都没有好处。现在苟梦玉从军事上提出反对意见,倒正好符合自己的心意。于是他抚须问赵葵:"南仲,你觉得如何?"

赵葵的嘴角撇了撇:"截粮手段稀松平常,我们怎么会不防备?"

苟梦玉自信地说:"将军,可那是肯定防不住的。"

赵葵听他如此不留情面地说话,两眼的瞳孔顿时紧缩,阴沉沉地问道:"你是什么意思?"

"赵将军,我军以步兵为主,至多步骑混合,再加上粮草辎重,行军速度必然很慢。而金军以马军为主,他们的机动速度和攻击能力要强于我军,只需小股骑兵就可以长途奔袭骚扰，甚至烧毁我们的车队，因此我军将防不胜防。将军您看，这种仗能打吗？"

赵葵怒道："我们当然会派足够的兵力护粮，可以打败任何金军！"

这时苟梦玉显得更加自信，微笑着回答："如果单单为运粮一件事情，就必须配备大量军队，这样的仗，朝廷能打得下去吗？"

赵葵猛然站起身，冷冷地哼了一声："这是你一个小吏该考虑的事情吗？"然后冲赵善湘拱手说道："制置使大人，末将还有军务，先告辞了。"说完拂袖而去。

第三章　黄金家族（一）

赵葵离席后，心里仍是十分恼怒。带领本部人马收复徐州，将是朝廷南迁之后的一件盛事，是自己建功立业的大好机会。可是，宰相史弥远既然阻止了朝廷对自己扬州之功的封赏，当然更加不愿自己再去徐州建功。刚才宴席上，连苟梦玉这样的小吏都敢对自己大放厥词，这背后绝不简单！赵葵想起了一件事，史弥远曾经几次要调走苟梦玉，都被兄长赵范给挡了回去。刚才这个小吏竟敢当众侮辱自己，所以自己立即离席，以表示抗议。这一定是赵善湘事先安排好的！赵葵认定了这些，于是更加愤愤不平。

然而，他着实冤枉了赵善湘。

众人见赵葵突然发怒离席，不由得全都面面相觑。在座的都是老军务，心里明白，苟梦玉所说确实在理，且不讲赵葵能否击败金军，光是供应军需这一件事情，就注定了徐州无法长期坚守。

赵范见赵善湘抚须沉思，就问道："制置使大人，苟先生所言也不无道理。可是朝廷提出的这个计划，在战略上是积极进取的。我看不妨一试，如果行不通，撤回便是？"

赵善湘点了点头，转头问赵汝说："赵大人，你怎么看呢？"

赵汝谠回答说："军事上的事情，你们说了算。不过你们一旦出兵了，我一定坚决配合。"

赵善湘点了点头，再问冉琎："冉先生，听说你从徐州过来，那里的情形你最清楚了。国用安说要献徐州给朝廷，这话当真可靠吗？"

冉琎认真回答道："国用安跟随李全多年，一直以来动荡不安，这些人常年在刀尖上讨生活，趋利避害是他们的本能。要说他当真心怀忠义，我是绝不敢相信的。"

赵善湘面色一沉："那先生为什么要将他的书信呈给朝廷？"

冉琎从容回答："赵大人，这么大的事情，我怎么能隐匿不报？"

赵善湘摇了摇头："那是我错怪先生了。现在皇上和宰辅们对此事都有很大的期待，依你看，我们该怎么做？"他这是在诚心请教了。

"大人，要不先观察一下楚州的情形再议如何？不知为什么，我总觉得楚州那里将会有事情发生。"

"先生是说，赵葵他们在楚州会遇到麻烦吗？"

"很有可能。"

赵范接话说："这样吧，我们先做好出兵徐州的准备。至于最后是否去徐州，怎么去，我们再另行商议。等楚州的事情尘埃落定，也许我们就知道该怎么做了。"

赵善湘点头同意，对苟梦玉说："先生，今天请你来，是为了请你跟大家讲讲蒙古的情况。还望不吝赐教。"

苟梦玉拱手回道："赵大人请问。"

"本官很想知道，跟金军比，跟我军比，蒙古军队到底强在哪里？"

"大人，这个问题不是今天一晚就能讲清的。"

"那就请先生介绍一下，蒙古主力军队究竟有多少，他们都如何作战？"

"赵大人，各位大人，下官在嘉定十三年出使蒙古，距今已经十多年。当时我长途跋涉了几千里到达铁门关，见到了尚在西征途中的成吉思汗。他询问我两国共同伐金的可能。回来后，我写了一个《使北录》交给朝廷，那里面有关于蒙古军情详细的介绍。不知各位大人看过这个报告没有？"

赵善湘摇头不知，赵范、杜杲、余玠他们也都表示从没见过。其实这里所有的人都无从知晓，因为这个报告被史弥远秘密封存了，以至于无人知道它的存在，最后莫名消失了。

赵善湘回答："那就请先生给我们详细讲一下报告的内容吧。"

苟梦玉回答道："好的。不知大人有没有金国和蒙古的地图？"

赵范便命人取来大幅图本，挂在一个架子上面，抬到宴会大厅的正前方。

苟梦玉走到地图前面，先拱手向赵范致谢，指着图向众人说："这幅图应该是10年前的金国地图，今天他们控制的范围已经很小了，被大大压缩到了关中、河南与沿黄河一线狭小的区域。"然后他在金国版图以北画了一个圈："20多年前，蒙古的全部人口不足百万，各部族分治，没有统一的军队。即便是现在，他们的主力军队也只有10多万人。而那时金国的人口曾经高达5000万之多，军队接近百万。所以那时蒙古各部落都说：'金国如海，蒙古如一掬细沙。'可就是这10万不到的蒙古军，陆续消灭了60多万金军主力。"

有统领嘲笑地问："金国军队难道是100万头牲口，坐等着挨宰吗？"

这时有几个人忍不住哈哈大笑起来。

苟梦玉微微冷笑："当年金国太祖完颜阿骨打起兵时军队士兵不足2万人，大破辽国天祚帝亲率的70余万大军。跟我们结盟灭辽之后，金国随即撕毁盟约，主帅完颜宗翰、完颜宗望带领10万不到的军队，由郭药师当向导，兵分两路攻打东京汴梁。我们的60多万禁军，不也是败了吗？"

仅仅一年之前，金国元帅完颜赛不、完颜合达他们，在枣阳附近还曾击败过宋军主力。众人不禁冒出了冷汗，今天的金军尚且还有一定战力，可他们面对蒙古军队时，为什么就像待宰的羔羊一般委顿无力？那蒙军又该是怎样的凶猛彪悍呢？

因为苟梦玉提及了当年靖康之事，赵范非常不满，说道："制置使大人叫你过来，是让你介绍蒙古军力，你提那些事情做什么？"

苟梦玉拱手回道："赵大人，前车之鉴，后事之师。过去的错误，无论如何我们不能再犯了。"

赵善湘微微点头："苟先生这样说，莫非是要我们忘掉世仇，去帮金国抵抗蒙古是吗？"

苟梦玉拱手回答："大人，今天的金国，犹如昔日的大辽；而我们的困境跟当年如出一辙。如果有可能，共同防御蒙古不失为一个智举。"

杜杲说道："先生的话听起来虽有道理，但过于冷酷。要我们大宋将士放下对金国的仇恨，这很不现实！"

苟梦玉微微一笑："杜将军不是曾经提议，要金国让出徐州吗？"

杜杲有些惊讶："你怎么会知道此事？"

"杜将军，上次王鄂过来，就是住在下官家里。"

杜杲点了点头："现在徐州城就在国用安手里，依先生看来，这个人可靠吗？"

苟梦玉转头看着冉琎说："这个问题，还得冉先生回答。"

冉琎从容地回答："只要我军强大，国用安就会可靠。"

"你的意思是说，如果金军强，他就投靠金国；蒙军强，他就投靠蒙古？"

"正是。"

杜杲立即对赵善湘说："制置使大人，属下认为，既然是这样，徐州之事断不可行。目前还是先收复楚州，然后静观北方的形势再说。"

赵善湘笑着回道："子昕，我们不谋而合啊。"然后对苟梦玉说："照先生所说，蒙古军队的战力比金军强大许多，你能不能再讲具体些呢？"

苟梦玉回答："蒙军之所以强大，主要是因为他们有最强大、最机动的骑兵。蒙古马并不高大，但耐力极强，可以不停歇地奔跑上百里，这对我军来说是不可想象的。他们的骑兵天下无敌，极其擅长弓箭。他们拥有当今射程最远、杀伤力最大的组合弓。"说完，他做出手势比画蒙古弓的模样："他们射箭的战法称作'曼古歹'。战斗时，蒙军总是远距离地持续射击，不给敌人还手的机会。即便是撤退时，也会转身不断向敌人射箭。在这样的攻击下，他们的伤亡很小，而对手却不断地伤亡，最后崩溃。"

杜杲摇头问道："他们只有骑兵吗？那如何攻城？"

"不，他们现在军种齐全，不但有骑兵、步兵，还有炮兵和工兵。蒙古军的武器装备，在攻略西域各国的战争中进步惊人。蒙军从中原和西域俘获了大量的工匠，命令他们制作利器、甲盾、攻城器具和炮火等各种武器。所以他们西征花剌子模时，只要攻城，往往是攻无不克。"

赵善湘很是好奇："花剌子模，那是什么地方？蒙古军为什么要去打他们？"

"花剌子模在西域，是几乎跟蒙古同时崛起的新兴力量，统治的地域十分广大。成吉思汗曾经派出商队，用500峰骆驼驮着金、银、丝绸、茶叶等贵重物品前往西域。不料花剌子模的边城守将见财起意，将商队几乎全部杀死，夺走了货物。成吉思汗得知消息后，就带着四个嫡子，率领数万大军西征花剌子模。"

赵善湘问："他的儿子都是谁？"

"成吉思汗的正妻孛儿帖生了四个儿子，分别是术赤、察合台、窝阔台和拖雷。可以说这四人的家族，就是当下蒙古军政的支柱。成吉思汗病逝前指定了由三子窝阔台继位。但需要他们的部落首领会议库里勒台召开后，窝阔台才能正式接位。现在是幼子拖雷监国。"

"这四个人都很会打仗吗？"

"他们当中，幼子拖雷和长子术赤打仗最为勇猛，战功也最大。两年前术赤已死，他的军队和在西域的领地由儿子拔都继承。成吉思汗去世后，他最强大的怯薛军，被拖雷继承，现在10多万蒙军主力中，拖雷一个人就拥有10万兵力。此人勇猛善战，拥有杰出的军事能力，深得蒙古军心。但……"

赵善湘问："如何？"

"此人嗜血好杀，在蒙古军西征中多次屠城。去年西夏中兴府被火焚毁，满城百姓被杀，就是他指挥部下孛鲁等人干的。"

杜杲摇头问道："这个人为什么要这么疯狂？"

第四章　黄金家族（二）

苟梦玉回答："拖雷绝不是一个疯子，恰恰相反，此人极其理智。蒙古军的传统是投降不杀，不过一旦遇到抵抗，往往在攻克城池之后就要屠城，来报复立威。嘉定十二年，拖雷与其父率主力西征，他们越过沙漠，直趋不花剌。"

说到这里，苟梦玉在图上指了指不花剌的方位："成吉思汗亲自带领军队包围了塔里寒城。塔里寒军民凭险据守，蒙古军围攻七个月，不能攻克。直到拖雷奉诏过来，才将这山城攻克。随后该城的守军和民众都被拖雷下令屠杀殆尽。之后，拖雷立即命部下围攻马鲁。马鲁守将出城投降，拖雷假装允诺不杀。但在军队入城后只挑出工匠400人，然后将全城居民和降卒屠杀殆尽，死者多达70余万人，马鲁城被夷为平地。去年，西夏君臣打开国都中兴府城门请降，随后也被拖雷屠城，被杀的西夏军民何止百万！"

杜杲听罢，猛拍桌案，怒斥道："丧心病狂！"

赵善湘和赵范二人互相对视，他们也都是第一次听到这样的惨事，不由得惊惧交加。因为史弥远封锁了所有蒙古屠城的密报，所以宋廷官员中只有极少数人知道这些事情。

赵范问："那他们对金国的报复，是不是更加残酷无情？"

"正是。十多年前，蒙古军攻下了金国首府中都，成吉思汗下令，将中都城府库所有财物全部运走，女真皇族女性及宫人近千名，全都押往漠北为奴。之后蒙古士兵到处抢劫，中都城陷入灭顶之灾，没有逃走的几十万庶民被杀。蒙古士兵又纵火焚城，大火一月不熄。这座繁华壮美的都城，几乎变成了无人的废墟。"

这简直就是靖康那年东京汴梁城遭遇的再现。众人议论纷纷，很多人认为这就是金国该得的报应。有人甚至失声叫起好来。赵善湘冲叫好的方向瞪了一眼，那人立即收了声。

慢慢地，大厅又平静了下来。

这时一直没有说话的余玠问道："放纵士兵，任其杀人、放火、抢劫，这不就是土匪吗？成吉思汗和他的儿子们，就是这样带兵的吗？"

苟梦玉点头回答："问得好。后来成吉思汗变了，因为他非常崇信一位汉人道长，他的名字叫丘处机。"

宴席中的人都不知道长春子丘处机道长，赵善湘问："这位丘道长是怎么回事？"

"丘处机道长是全真道创始人王重阳门下最有名的弟子。各位可能有所不知，现在全真道在北方影响力很大，几代金主都对他们礼敬有加。成吉思汗去世前，极其渴望得到长生不老之药。因为丘处机名满天下，就派人屡次邀请他见面，想学长生之术。而丘道长也想利用这个机会，劝说他少杀人、不杀人。于是丘处机带着18名弟子，从山东启程，西行去见成吉思汗。但此时成吉思汗已经率军西征。丘处机不顾年事已高，赶往西域，在大雪山，他见到了成吉思汗。"

赵善湘问："后来怎样？"

"他们二人谈得非常投机。丘处机见成吉思汗很是信任自己，就说：'欲一天下者，必在乎不嗜杀。'劝他停止滥杀无辜。成吉思汗追问丘处机治理天下的根本，丘处机又答：'敬天爱民为本。'丘处机还告诫成吉思汗：'节欲保身，天道好生恶杀，治尚无为清净。'成吉思汗对他的话笃信不疑，对部下说，这是'天赐仙翁以寤吾志'。从那以后，蒙古军屠城事件逐渐减少。成吉思汗指派国王木华黎经营中原，他们在河北、山东基本杜绝了屠杀事件，对汉人军民更是尽力招抚，要一起讨伐共同的世仇：金国。"

听到这里，所有人不约而同地想，这样的蒙军会比过去更加难以对付。

余玠问:"蒙军西征千里,带兵不易啊!这么远的距离作战,队伍不但没有溃散,反而到处都打胜仗。他们究竟是如何带好兵的呢?"

"余将军问得好!蒙古人崇拜苍狼,自诩为草原上的狼群。狼群组织严密,纪律森严,它们不停地追逐、捕杀猎物,然后分享。蒙军军官与士兵平等,赏罚一切都看战功,不会因为出身贵贱而有所差别。所以他们的军队上下一心,从来不会惧战、畏战,反而一心求战。"

在座的都是老军务,听了这话都是暗自摇头叹息,跟士气高昂的蒙古军相比,朝廷长久以来一味苟安,从上到下都已经安逸惯了,军队哪有战力?赵善湘和赵汝谠都是眉头紧锁。

赵汝谠问:"看起来,蒙古的军民很是忠于成吉思汗家族?"

"是的。他们称铁木真家族为'黄金家族'。至高无上的统治权力,由长生天授予地上的首领成吉思汗以及他们孛儿只斤氏的子孙们。"

有人问什么是长生天,苟梦玉回道:"蒙古各部落世代在草原上放牧为生,抬头所见就是广袤的草原和蓝天。他们就以苍穹为永恒之神,所以叫作长生天,是草原各部落的最高天神。铁木真认为自己就是长生天之子,理所当然地拥有天下。所以他称汗后取号成吉思汗,寓意就是拥有海洋四方的可汗。"

听了这话,有人极其不满:"自认天之子,太狂妄了!"

苟梦玉叹了一口气:"跟我们儒家的皇权宗法不同,他们对长生天由衷地崇拜,由此产生狂热的扩张冲动。他们如同苍狼一样,不会停留在没有猎物的地方。他们把马蹄当作移动的疆界,四处抢掠扩张。因为他们长期征战取得的胜利,统一后的蒙古各部落,都极其崇拜'黄金家族',认为成吉思汗的君主权力是全天下的。只要与他们军力相当的国家,都应该是蒙古的一部分;所有国家,都必须毫无疑问地接受他们的宗主权。他们的扩张是长生天应许的,任何拒绝投降的人,都会由于阻挠天意,而遭受最严厉的惩罚。"

余玠冷笑着说道:"鞑子无知狂妄!他们的这种做派,跟唐时的突厥人好有一比。"

苟梦玉点头赞成："不错，他们极有可能就是一脉相承。不过，这种天命与一统天下的欲望，也有可能受到我们一些古籍的影响，比如……"

赵善湘此时已经认定，苟梦玉此人实在就是一个书生，见他又要开始搬书了，赶紧打住了他，问道："那他们就是突厥人的后裔吧？"

"不能肯定。记得我去蒙古时，曾经问过这个问题，他们自己也不确定。我曾问过一个学问很深的人，据她说，他们说的话和突厥语相合之处非常多。"说完，苟梦玉冲冉珧笑了笑。

冉珧明白，他说的人一定是王琬。

赵汝说好奇地问："那他们究竟如何崛起壮大的呢？"

"赵大人这个问题问得好。唐初时，大兴安岭以北额尔古纳河下游以南，居住着被统称为室韦的大小部落。后来他们中的大部分向西迁移到斡难河沿岸的漠北草原，先后衍生出乞颜、札答兰、泰赤乌等部落，统称蒙古。这些部落中，以乞颜部地位最高，而乞颜部又以孛儿只斤家族为首领。草原上还生活着塔塔尔、乃蛮、克烈、蔑儿乞、汪古等其他部族。这些部族为了抢夺牧场，经常互相发生冲突。在辽国时他们接受大辽的统治。金国开国先祖完颜阿骨打率军灭辽之后，孛儿只斤部落乘机自立，部落首领合不勒领军四处征伐，与金国交战。可那时金国忙于进攻我们的中原地区，无暇顾及，就与合不勒议和，册封他为蒙兀王国大汗。至此，蒙古开始成型。"

赵善湘问："这么说来，金国对他们不薄，可为什么又说蒙金是世仇呢？"

"说来话长，铁木真的五世叔俺巴孩，在世时是蒙古人的可汗，被塔塔尔人出卖给金国。金熙宗下令在木驴上钉死了他。铁木真在自己军队壮大后，就用为俺巴孩汗报仇的名义，对塔塔尔人进行了最残酷的灭族屠杀，之后便发动了讨伐金国的多年战争。"

赵善湘摇了摇头，颇有些不以为然："他们为什么称呼自己是'黄金家族'？"

"赵大人，这说起来就久远了。蒙古各部落都认为，他们有一个共同的始祖母叫作'阿兰'。这位被称作'阿兰老祖母'的女性，跟丈夫生了两个儿子。传说她在丈夫死后，又生了三个儿子。据说这三个儿子是阿兰感受到一位'金黄色神仙'的光芒之后所孕，是上天的儿子。成吉思汗的孛儿只斤家族，就属于阿兰老祖母那三个儿子的后裔。逐渐地，他们就改称自己为'黄金家族'。"

赵善湘抚须问道："我们跟蒙古没有仇怨。他们跟金国是死敌，战争不死不休。可金国皇族也在东北发迹，女真跟蒙古算不算是同源呢？"

苟梦玉摇头："下官没有探究过此事，无法作答。"

冉琎回答说："据古书记载，东北各族裔基本源于四大族系：肃慎、汉人、秽貊和东胡。四族系从先秦起就居住在那里，可以推测今天蒙古的祖先应该以匈奴为主，东胡还有汉人混合而成。女真源自几千年前的肃慎。禹定九州，周边北夷'各以其职来贡'，当中就有肃慎。肃慎之后，在魏晋时被称为挹娄，南北朝时称作勿吉，隋唐叫黑水靺鞨，辽时开始被叫作女真。"

这时赵汝谠感慨道："几千年以来，尤其两汉与南北朝时，北方游牧民族同中原王朝之间，从没中断过交流，即使战争不断，最终总会融成一体，鲜卑不就是这样吗？北魏孝文帝拓跋宏迁都洛阳，'仰光七庙，俯济苍生'，收藏古今汉家典籍，鼓励鲜卑人与汉人联姻，学习南朝典章制度，这才有了各族融合的盛大中华气象！"

赵善湘对这番话心有疑虑，但碍于同僚情面不好争辩，于是干咳了一声："今天多谢苟先生了，为大家详细讲解了蒙古的来龙去脉。"说完，起身向苟梦玉敬酒。

苟梦玉也起身回敬。

众人也陪着他们饮了几轮酒，又说了一阵闲话，酒宴方才结束。

酒宴散后，赵范特意留了下来，问赵善湘道："大人，您觉得苟梦玉此人可用吗？"

赵善湘何等的圆滑，立即将问题推了回去："嗯，还行，武仲你怎么看？"

第五章　苍狼幼子（一）

赵范斩钉截铁地回答说："苟梦玉绝不可用！"

赵善湘见他对苟梦玉如此嫌恶，心里惊讶，不动声色地问道："武仲，这是为什么？"

"此人对大宋不忠，所以断不可用！"

"武仲，说这种话得有证据哪。"

"我的大人啊，您就是太心善了。刚才您都看到了，那苟梦玉滔滔不绝，对蒙古由衷敬佩，心向往之。他既然心向蒙古，将来一旦蒙宋开战，如果我们战事顺利倒罢了；如果战事不利，此人必定不能守节，一定会叛变。"

这是赵范对苟梦玉的诛心之语。赵善湘犹豫了，一时抚须沉默不言。

赵范继续说道："而且刚才赵汝谠大人所说的话，也不甚恰当。"

赵善湘不由得紧皱双眉。他回忆了一下，想起赵汝谠提到了南北朝时鲜卑人的旧事。

"自古'汉贼不两立'，可他似乎把魏孝文帝当成了正统。"

赵范故意漏说了下一句"王业不偏安"。赵善湘当然知道，他琢磨了一下回答道："武仲，这还得慎重啊。蹈中毕竟是我们的同僚，非苟梦玉可比。"

"大人，此事非同小可。正因为苟梦玉只是一个小吏，所以他不能影响其他人。可赵汝谠就不同了，他的想法会影响一批人。依我看，他身边的冉琎兄弟等，都有一样的想法，都不忠……"

这时赵范突然打住了，因为赵善湘正在摇头。他说道："同样是读书，大家理解不同罢了。苟梦玉就是一介书生，他的意气上来，就会管不住自己的嘴巴乱说话。"然后微笑着看着赵范，轻声劝道："可他毕竟熟知蒙古的情况。而且人是我请来的，他有什么说得不对，我随后会跟踏中讲清楚。要不，此事就到此为止了吧？"赵善湘不想赵范弄出一场不必要的是非来。

赵范听他这样说，不好驳了他的面子，只好悻悻然作罢。赵范走后，赵善湘登楼走回自己的卧房。他一时难以入睡，便打开了窗户，看着窗外万籁俱寂，月光格外清冷，不禁又陷入了沉思……

此刻的临安城，却是另一番景象。如同往日一样，街上人来车往，热闹非凡。

御街夜市里的店铺都已开张，各式花灯纷纷点亮，将整条御街照得犹如白昼。商人们将自家商品搬到店铺之外，伙计们向路人殷勤地吆喝兜售，有商家甚至请来艺妓歌唱以吸引顾客上门。

花卉盆景、书籍玩具、衣帽扇帐、糕点蜜饯、时令瓜果……夜市里应有尽有，吸引了成群结队的人们前来光顾。尤其是临安的风味小吃格外的诱人，太平坊的桂花糖糕、孝仁坊的五彩团子、市西坊的泡螺滴酥等，都让孩童们流连忘返。

商贩们或头顶盆盘，或肩挑手推，沿街叫卖。而北瓦则聚集了各种戏班，其中还有杂剧、傀儡戏以及说书的，鼓乐声与叫好声混作一团。

这是一片繁华和宁的太平景象。

皇帝近侍董宋臣有一个胞弟，人称小董相公，刚刚宴饮结束。他在几个家丁的簇拥下也来到夜市，正兴致勃勃地四处闲逛，挑些自己喜欢的时兴玩物。这时人流向他们拥挤过来，家丁们赶紧上前将人群推开，给小董相公让路。

突然，一个黑衣大汉悄悄地逼近了小董相公。没有人注意到，他的手里正握着一把锋利的短刀。两人交会后，小董相公突然觉得胸口一阵剧痛，低头一看，自己的胸口正插着一把刀！他无法相信这黑衣人竟要杀他，张大嘴刚喊了一声"救命"，便倒了下去。

有人发现之后，惊骇地大声尖叫："杀人啦！"

人群突然受到惊吓，顿时乱成一团，争相逃走，结果发生了踩踏。很多幼童和年长者被撞倒在地，身受重伤。跟大人失散的孩童哇哇大哭，大人们则心急如焚地大声呼叫失散的孩子。一时间秩序大乱，临安城顿时传言纷纷。

代管临安府的余天锡闻讯大怒，命令所有捕快、衙役紧急出动，疏导人群，将跟父母失散的孩童带往衙门看护起来。专职刑案的捕头们，开始缉拿加害小董相公的黑衣杀手。

真是一个多事之夜……

从扬州府回到转运使官衙后，赵汝谠、冉琎、冉璞和苟梦玉四人意犹未尽，差事已经准备了茶具，几人就煮茗清谈。赵汝谠问冉璞："我见你今夜一言不发，是不是有什么缘故？"

冉璞笑了，回答说："大人，我一直在观察赵善湘大人以及赵范与赵葵将军。"

"哦，你看到了什么？"

"可以肯定，赵范与赵葵将军不喜欢苟先生。"

赵汝谠点头，问苟梦玉："我也是这么想的。你们以前是否有什么过节？"

苟梦玉的脸忽然微红，转瞬就恢复了平常："可能还是为了三年前楚州的事情。"然后他将当年刘庆福驱逐许国的经过讲述了一遍。"在楚州时，刘庆福曾经有恩惠于我，而许国是我的上司。我多次劝说许大人善待杨妙真和刘庆福，合作守好楚州。可他偏信了赵葵的煽惑，一心要铲除刘庆福他们。当时两方决死拼斗，已是箭在弦上，形势逼人，许国不听我的苦劝……"说到这里，苟梦玉不停地摇头叹息。

赵汝谠、冉琎和冉璞心里猜测，苟梦玉一定是在最后关头站队刘庆福了。这就可以解释为什么当时只有他全身而退。而事后，赵范和赵葵明知苟梦玉有事，却因为没有把柄，竟对他无可奈何，就只能在仕途上对他百般压制了。

赵汝说抚须说道："苟先生你对蒙古事务如此熟悉，应该到临安去，到枢密院去做一个跟蒙古有关的军机参谋。"

苟梦玉摇头回答："有人曾经告诉我，史相要调我去临安。不知为什么，一直杳无音信。"

几人立即都猜到了，这应该是赵范他们从中作梗。赵汝说点头叹道："贤士在野，宰相之过啊。苟先生不要灰心，今后有机会，我一定会向皇上举荐你的。"

苟梦玉起身向赵汝说一躬到底："多谢大人信任。"

冉琎微笑着问道："苟先生对从军怎么看？"

苟梦玉有点惊讶："这，我从未想过。"

冉琎解释道："去临安之前，我在孟珙将军那里效力。那里极其缺乏像先生这样的大才。如果你有意，我可以写封荐书给孟将军，先生在忠顺军那里一定可以大展身手。"

苟梦玉拱手道谢。

赵汝说听他们谈到军队，想起了宴席上自己曾经要问的一个问题："苟先生，蒙军如此强悍，想必他们有一批能征惯战的将领吧？"

"是的。成吉思汗能统一蒙古，征伐西域，所到之处望风披靡，除了自己雄才大略，更由于他善于笼络人心，他的手下人才济济，其中首推'四杰'和'四獒'。"

众人听了大感兴趣。赵汝说问："他们都是谁？"

"'四杰'是木华黎、博尔术、博尔忽和赤老温，'四獒'是者勒蔑、忽必来、哲别以及速不台。除此之外还有'二勇'，术赤台和畏答儿。这10人全都骁勇善战，战功卓著，所以成吉思汗称他们为十大功臣。哦，这些人大都已经故去。值得一提的是木华黎，虽然他也不在世了，但他生前被成吉思汗指定全权经略中原。他一改蒙古以前肆意杀掠和夺地不守的毛病，收降了大批河北、山东汉人武装首领为他夺地守城。因此木华黎父子在中原汉人那里影响很大。"

冉琎问:"他的儿子孛鲁前些日子在徐州一战中,身受重伤已经亡故,现在是什么人在统领河北、山东呢?"

"我听到消息说,孛鲁的长子塔思已经率领他的余部北移了。据说木华黎生前对塔思极其欣赏,曾经说:'成吾志者必此儿也。'如果所料不错,塔思将会继承木华黎家族,将来无论对金国,还是对我们来说,此人都可能是巨大的麻烦。"

冉璞好奇地问:"那十大功臣还有几人在统兵呢?"

"他们大都已经亡故了,目前只有速不台一人仍在担当重任。其余有名的将领,还有那牙阿和绰儿马罕等老将尚在,他们都聚集在拖雷的身边,统领怯薛军。"

冉璞又问:"怯薛军就是蒙军的主力军队吗?"

"是的。当年铁木真起兵时,任命木华黎、博尔术、博尔忽和赤老温担任贴身卫士,号称'四怯薛'。随后他大力扩充护卫军,就取名怯薛军。铁木真将这支军队不断扩建,到他统一蒙古的时候,这支怯薛军已经有好几万人了。这支军队就是蒙军的核心力量,称为'大中军'。它其实也是一支质子军,其将领和士兵大多数是由从各地的万户、千户家族里挑选出来的精干子弟及其随从组成。不言而喻,其目的就是:将蒙古王公贵族们的子嗣掌握在自己的手里,以便于控制他们。"

赵汝谠摇头说道:"哦,我大宋就从来不这样做。"

"但是蒙古的上层子弟,往往都以加入怯薛军当作家族的荣耀。因为怯薛在蒙古军中地位极高,他们有法令:'千户若与怯薛争斗,千户有罪。'所以这支军队吸收了蒙古大量精英。直到今天,它仍是最强大的主力军队,武器装备也最为豪华。怯薛军极其善于野战,远途奔袭迂回包抄。根据蒙古'幼子守灶'的传统,由成吉思汗最小的儿子拖雷继承了怯薛军。"

听到他再一次提到了拖雷,赵汝谠便问道:"铁木真能称霸草原,应该是极为睿智的人物。可他既然将汗位传给了三子窝阔台,为了汗国政权的稳定,为什么不打破传统,把军队也交到继位人手里,却偏要交给最小的儿子，还要他担任监国呢？"

"赵大人问得好！成吉思汗将汗位传给三子窝阔台，是看重他行事谨慎，能团结兄弟，有过人的政治才干。而拖雷这个苍狼幼子，是成吉思汗之后'黄金家族'当下最杰出的军事统帅。多年来，他的战功以及在军中的威望，无人能及。即便是继任大汗的窝阔台，在蒙军中的威望也不能跟他相提并论。所以成吉思汗让他指挥军队，这应该也是众望所归。"

赵汝谠摇了摇头："难道他就不怕将来会兄弟相争，祸起萧墙吗？"

苟梦玉拱手回答："大人的看法极为高明。至于是不是真会这样，就让我们拭目以待吧……"

第六章　苍狼幼子（二）

此刻遥远的漠北，蒙古监国拖雷正驻军在漠北斡难河边。

这些日子，接连传来了坏消息。先是心腹孛鲁箭伤过重去世，随后蒙军又在大昌原大败而归。性情刚烈的拖雷猛然将拳头砸在桌案上，眼睛里灼烧着复仇的火焰。他下令怯薛军立即集结，准备出发征讨金国。

军令火速传了下去，蒙军第一大将速不台、久经战阵的纳牙阿和绰儿马罕这两位心腹老将，以及年轻一代的统帅塔察儿、塔思、朵忽鲁和抄思立即齐聚中军大帐。

等心腹大将们全部到齐后，拖雷开口说道："各位将军，不久前金人和汉人联手，在徐州暗算了孛鲁。大昌原那里我们又刚刚吃了败仗，这真是前所未有的耻辱！叫你们来，就是商议这两件事情。塔思你先说，要怎么给你父亲报仇？"

塔思起身回答："监国，请您给我 2 万骑兵，我自己去拿下徐州，用武仙和国用安的人头祭奠父亲。"

拖雷摇头说："不，真要去的话，我给你 4 万兵马。"

塔思大喜，向拖雷行礼："多谢监国！"

"那你打算怎么打徐州？"

"武仙军是金国的精锐，国用安又诡计多端。我阿布这次就是被他们联合算计了。监国，我打算带张柔和史天泽一起去攻打徐州。他们都是汉人，彼此熟悉，应该能识破国用安的奸计。"

拖雷听罢问速不台："你怎么看？"速不台是开国的十大功臣里硕果仅

存的名将，拖雷往往最重视他的想法。

"不合适。"速不台的回答非常干脆。

"哦，为什么？"

"金国主力都在西面潼关、庆阳一带，还有20多万兵力沿黄河分段驻守。现在我们跟他们正在对峙中，徐州不是我们的主攻方向。"

绰儿马罕赞成道："说得对，从庆阳、彬州这条路线进攻关中，同时从黄河中部进攻汴梁方向，这才是正途。如果我们一定要去拿下徐州，耗费军力不说，就算得胜了，在那里也不能聚歼金国主力。"

拖雷看向了纳牙阿，他在军中的资历最老。纳牙阿点头说："我同意。"

随后拖雷征询的目光又看向了塔察儿。

塔察儿是年轻一代将领中的第一人，他立即回答："监国，还是您拿主意吧。不管怎么打，请让我来当攻金的先锋。"

朵忽鲁和抄思也接连起身请战，愿意当先锋为大军开路。

拖雷见年轻将领们士气很高，求战心切，心里很是满意，点头示意众人坐下，然后说："金国的兵力比我们多。虽然我们不怕金军，但他们收缩在关卡里，要歼灭他们就得攻城，攻城损耗太多兵力，对我们不利。所以应该尽量野战消灭他们。"

塔察儿问："监国的意思是，还是用我们大迂回的传统战法？"

"对。"拖雷摆手让众人聚到自己桌案旁，指着关中地图说，"父汗去世前对我们说过，金国精兵在潼关，南接连山，北据大河，一时难以攻破。我们可以攻下凤翔，打通大散关，然后借道宋境，沿陈仓道进入汉中，再顺着汉水进入金国西南邓州，绕道进攻汴梁。金国急切之下，一定会从潼关调兵。但数万军士千里驰援，人马疲惫，就算赶到了也不能打仗，这样他们必败！"

速不台问："这个计划听起来可行。只是南朝会答应我们吗？"

"宋金世代仇恨，他们应该会答应。"

速不台又问："如果他们不呢？"

拖雷的嘴角轻蔑地撇了一下："我们就强攻大散关。"

塔察儿有些担心："监国,那我们不是同时跟金、宋两国开战吗？"

拖雷自信地笑了："那又怎样,我们攻打西夏的时候,不是同时在打金国吗？"

塔思觉得这个计划过于冒险了,担心地说道："宋人奸诈,恐怕不会那么容易对付。"

拖雷听了这话,觉得很不舒服,反问塔思："你在徐州被吓破了胆吗？"

塔思红着脸低头不语。

拖雷握紧了拳头砸在桌案上："你忘掉了大汗生前说过的话吗？'男人最大的乐事,在于压服乱众,战胜敌人,夺取其所有的一切,骑其骏马,纳其美貌妻妾。'"

这时绰儿马罕向天举手说道："伟大的成吉思汗及'黄金家族'后代大汗,拥有海洋四方,是普天下之汗。各国君主,都应该臣服我们；只要望得见的领土,都应当归我们所有。这是长生天应许给我们的恩赐和旨意。"

拖雷望向速不台和纳牙阿,这是要他们表态。速不台点头同意了拖雷的方案。

纳牙阿说道："监国,此事还得跟窝阔台汗商量。"这是在提醒拖雷,兹事体大,必须征得窝阔台的同意才行。

拖雷点了点头,对塔察儿等年轻将领摆了摆手："速不台、纳牙阿和绰儿马罕留下。你们几个先出去吧。"

塔察儿、塔思、朵忽鲁和抄思齐声应诺,鱼贯走出了大帐。

现在帐内的人都是跟随拖雷多年征战的心腹大将,拖雷苦笑一下对众人说："我这位汗兄,最近大家都找不到他。"

速不台和绰儿马罕有些诧异,这是什么意思？

"我想,他一定在那几个斡儿朵里逍遥快活呢！"

成吉思汗死后,汗位由窝阔台继承,按照蒙古习俗,他可以收娶父汗留下的妃子。第一斡儿朵由他们的母亲孛儿帖皇后在去世前掌管,由拖雷继承，所以窝阔台从来不去。其他的几个斡儿朵，宫室里红飞翠舞，美女云集。各宫皇后中只有也遂当了太后，窝阔台对她很是尊奉，不敢胡来。而对包括来自金国的岐国公主在内，其他后妃们如察真妃、哈剌真妃、金莲妃等，窝阔台都是尽数收纳。最近一段时间，他更是诸事不管，醉卧温柔乡。这些事情，"黄金家族"的核心成员们全都知道。

而纳牙阿也是知道这件事的，但他从来不对任何人提起此事。

绰儿马罕一向以拖雷为大英雄，对窝阔台很不以为然，摇头说道："真正的英雄，绝不会像发情的公马一样，整天跟雌马不离左右。"

速不台是拖雷的绝对心腹，平日里曾经向他抱怨过先汗不公，偏爱窝阔台，竟为了他改了祖制，不将汗位传给拖雷。现在听绰儿马罕这样评价，就笑着说："对没有志向的人来说，长生天即使给他再近的路程，也会像天边一样遥远。"

拖雷听罢淡然一笑，不置可否。

绰儿马罕接着说："监国，按照我们蒙古的传统，新汗即位应该召集所有的宗王召开'库里勒台'。大家一起商议，推举我们草原上的众王之汗。我想，他应该就是您，真正的蒙古英雄！"

拖雷皱眉回答："我以前跟你说过，这种话不要再提了。"

绰儿马罕却不肯打住，继续说道："先汗在世时，打心里最是器重您这个幼子，把您从小就带在身边，亲手教会了您行军打仗。可能他担心，您只会打仗而没有理政经验。可是您担任监国一年多来，一切大小政务井井有条，国力蒸蒸日上。大家的心里跟明镜一样。监国，您一定会是一位伟大的君主。时机到时，您得当仁不让啊！"

他这是在挑明，希望拖雷夺取汗位。拖雷刚想拒绝，话到嘴边却停了下来，向纳牙阿看了过去。拖雷知道，纳牙阿虽然从来不说这样露骨的话，但他的心是忠于自己的。

纳牙阿何等精明，他明白，此刻拖雷最想得到自己的公开支持。但他并没有直接回答，却说了一件别的事情："监国，最近我刚刚查知：察合皇后，就是西夏王妃李嵬名，可能并没有死。"

这句话让所有的人都大吃了一惊。

拖雷立即阴沉了脸："你这是什么意思？"

一年之前，蒙古大军征伐西夏，成吉思汗突然去世，当时军中传言，是西夏香妃李嵬名害死了他。领军的拖雷听到消息后，大发雷霆，命令部下四处寻找失踪的李嵬名。之后有人说，有人看见她跳进了黄河，被湍急的河水卷走了。拖雷曾下令心腹带人顺着河道向下游搜寻了几百里，却毫无发现，只好放弃。没想到现在突然有了李嵬名的消息。

纳牙阿平静地说："我掌管侍卫，前些日子得到一个消息，有人看见窝阔台常去一个喇嘛寺。"

速不台连忙追问道："他去干什么？"

"那个喇嘛寺很是偏远，我担心不安全，就安排了人手悄悄地跟着，暗中保护。昨天侍卫回来后向我报告，那寺里有一个觉姆，就是汉人说的比丘尼。她的名字叫贞达卓玛。"

拖雷顿时有了强烈的兴趣。

"据他们说，这个贞达卓玛有点像一个人。"

"李嵬名吗？"

"正是。不过他们也不能确定，当年见过察合皇后的侍卫并不多，也有可能是他们认错了人。"

速不台马上说道："监国，这件事必须彻查。"

拖雷明白他的意思，一旦查实这个觉姆的确就是李嵬名，那么窝阔台必定脱不了干系，一定是他暗中收留、保护了这个女人。这件事情如果在库里勒台公开，那就是一个天大的丑闻。他还有什么脸面继任大汗呢？拖雷不禁精神一振，吩咐道："纳牙阿，你找个理由，现在就去搜查这个寺院。"

纳牙阿躬身领命，立即出去办差了。

第七章　西夏香妃（一）

纳牙阿带了一队怯薛，火急火燎地赶到了那个喇嘛寺庙。

可是他进寺后并没有找到这个叫贞达卓玛的觉姆。住持告诉纳牙阿，贞达卓玛被太后召进宫了。

一个部下对纳牙阿说："这个女人果然有些名堂，连太后都要见她。"

纳牙阿对她就是李鬼名不由得更信了几分，吩咐部下带人赶到也遂掌管的第三斡儿朵去，想办法打探出贞达卓玛究竟是什么人，随后自己返回向拖雷汇报去了。

拖雷听说贞达卓玛去了也遂太后那里，不由得疑窦大起。他皱眉想了一下，叫来了精明强悍的大妃唆鲁禾帖尼，让她到第三斡儿朵去一趟。最近宫里有消息，说也遂太后身染疾病，时好时坏。拖雷命她去看望太后，顺便探访一下这个贞达卓玛的底细。

此刻，也遂太后正在宫里跟贞达卓玛密谈，她们的旁边还坐着一个女人，她就是来自大金国的岐国公主完颜锦璿。正在潭州跟丈夫阿鲁答软禁在玉泉寺的平国公主锦瑶，是她的堂姐。

也遂太后对完颜锦璿说道："公主皇后，你看看这个觉姆，认得吗？"

锦璿疑惑地看着贞达卓玛，她似曾相识，却又无法确认。

也遂吩咐贞达卓玛："摘掉吧。"

贞达卓玛点了点头，用手在额头轻轻一揭，一张薄如蝉翼的面具被脱了下来，露出了她的真容。

锦璿一看，顿时惊得面色惨白，不由得站了起来："你……你没有死？"

贞达卓玛微笑着看着她："姐姐，是我。我并没有死。"

面前的这位贞达卓玛，当真就是西夏香妃李嵬名。锦瑢上前拉住她的手："妹妹快告诉我，当初究竟发生了什么事情？为什么他们都说，是你害死了大汗？"

李嵬名轻轻将手抽开，回答道："大汗不是我害死的。"然后目光看向了也遂。

也遂点点头："公主皇后宅心仁厚，她跟我就像亲姐妹一样，值得你信任，可以告诉她。"

于是李嵬名就拉着锦瑢坐了下来，将事情的原委一一道清。

原来，成吉思汗在最后一次征伐西夏的途中，有一次围猎从马上摔了下来，伤损了要害之处。随行的太医医治了创口，奏明成吉思汗需要静养。本该及时撤军休养，但由于军情十分紧急，加上成吉思汗为人极其高傲，不愿让手下的大将和儿子们知道自己的这种伤情，于是继续亲自指挥对西夏作战。但他跟随大军颠簸移动，导致伤情一直不能好转。

在一次重大胜利后，成吉思汗高兴之余饮了很多马奶酒庆祝。那夜不知为何，他忽然兴致很高，竟不顾医嘱，派人叫李嵬名过来侍寝。结果他当夜血流不止，惊慌失措的李嵬名叫来了太医，却无法医治。就在这夜成吉思汗驾崩。

之后，李嵬名不知去向。于是军中士兵到处传言，是西夏王妃害死了成吉思汗。皇子拖雷听到后大发雷霆，命人四处搜捕李嵬名。逃亡途中，李嵬名的贴身侍女为了引开追兵，不惜自己的性命跳进了黄河，被激流卷走。拖雷命士兵打着火把，向下游搜寻了几百里这才罢休。

随后逃亡路上，李嵬名幸运地被镇海的部下给救了。再后来，她就被安置在这所喇嘛寺里。

锦瑢当然知道，镇海是窝阔台的心腹，她惊疑地问道："这么说来窝阔台早就知道这些事了？"

李嵬名听她提到窝阔台，突然有点脸红，点了点头。锦瑢就明白了，怪不得窝阔台时不时要到那个寺庙去，自然是为了跟李蚬名幽会了。锦璿安慰她道："既然如此，妹妹不如就公开身份吧，向大家说清事情的真相，从此你再不用躲藏了。"

李蚬名连连摇头："不可。"

锦璿知道，关于大汗之死有很多传言。很多蒙古王公坚信，是西夏王妃李蚬名害死了大汗，所以大汗才会有那样的临终遗命："屠了西夏中兴府。"后来即使西夏君臣主动投降，仍然被满城屠杀。

拖雷就是那次屠城坚定不移的执行者。家恨国仇，李蚬名心中对拖雷既恨入了骨髓，又深怀恐惧。所以她一直深藏寺中，从不敢抛头露面。

也遂说道："公主皇后，拖雷王爷对西夏人的态度从未改变。一旦被他知道，香妃妹妹就很难保全了。今天我请你过来，就是要将她拜托给妹妹你。"

锦璿很是惊讶："姐姐，几个斡儿朵里，您是最尊贵的太后。您这样说话，我不太明白。"

也遂长叹了一口气："妹妹，你还不知道，昨天太医跟我讲了实话，说我已病入膏肓，怕是来日无多了。"

锦璿听了这话，更加震惊，略有磕巴地说道："太后您吉人天相，一定会高寿的，千万不要听信那庸医的胡言乱语。"

这时也遂突然剧烈地咳嗽起来，锦璿与李蚬名赶紧上前照看。也遂抓住锦璿的手，眼睛有点湿润了："我自己的身体，当然知道的。妹妹，姐姐跟你能有缘相识一场，都是因为大汗的缘故。对于大汗，姐姐有一些心里话，一直想跟妹妹说。"

"姐姐请讲。"

也遂轻喘了几下，费力地说道："作为一个男人，大汗的非凡魅力，并非一般人可比；作为帝王，他更具有天下其他男人都不具备的雄才伟略。能嫁给他这样的男人，哪怕是被逼嫁给他的……我也心甘情愿了。"

锦璿和李蚬名都知道，当年铁木真下令杀尽塔塔尔部落高过车轮以上的男人，也遂的生父也客扯连率领最后的塔塔尔士兵与铁木真的军队搏斗，没有一人肯降。如果不是因为也遂和妹妹也速干嫁给了铁木真，塔塔尔部落就当真被灭种了。但不久之后，也遂的前夫还是被铁木真派人杀死。而李嵬名的父亲李安全，也是由于蒙古入侵，最后死于乱兵。西夏的平民百姓，基本被拖雷他们诛戮殆尽。锦瑢来自的大金国，国都中都府被屠杀焚毁。现在大金国在蒙古军队的无情打击之下，国势已经危如累卵。

三个女人，都跟蒙古有着深仇大恨，但她们又全都在成吉思汗生前备受宠幸。尤其是也遂，虽然没有忽兰妃那样最受宠爱，但她集美貌与智慧于一身，为成吉思汗立过大功，被他的儿子们所尊重。所以成吉思汗去世之后，她被尊奉为太后。锦瑢由于出身高贵，成吉思汗吩咐众人都尊称她为公主皇后，名列第四斡儿朵之首。至于香妃李嵬名，本是察合公主，西夏第一美女。成吉思汗在忽兰妃死后，对她最是宠爱有加。但即使这样，也不能完全泯灭了她们心里暗藏的仇恨。因为同病相怜，这三个女人在成吉思汗去世之前，彼此同情，相互照应。因此，李嵬名出事之后，也遂派人设法营救，这才保全了她的性命。

"姐姐的心，我懂的。"锦瑢体贴地安慰她。

也遂拉近了锦瑢，轻声说道："大汗在世的时候，我的心，都在他的身上。仇恨，不能让我对他的敬仰和爱慕稍减半分。但是他现在已经走了，就从这世上带走了我的心。"

锦瑢惊疑地问道："姐姐您还有什么未了之事吗？"

李嵬名冷笑一声："当然还要报仇了！"

锦瑢的脸色顿时变得煞白，赶紧说道："妹妹，这种话千万不能乱讲。"

李嵬名却有些激动了："姐姐，我们西夏已经亡了，可你们金国还没有，你难道不应该为大金国做些什么吗？看看拖雷，这些年来穷兵黩武，东征西讨，亡了多少国，杀了多少人！姐姐，他们这样残暴，就不怕天怒人怨吗？"

锦瑢的性格天生就有出世的倾向，她对男人们干的军国大事，没有什么兴趣，但她极其厌恶杀人。因为中都遭到了劫掠和屠杀，她曾经无比地憎恨蒙古军队。嫁到蒙古后，她曾几次劝说成吉思汗少杀不杀。为了这个，成吉思汗甚至怀疑过她对自己不忠。现在李鬼名的话，再次勾起了她悲伤的回忆。她也有些激动起来，因为愤恨而脸色涨红，但很快就变成了沮丧："妹妹，我们只是女人，又整天待在这宫里，还能做些什么呢？"

也遂握着锦瑢的手，凝视着她的眼睛："妹妹，我们必须做些什么，阻止他们无谓的战争和杀戮，长生天最终也容不下他们的暴虐！"

锦瑢怀疑地看着也遂："姐姐，我们有这种能力吗？"

也遂点头说道："有的，只要我们愿意去做。"

"那姐姐要我做什么？"

"你刚才提到窝阔台汗，可他还没有成为大汗呢。只有在库里勒台推举之后，他才能称汗。据我平日里观察，他对你们两位还是非常宠爱的。"

这时，锦瑢突然变得有些尴尬起来。她本是成吉思汗的皇后之一，可现在按照蒙古的传统，她已经被窝阔台纳为侧妃了。对自幼深受中原习俗熏陶的锦瑢来说，绝对难以接受这种近于乱伦的旧规。

也遂了解她的尴尬，就转移话题说："两位妹妹，窝阔台跟拖雷不一样，他已经不喜欢杀人了。大汗去世之前，我就在身边。大汗临终遗言，之所以将汗位传给窝阔台，是因为他处事宽仁，善于收复人心，而不会任意屠杀；只有他才能团结兄弟，善待大家。今后，你们在他的身边，要影响他，劝说他，不要再轻易发动战争了。尤其是，不要再冒天下之大不韪屠城了。"

锦瑢点头："这个我可以做到。"

李鬼名忽然问道："可是如果他不能顺利接任大汗呢？"

第八章　西夏香妃（二）

锦瑢摇头："这怎么可能？"

也遂却说道："有可能的。拖雷掌控大部分军队，尤其是怯薛军对他非常忠心。现在他担任监国一年有余，脾气和野心都越来越大。我接到了密报，他身边的好几位大将都在劝说他，要跟窝阔台争夺汗位。"

李崀名愤恨地说："拖雷本性残暴，单在花剌子模就屠杀了上百万人。他身边聚集的那些人中，有很多战争狂人和刽子手。所谓的第一大将速不台，更是经常以杀人取乐。"

也遂的眉头深深地皱起来："大汗去世之前，已经后悔因为战争杀人太多，以致寿数不长。后来他向长春真人丘处机请教长生之道。丘道长劝他不再杀人，要用君主的仁慈来收服人心。"

锦瑢叹道："可惜丘真人已经仙逝了，否则可以再请他过来，教化那些好战的王爷们。"

也遂问："他不是有一些弟子吗？能不能请他们过来？"

锦瑢的眼睛突然一亮，想起了一个人，于是说道："姐姐，在金国时我有一个朋友，名字叫王琬，她就是丘真人的关门弟子。"

李崀名也想起来了，轻轻拍手道："我记得她。当初丘真人前往西域，经过和林时，我们两个曾经派人送给他们食物补给。丘真人后来派她向我们道谢来着。"

"对，就是她。王琬年幼时，经常跟我在王府玩耍。后来她师从丘真人和另外一些高人，逐渐学识渊博。尤其她通晓几国语言，所以才担任了丘真人和大汗之间的翻译。"

也遂顿时眉头舒展："她竟然跟大汗还有渊源，太好了。有这样的人，今后你们就有帮手了。"

锦瑢有点疑惑："姐姐您究竟想做什么呢？"

"拖雷他一直在想尽办法拖延召开库里勒台。我知道他的心思。他在争取时间，利用监国的位置拉拢各位王公，为自己争夺人心。可窝阔台似乎没有看出来。"说完，她摇了摇头，"整天待在几个斡儿朵里饮酒享乐怎么行？两位妹妹，你们该劝劝他了。"

锦瑢和李嵬名听到这话，不禁有些脸红。锦瑢回答道："王爷最近经常去其他后妃那里，他最宠察真、金莲和哈剌真三个人。"

也遂不禁摇了摇头，然后对李嵬名说："可在我看来，他最喜欢的还是你。"言下之意，窝阔台肯担着如此大的风险救下了她，可见对她的深情。

李嵬名回道："王爷对我，恩重如山。可一旦拖雷知道我们的事情，那不是拖累了他吗？"

也遂很是欣慰："你能这样想，我很高兴。今天叫你们来，就是要商量这件事情。拖雷的人已经盯上你了。所以你得赶紧离开。"

"姐姐，我去哪里呢？"

"我打算送你到燕京去，那里有一个万安寺，是喇嘛僧尼聚集的地方。送你去那里，不会引人注意。万安寺的住持，我很熟悉，你待在那里会很安全。等局势稳定了，你再想法子到大同府去。那里已经被我们重兵占据了。窝阔台对我说过，他迟早要搬到那里驻扎。只要到了那里，你就彻底安全了。"

锦瑢问："姐姐今天叫我来，要我出什么力呢？"

"妹妹，中都和大同府，过去都是你们金国人的地方。我需要你找人，在燕京接应保护她，然后秘密护送到大同府去。"

锦瑢立即回答："姐姐放心，此事我去安排，一定把香妃妹妹安全送到。"

李嵬名拉着锦瑢的手连声称谢。

正在这时，有宫女进来报说，拖雷王爷的大妃唆鲁禾帖尼来探望太后。

也遂点点头，让宫女将唆鲁禾帖尼引到偏殿去，稍等她片刻。然后对二人说："她可不是草原上惹人怜爱的百灵鸟，却是一只心如铁石的雌雕。今后你们千万不要惹到她，要离她远一些。"

随后对李嵬名和锦瑢一一讲述了她的计划，二人连连点头答应。谈话结束后，也遂吩咐自己最贴心的宫人为李嵬名更换装束，跟着锦瑢的车驾一起去了第四斡儿朵。

唆鲁禾帖尼自然从也遂那里探听不到任何跟李嵬名有关的消息。也遂告诉唆鲁禾帖尼，贞达卓玛只是一个她认得的女尼而已。召见贞达卓玛，是要她在佛祖跟前为自己诵经祈愿，消除病灾。唆鲁禾帖尼纵然不信，对也遂太后却是无可奈何，只得心有不甘地离去。

第二天也遂拖着病体到第二斡儿朵去了。窝阔台正住在这里，日日饮酒寻欢。

昨夜窝阔台在察真妃处，兴致上来后叫了几坛中原进的美酒，喝得酩酊大醉。现在已经是日上三竿之时，他酒意尚未消退。察真妃吩咐宫女为他洗漱。一个贴身卫士急急地向他通报，拖雷王爷刚刚下令全军集结，准备出发去攻打金国。

窝阔台听罢，不由得心里大怒。出兵这么大的事情，四弟竟然不跟自己商量一下，就直接下了军令，这让自己这个继任大汗何以自处？可是怯薛军在拖雷手里，自己现在都调不动他们，将来又如何发号施令呢？察真妃见窝阔台突然很不高兴，不敢打扰他，就陪着默然坐了一会儿。

窝阔台闷闷不乐地想了一阵，吩咐手下去将耶律楚材和镇海叫来。

这时宫女进来报说，也遂太后来了。

窝阔台和拖雷的母亲孛儿帖皇后早就离世，后来忽兰皇后也死了。排位第三的也遂因为有功于国，在成吉思汗死后被尊为太后。她在几个斡儿朵里地位至高，窝阔台对她非常尊重。听说她来了，不敢怠慢，便起身迎了过去。

也遂刚进来，迎面看到窝阔台脸色枯黄，头发散乱，衣襟上面还散发着酒气，不禁皱了皱眉头。窝阔台陪着她入座后，也遂请察真妃取来一面铜镜，递给了窝阔台。

窝阔台不解其意，接过镜子看到自己的尊容之后，不禁哑然失笑。

察真妃赶紧带着侍女为窝阔台一阵收拾停当，也遂对察真妃说："我跟王爷有点事要讲。"

察真妃很是识趣，立即带人出去回避了。

也遂对窝阔台说："王爷，我曾经听过一句话，是你们以前的老师回鹘人塔塔统阿说的，'十年时间不能让一个人变老，可有时错过一日就会误掉一个春天'。王爷，你还记得吗？"

窝阔台的眉头皱了皱，他以为也遂在用她太后的名义教训他喝酒误事："太后言重了。本王不过是昨夜高兴，略喝多了点，不妨事。"

"王爷你知道吗？拖雷召集军队，就要出征金国去了。"

窝阔台以为也遂来找自己，就是为了这件事情，不假思索地回道："父汗过世前让他掌军，他有权这么做。"

也遂看窝阔台无所谓的神情，知道他是言不由衷，便单刀直入地说："昨天察合皇后来找我了。"

窝阔台的表情顿时僵住了。李嵬名出事之后，也遂在暗中回护她。这件事，窝阔台是知道的。但他不了解也遂是否知道自己时常去跟她私会。不过，即使也遂过去不知道的话，那么现在必定是知道的了。于是窝阔台很有些尴尬，干脆不说话了。

也遂轻叹了一声："王爷你好糊涂啊，这件事情你以为自己做得机密吗？昨天，察合皇后从我那里刚走，拖雷的大妃唆鲁禾帖尼就来了。他们一定是听到了什么风声。"

这时窝阔台有些紧张了："她现在在哪里？"

"那个喇嘛寺肯定是不能回去了，纳牙阿奉了拖雷的命令，派人守在寺外，就等着她出现呢。"

窝阔台登时有些怒了："四弟这是要干什么？"随后想到，李嵬名一旦被拖雷拿住，那自己的麻烦将要层出不穷。窝阔台的头上不由得冒出了冷汗。

也遂见他这副模样，不觉有点好笑，试探地问道："我来就是问问王爷，既然留着她就是个祸害，要不然我替您处理了？"

谁料窝阔台听了这话，猛然站起身，冷冷地回答："连自己心爱的女人都保护不了，那本王将来还有什么颜面？太后，这事就不劳您关心了。"

也遂听罢，暗自点头："王爷您想到哪里去了？她现在暂时很安全。不过，我准备安排人将她送走。"

窝阔台知道也遂很有些手段，她既然这样说，那一定是很妥当的，便称谢道："多谢太后了。您要将她送到哪里？"

"先去燕京万安寺，暂住一段时间再说。在那里她很安全。之后，再将她送到大同府去，王爷觉得如何？"

窝阔台曾经定下计划，为了攻金需要，自己将要亲自率军驻扎大同府。也遂将李嵬名送到那里，对自己来说当然是上选。于是他再次向也遂表示谢意。

"王爷不必客气。不过王爷想过没有，拖雷为什么要抓察合皇后？"

窝阔台摇摇头。

"当然是为了库里勒台！"

窝阔台听了这话，顿时愣住了。

第九章　佛血舍利（一）

窝阔台听也遂突然提到库里勒台，顿时怔住了，问道："太后是不是听到了什么？"

"您叔父斡赤斤告诉我，拖雷一直跟远在钦察的拔都之间信使不断。现在他又想对察合皇后下手，您觉得这些事情很简单吗？"

"太后的意思是？"

也遂摇头说道："王爷是不是觉得现在大事已定，所以就整天流连于各宫后妃，沉浸在美酒佳宴当中？"

听了这话，窝阔台的脸色很是难看，却没有开口回驳。

"王爷，拖雷在跟您争夺汗位哪！我接到密报，纳牙阿、速不台和绰儿马罕他们，一直在劝说拖雷按照幼子守灶的传统继承汗位。可他们明明都知道，大汗去世前已经将汗位交给您了。"

也遂见窝阔台仿佛有些不以为然，便说："您以为他们在痴心妄想吗？库里勒台召开时，他们一旦公布察合皇后的事情，王爷您怎么办？"

窝阔台顿时面色发白。

"到那时，王爷只能引咎离开！"

窝阔台毕竟久经战阵，临危不慌，一旦被也遂点醒，立即紧张地开始判断了起来。想了一阵，他站起身说道："太后放心，我知道该怎么做。"

"那您下面做如何打算？"

"攻打金国的事情必须停下来。"以窝阔台对拖雷本事的了解，只要他带兵去，击败金国应该没有悬念。可战争的胜利，只会给拖雷带来更多的人望；然后自己这个继任大汗会更加弱势。窝阔台摇了摇头，自言自语道："必须拆散他们。"

也遂知道，他说的是速不台这些大将，点头赞成道："王爷做得对。您放心，宗王那边，我会去劝说他们以大局为重。王爷这边从现在起要更加谨慎，不要被人抓到把柄。"

窝阔台起身对也遂施礼表示感谢。

第二天，窝阔台跟二哥察合台一起进了拖雷大营。

拖雷见两位兄长同时来了，知道一定有大事商议，就吩咐左右退出军帐。

察合台开门见山地说道："四弟，你现在不能带大军去打金国。"

拖雷皱了皱眉头："二哥，这是为什么？"

"刚刚接到消息，我们的老对手札兰丁征服了高加索，现在他成了整个西伊朗的主人。他以伊斯法罕为都城，开始重建花剌子模国了。"

拖雷冷笑着："败军之将，他还能翻天吗？"

窝阔台接话道："四弟千万不可大意。在咱们征讨金国的时候，背后可不能出事。二哥的儿子拜答儿，愿意领兵出征，去拿下札兰丁。年轻人壮志可嘉哪！但他的经验还不够，独自领军还不行。所以我想跟你商量一下，出征札兰丁就让绰儿马罕挂帅，拜答儿当个副手，跟着他多学点。你觉得怎么样？"

这个提议很是合理，拖雷无法拒绝，便答应了下来。

察合台接着说："四弟，攻金是一件大事。但有一件更重要的大事，它就是库里勒台。"

"二哥，你的意思是？"

"我的意思是：我们还是应该先召开库里勒台，等你三哥按照父汗遗愿继位大汗之后，咱们再全军出发征讨金国吧？"

拖雷心里纵使一万个不情愿，但察合台在各王公当中威望很高，他既说了话，自己不好当面驳回，便回答说："可孛鲁的事情怎么办？还有大昌原败了,我咽不下这口气!"

窝阔台笑了:"那还不好办?我们在河北、山东,不是有一些能打的汉将吗?让史天泽、张柔他们出兵去打。他们再不济,至少也可以消耗一些金国的兵力嘛。"

察合台很是赞成。

拖雷点头:"那就让他们去试试,看看怎么样再说吧。"

随后,拖雷的命令火速发向河北大将史天泽和张柔。接令后,二人即刻率领河北蒙、汉5万兵马前去围攻卫州与滑州。

卫州地处黄河北岸,距离汴梁200里不到。金主完颜守绪得到探马急报后,不禁勃然大怒,立即下令,急调自己最信任的宗亲平章政事完颜白撒以及恒山公武仙领兵10万救援两地。

完颜守绪发出诏令后,心里恨意未消。史天泽、张柔等人曾经都是大金国的军官,可这些人纷纷投降了蒙古,他对左右骂道:"史天泽兄弟二人忘恩负义,全无忠信可言!"

大臣们纷纷劝慰他说:"史天泽和张柔不足为虑,陛下无须忧心。"

完颜守绪的盛怒这才稍微平息了下来。然而又想起驻守徐州的国用安也是汉人,当然不能信任,还是用自己的嫡系将领妥当。他自言自语说道:"徐州可不能有失!"

于是他没有跟重病中的张行信商议,就下令完颜赛不立刻赶赴徐州担任尚书省事。接着又下令大将郭恩、王万庆会同金源郡王夏全,一起去攻取已经败亡的李全地盘:楚州和海州。

再说赵葵的部将王鉴、胡显二人,带领1万士兵,一路追杀李全的败军,包围了楚州城。此刻的楚州忠义军上下全无信心,在朝廷淮东军主力接连打击之下,随时就要崩溃。杨妙真见大势已去,长叹了一声,对手下大将郑德衍等人说:"朝廷要捉拿的是我,跟你们没有关系。我现在败局已定,你们杀了我去归顺朝廷吧!"

郑德衍为人忠信,不肯听从,劝慰杨妙真说:"留得青山在,不怕没柴烧！夫人赶紧带着李将军的遗孤到山东去，将来再图大事不迟。"

穆椿劝道："夫人，蒙古人给李将军封的官位，按他们的规矩应该由李公子继承。我带人保护你们母子撤到青州去吧，再不走就来不及了。"

左右力劝之下，杨妙真掩面痛哭了一场："罢了，只要有我在，你们必定不忍投降。"于是收拾了行装，连夜出城，带人投奔山东去了。

第二天，王鉴与胡显攻破了城池，郑德衍等人率众归降。已经回到滁州的赵葵接到喜讯后大为兴奋，下令大军当日开拔，向楚州进发，与王鉴他们会合。

不料行军到了半途，突然传来了一个凶信：一支来历不明的军队刚刚袭击了楚州。王鉴他们连续多日攻城作战，全军来不及休整就再次投入守城大战，结果抵抗不到半天，城池便失守了。王鉴力战阵亡，副将胡显生死未卜，上万士卒全被打散。

赵葵震惊之余，立即下令先锋彭什和赵胜停止前行，派出几路探马向楚州方向探听消息，务必搞清楚这支军队究竟来自哪里。随后赵葵问赶来的彭什、赵胜二人："袭击我们的究竟是什么人，你们二位怎么看？"

彭什回答："大人，末将认为，来袭的一定是金国军队。"

"你为什么这么肯定？不会是山东过来援助李全的蒙军吗？"

"前夜在扬州，我听那苟梦玉说得颇有些道理，蒙古人此时应该不会过来。只能是金国军队。"

赵葵听他提到苟梦玉，顿时心里更加恼火，冷静下来后，转头问一直沉默的赵胜："你怎么看？"

赵胜冷笑一声："大帅请给我1万精兵。不管他是谁，我都去把楚州抢回来。"

看到他并不怯战，赵葵的心里得到一些安慰："很好！等确切消息过来后，我们再做决定。"

一天之后，消息终于传了回来。原来是叛将夏全，勾结了金国汉将郭恩、王万庆，三人合兵一处约2万兵力，趁着王鉴他们立足未稳，突然袭击夺走了楚州。

赵葵听后大为羞恼，对夏全等人恨之入骨。他正要下令全军抢回楚州时，又一个消息传了回来：金国名将完颜赛不率领3万马步军，马不停蹄地从徐州赶往楚州。

赵葵顿感左右为难，继续前往楚州，将会跟完颜赛不这样强大的对手开战，这必须得到淮东主官赵善湘的批准才行，自己不能擅作决定。可是如果等待请示回来，那就会错过战机。一旦完颜赛不大军进了楚州城，可就很难夺回了。于是赵葵征询彭什、赵胜二人的意见。彭什生性谨慎，不愿冒险；而赵胜求功心切，一定要战。

思来想去之后，赵葵作出了决定：大军原地驻扎。随后派人十万火急地向仍在扬州的赵善湘发出急递……

第十章　佛血舍利（二）

扬州府衙里，赵善湘、赵范与赵汝谠正在阅读军报。

三人分别读完赵葵的急递后，赵善湘抚须沉思，金军刚刚击败赵葵的部下夺了楚州，完颜赛不就增援来了。这是个极难对付的老对手，去年他在枣阳曾经击败过宋军。为什么他要突然出现在楚州呢？

而赵汝谠心想，看来赵葵的确是遇到强敌了，他一改之前高调求战的姿态，难道怯战了吗？

赵范可不认为自己的兄弟会胆怯，开口说道："完颜赛不突然出现在楚州，究竟有什么目的，目前还不清楚。南仲现在暂停进军，这是该有的慎重。"

赵善湘仍在沉思，过了一会儿面露羞愧之色："朝廷明令已下，要我们出兵徐州。唉，可现在我们连楚州都拿不回来，该怎么向朝廷交代呢？"

赵汝谠摇头说道："清臣，最近皇上和各位宰辅的心思，恐怕不在楚州和徐州战事上了。"

赵善湘问："哦，蹈中这是何意？"

赵汝谠递给他一份公文："这是刚到的临安邸报，大人一看便知。"

赵善湘仔细读完，顿时眉头紧锁，将邸报递给了赵范。

赵范看这情形，猜测临安必定有事发生，便接过了邸报，看完之后，大为惊讶。

这邸报上讲了几件事情。第一件是杨太后病重，奉行孝治天下的理宗下旨礼部，派员到临安各大寺庙举办法事，为太后祈福消灾。第二件，宰相史弥远也同时卧病不起了。邸报上还记载了几个案件，其中有一件凶残而又诡异的事情，皇帝身边内侍董宋臣的胞弟，人称小董相公，前日被人当街一刀刺胸毙命，至今未捕到凶手归案。之后有人携刃闯进宰辅余天锡的府邸，打伤多人后逃窜无踪。

赵范吃惊地问赵善湘："京城治安怎么会如此不堪，竟然有人意图行刺余大人？董宋臣是皇上最信任的内侍，他的胞弟公然当街被人杀害，这实在令人难以置信！"

赵善湘摇了摇头，对赵汝说说："蹈中，若你仍然掌管临安，断然不会发生此等事情。"

赵汝说苦笑着回答："是福不是祸，是祸躲不过。还有一件事情，二位注意到了没有？"

赵善湘问："蹈中说的是荐福寺的事情吧？"

"正是。"

邸报中还提到了一件奇闻：临安荐福寺最近有大批僧人来访，据说天下的大德高僧都不远千里，从四面八方云集临安荐福寺，都想朝拜一件稀世宝物：佛血舍利。

赵范问："这荐福寺是怎么回事？"

赵汝说答道："那里有佛家圣物现身，即佛血舍利。佛经上说：'舍利者，甚难可得，最上福田。'佛陀舍利是佛门传世的圣物。"

"那是好事啊。"赵范不明白，为什么他们二人好像都对这件事情有些担心的样子。

赵善湘告诉他："武仲你可能不知道，当年的济王妃吴氏从湖州返回临安后，就一直在这个寺院安身修行。这次就是她花费了重金，向吐蕃大师萨班·贡噶坚赞请到了这稀世佛宝，将其供在荐福寺。"

听到济王二字，赵范的脸色微微一变，他立即想到，佛血舍利这件事济王妃为何要如此高调？听说余天锡就是当年查处济王案的主要官员，邸报上说有人携刃试图行刺他，这会不会牵涉到济王妃？只要是跟济王和济王妃有关的，就一定不会是小事。如果真是这样，难道几年前的济王案将要再起风波了吗？

济王案直接牵涉皇帝和史弥远，太过敏感，赵汝谠便转移话题说："楚州之战，看来不能急于求成。完颜赛不是金国名将，率领的又是金国主力，他们到楚州来，意图究竟是什么？如果他们有备而来，那我们更加不能仓促应战了。"

赵范立即附和："蹈中说得有道理。制置使大人，我建议赵葵的兵马就地驻扎，如果金军南下，立即阻截。同时，我们要派官员到楚州去，去质问完颜赛不，为什么违反两国和约，攻我楚州？"

赵善湘频频点头，对赵汝谠说："蹈中，你的部下冉琎，跟金国那里比较熟悉，要不就再辛苦他去一趟如何？"

赵汝谠想了一下，点头答应了。

这夜，赵汝谠召集冉琎、冉璞和蒋奇三人议事。他先将目前大军的形势以及临安邸报的内容通报了三人，然后对冉琎说："制置使大人想请你到楚州走一趟，向完颜赛不当面提出抗议，要求他立即退兵。你觉得如何？"

蒋奇连连摇头："不行，这太危险了。"

冉琎却爽快地答应了："大人，我本来就计划去一趟金国，追查莫彬的下落，现在可以两件事一并去做了。"

冉璞立即接话道："大人，请让我陪同兄长一起去吧。"

听了这话，赵汝谠犹豫了："你们二人都去的话，万一出事，我如何向你们的家人交代呢？这风险太大了。再说，我还有些公事要你到临安去。"

冉璞问："是不是为了小董相公被害一事？"

赵汝谠点了点头："嗯，我怀疑此事跟费忠有关。"

冉琎说道："宰相史弥远和太后病重，济王妃高调现身，小董相公遇袭，这些事同时发生，只怕并不简单。"

赵汝谠点头赞同，对冉璞说："湖州事变时你见过济王本人，又参与了平乱过程。你是现在为数不多的知情人之一。到了临安后，你寻找机会见一下济王妃。如果她真的有什么举动，你要及时劝止，尽力保全她才好。"

"大人是不是对荐福寺舍利一事，有一些怀疑？"

赵汝说抚须回答："但愿不要出事。可我有一种预感，那里没有事则罢，一旦出事，就会是一件惊人的大事。"

冉璞拱手说道："大人放心，我明天就走。"然后转身对蒋奇说："我和兄长离开之后，这里的一切大小事务，尤其是大人的安全，就拜托蒋兄了！"

蒋奇慨然回答："冉兄弟放心！"

第二天，赵汝说亲自为冉璞送行，陪着他一直出了扬州城，这才转回，前往扬州府衙。

而此刻赵善湘刚刚当面向冉琎交代了楚州之行的任务："冉先生，你此去楚州，肩负着朝廷的重任，一定要谨慎小心，相机行事哪。"

冉琎拱手回答："大人放心，在下明白，一定不负大人的重托。"

赵善湘见他以国事为重，对此行可能遇到的危险丝毫不惧，不由得越发欣赏。如果不是因为国事重要，他有些舍不得让冉琎前去冒险了。于是拉着冉琎的手，一起步出府衙，刚好遇到了赵汝说。随后，两位大人一道前往东关渡口，为冉琎送行。

几天前，彭渊接到了冉琎的书信，要他到扬州来。今天他正好赶到了东关，于是再次陪同冉琎前往楚州。

再说冉璞风尘仆仆地连续赶路，三天后的下午到达行在临安。冉璞住进了月明客栈，休息片刻，洗漱完毕，让小二送来一些吃食。用罢已近黄昏时分，冉璞心想，此刻去找赵汝谈大人未必合适，不如且去那荐福寺察看一下动静。

月明客栈距离荐福寺倒也不远。冉璞走走停停，沿着西湖南岸走了一会儿，只见前面秀山起伏，到处林木葱葱。天色逐渐变暗，云烟缥缈。放眼湖上，景致若隐若现。冉璞不由得驻足观看了一阵。

再行片刻，天空猛然放晴，可以清晰地看到前面有红墙林立，楼殿排列，空气中能闻到浓重的香火气味。冉璞知道，这是荐福寺到了。刚转了一个弯，前面的视野豁然开阔起来，一座八面五层的塔楼跃入眼帘，这正是临安闻名的皇妃塔。此刻夕阳斜照，塔影横空，金色晚霞映照在塔身之上，观之炫目。

冉璞想起以前跟随真德秀居住在孤山，那里曾经有一位隐士林逋。他写过："中峰一径分，盘折上幽云。夕照前林见，秋涛隔岸闻。"冉璞不由得暗自点头，这中峰夕照说的应该就是此处了。

进寺之后，冉璞直接走向了皇妃塔。据说此塔乃是当年钱王为庆祝宠妃得子而建，所以命名为皇妃塔。这时仍然有一些香客，都围在塔楼周围，焚香敬拜。

冉璞进塔之后，看见中间的佛案上放置有各色法器，有金、银菩提树，石香炉，青花瓷瓶，盛有供物的银碟、铜碗以及种类不一的玉器等各类供佛物品。中间放置了一尊小金塔，用佛家七宝装饰。冉璞仔细观看，见有金银、琉璃、水晶、珊瑚、琥珀、砗磲、玛瑙等物。在香烛照射之下，金塔熠熠发光，清晰可见里面放置了一个金盖玛瑙罐。罐中果然装有真身舍利六枚，如邸报中所言，六枚红褐色的佛血舍利，与六颗金珠一起供奉在玛瑙罐中。

塔内依稀可以听见有僧人正在诵经。对于佛经，冉璞涉猎较少，只依稀记得《法华经》有云："尔时佛放眉间白毫相光，照东方万八千世界，……复见诸佛般涅槃后，以佛舍利起七宝塔。"这时耳边又仿佛听到有人诵经。听声音，诵经的僧人应该在楼上。

此时仍有香客自楼梯向塔上行走，冉璞也跟随其后，登上了顶层。此处香客较少，安静了许多。

有一个老僧被众僧围坐，正为众人讲经，只听他诵道："诸法因缘生，缘谢法还灭。……诸行无常，是生灭法。生灭灭已，寂灭为乐。本有今无，本无今有。三世有法，无有是处……"

听了一会儿，冉璞见顶层香客逐渐稀少，便跟随其他游客一起离开了。

在下楼时，听到有人议论，三天后要在这里召开盛大的法会。"五山十刹"包括灵隐寺、径山寺、净慈寺、天童寺和育王寺等各寺住持及高僧们将齐聚荐福寺。届时一直隐居清修的本寺惠净太师，将首次公开露面，还要设坛开讲。

冉璞知道，他们所说的惠净太师就是济王妃吴氏。冉璞满腹疑问：济王妃为什么要在隐居多年之后，突然高调露面呢？

第十一章　惠净太师（一）

冉璞出塔之后，天色已然开始昏黑。这时，一阵悠远绵长的钟声在暮色中传来。

听钟声的方位应该是南屏山下的净慈寺。三年前冉璞曾经跟真德秀大人和兄长一起去过此寺，那里有一口青铜大梵钟，傍晚时分便会敲响。南屏山寺庙云集，除了荐福寺，还有翠芳园、白云庵和兴教寺等中小寺庙，其中最有名的当数禅宗五刹之一的净慈寺。整个南屏山钟鼓诵经，烟火烛光，梵呗佛号，这里俨然就是一个佛国。

要不要去荐福寺打探一下？冉璞盘算了一阵，决定还是明日见过赵汝谈大人之后，再来拜会一下这位神秘的惠净太师。正想着心事，看见有一个男子正行走在前面，这人头戴一顶方巾，身穿交领布袍，应该就是个书生吧。

可他的背影有点熟悉，似乎在哪里见过。

正盯着这背影时，那人似乎感觉到了什么，便回头瞧了瞧。冉璞看得清楚，此人分明就是那个行踪可疑的梁光。

这时梁光也看清了后面的人正是冉璞，愣了一下后他没有停留，继续向前行走。冉璞疾步追上，堵住了他说道："阁下是梁光吧？"

梁光被他拦住，只好停下："请问贵价是谁？有事吗？"

冉璞见他佯装不认识自己，不禁有些好笑："梁光，你曾经在官府诬陷于我，怎么现在装不认得了吗？"

梁光仔细看了一下，拱手笑道："原来是冉捕头，上回我被奸人蒙蔽利用，差点做了伪证，真是对不住了！"说完作揖施礼，连声道歉。

"道歉就不必了。有几件事情，我需要询问阁下。"

梁光立即回答："冉捕头，据我所知，你已经跟着赵汝谠大人调任扬州去了。如何又返回临安来了？"

冉璞没想到这人竟敢反问自己，便单刀直入地说："梁光，我一直在寻找你，有几件案子都跟你有些牵连。"

梁光笑着问："阁下已经不在临安府了，未经许可，您不能在临安私下查案吧？"

"这个无妨，我可以将你带到临安府衙门去，在那里，我自然可以讯问你。"

梁光无奈，想了一下说道："我知道你想问什么。可是我现在必须走。这样吧，明日下午申时，还在此地，我就在这里等你，到时会回答你的所有问题。"

冉璞见梁光的神情并非在打诳语，正有些狐疑他为什么这样说话，梁光从身上掏出了一个铜腰牌，向冉璞展示了一下。那上面刻的字竟然是"机速房执事"。

一时间冉璞愣住了，梁光拱手告辞，从容地离去。冉璞此刻终于明白，此人的背景远比原来想象的要更加复杂，他的身上一定藏着很多秘密。

这不是冉璞第一次跟机速房的人打交道了，上一回在济王府外遇到一位，发生了冲突。那人的精干与勇悍给冉璞留下很深的印象，如今梁光居然也是他们中的一员。那么他的背后，当然就是宰相史弥远了。

冉璞满怀心事地回到月明客栈。邓冯正在等他，旁边还有丁义和丁卉父女。众人见到冉璞，都非常高兴。丁义让女儿向冉璞行大礼，感谢救命大恩，冉璞赶忙扶起了丁卉。众人一番互致问候，丁义就让丁卉暂到旁屋去。丁卉明白，他们有要事商议。

丁义就将他追踪费忠一伙人的经过详述了一遍。他曾经几次探访贤良寺，却因为丁卉被那伙人藏在了密道，因而错过了救出女儿的机会。后来，冉璞接力监视贤良寺之后，丁义一路追踪费忠去了江西。到了宜春后，这才发现阎笑娉的家人不久前被宫中来人接走了。那费忠几番打探之后，认定自己全家被害就是董宋臣做的手脚。因此费忠深恨董宋臣。

可董宋臣是皇帝跟前的贴心宠宦，要想杀他谈何容易？费忠就悄悄地潜回了临安，一心想着报那灭门之仇。丁义也跟着他回来了，可还没有打探到他的藏身之处。

冉璞问丁义："前些日子董宋臣的胞弟小董相公当街被杀，余大人查这个案子有进展吗？"

丁义摇头回答："不知道，我已经不在临安府了，余大人将我销差了。"

冉璞很是吃惊："为什么？"

"他说自己上任以后，我迟迟不去报到应差，只得将我撤职。"

"可你一直在查案啊！"

丁义苦笑一声："余大人怎么也不信我的解释。这就是找个借口吧。"

冉璞摇头："当朝宰辅，为什么这么不能容人？"然后劝慰丁义："既是这样，丁兄，我们一起去扬州吧，还是辅佐赵汝说大人。"

丁义犹豫了一下，便点头答应了。随后冉璞告诉了丁义和邓冯他此行的目的。

邓冯说道："我明天就派出人手，各处查找费忠的下落。"

丁义说："那我去查看荐福寺的动静吧。"

冉璞很是高兴，有了两个强手帮助，自己顿感压力大减，对丁义说："还要查一下梁光、丁大全和马天骥。"

"你认为他们跟费忠有瓜葛？"

"是的。这些人跟莫彬都有不清不楚的关系，以前一定有蛛丝马迹被我们忽略了。"

丁义点头答应。

邓冯说："对了，前一段时间，谭惜惜被人屡次骚扰，她很是害怕，现在被我们安置在分堂里。据她说，这件事可能是皇帝身边的红人董宋臣干的。我们查访了一阵，已经确认了此事。"说到这里，邓冯犹豫了一下，停口不讲了。

冉璞见状，对丁义说："丁兄，明日辰时你到客栈来找我，我们碰齐后一起到荐福寺去。"

丁义很是知趣，立即答应起身告辞。他走了以后，邓冯轻声说："据我们的内线证实，阎笑娉和赵柔奴二人之所以能进宫，而后又被封为美人，深受皇帝宠幸，都是董宋臣一手安排的。"

冉璞点点头："这事我们已经猜到了。"

邓冯诡异地笑道："莲阁仙会的三甲当中，两个已经进宫，现在只剩下谭惜惜了。"

这是宫闱秘事，冉璞并没有什么兴趣。

邓冯接着说："听说那董宋臣经常领着皇帝到宫外四处游逛，可能皇帝对谭惜惜这个榜眼很有兴致，所以董宋臣就将皇帝引到了她那里。但谭惜惜当时并不知情，无意中得罪了皇帝，她说那日皇帝很不高兴地走了。所以董宋臣便迁怒于她，几次三番地派人向她报复。"

冉璞听罢，不禁觉得很是好笑："小董相公被人杀害的事情，堂主听到什么风声没有？"

"暂时没有。不过我想，这一定是仇杀，而且是冲着董宋臣去的。"

"邓堂主说得有理。我怀疑是费忠干的此事。"

"哦，是不是有了什么证据？"

"目前还没有。上回在临浦，费忠满门被杀。谁跟费忠有这样深的仇怨呢？"

"阎笑娉？"

"是啊。可她刚进宫不久，不可能找到人为自己报仇，只有董宋臣可以替她出头。"

"有道理，这么看来几个案子就连到一块儿了。冉捕头放心，明天我就派人调查一下这些人。"

第二天上午，冉璞和丁义一道去了荐福寺。冉璞请小沙弥进去通报，想见一下惠净太师。小沙弥当即拒绝,说惠净太师一直身体不适,不见外客。

冉璞与丁义对视了一眼,都在想,既然有病在身,为什么惠净明天要公开露面,还要登坛宣讲呢?随后两人分开,冉璞前往参知政事赵汝谈的官署,丁义则去四处打听惠净的消息。

到了赵汝谈官衙,今日当值的差事跟冉璞打过几次交道,彼此熟络,亲热地将他领了进去。

赵汝谈见到冉璞,很是高兴,详细询问了扬州战事的经过,又问起莫彬的下落。冉璞说兄长冉珽已经前往调查,相信不久会有消息传来。

赵汝谈说:"据报,莫彬失踪的那几日,有人在海面上看到他们的一艘商船,那船似乎朝着象州方向行驶,那里靠近他的老家。可是后来船突然改向了。"

"能确认莫彬在船上吗?"

"不能确认。但是可以确信,那船原先被莫彬一伙人控制,一直就停靠在临浦码头。所以我才怀疑莫彬就在船上。"

"他的老家那里没有任何发现吗?"

"官府搜查了多次,没有发现他的踪迹。"

"那就一定去了北方。只要他去了金国,我兄长就一定能查到线索。"

"嗯,你兄长机敏干练,相信他一定会有收获。对了,你这次回来,可有什么事情吗?"

冉璞就把赵汝说对他委托之事详述了一遍:"大人,我们怀疑小董相公之死,是在逃嫌犯费忠干的。"

赵汝谈摇头说道:"可你现在不在临安府了,不能直接查案。"说完抚须想了一阵,说道:"刚才提到惠净太师,你们的判断非常准确。"

冉璞听他说话的口吻,似乎了解些什么:"大人,是不是已经有事发生了?"

"嗯,前几天有人向南外宗政司的大知宗赵汝华大人捐助了一大笔银钱,说是给宗室子弟养廉支用,还允诺将要出资兴办宗学,支付南外的官员及眷属开销等，以减轻地方官府的负担。赵汝华大人仔细询问，这才得知出资人就是原济王妃，现在的惠净太师。"

"南外宗政司是什么机构？"冉璞疑惑地看着赵汝谈。

赵汝谈见他困惑，解释说："宗政司是管理皇族宗室事务的专门机构。朝廷南迁后，大量宗室定居泉州，所以宗政司也南迁到了泉州。"

"哦，那惠净太师捐给他们多少呢？"

"两百万贯。"

冉璞登时很是惊讶，一个比丘尼，怎么可能拥有如此巨大的财力？便咂舌道："看来，她的家产很是丰厚哪！"

"惠净太师多年来，每遇佳节就会收到太后的不少恩赏，朝廷每月都会供给她份例钱上千贯。可就是这样累积起来，也不至于会有那样大的数目。大知宗接到如此巨资捐助，不敢隐瞒，就向皇上汇报了。皇上让我查问一下，惠净太师是不是有什么诉求？可惠净不肯见我，刚才我还在为此事烦恼。"

"大人是不是在担心，惠净太师此举另有目的？"

"是的，不过她的身份太过特殊，恰好太后也正病重，皇上不得不有所顾虑。正在病中的史相更是特别关心此事。连我都在想，惠净太师这些举动，只怕并非偶然啊？"

"大人告诉我这些，要我做什么吗？"

赵汝谈赞许地点点头："我知道，你是那年湖州事变的知情人之一，又见过济王本人。我想要你去见一下惠净。或许她会愿意见你。"

"大人，我今天去过荐福寺，那里的小沙弥说惠净太师是方外之人，而且一直在生病，不见外客。"

赵汝谈想了一下，将自己的名帖递给冉璞："你想想法子，争取进寺里见到她。万一有人阻挡，你就拿我的名帖应付。"

冉璞接过了说道："大人放心。"

第十二章　惠净太师（二）

下午申时，冉璞赶到了荐福寺。走到昨日遇见梁光的地方，原来这里便是翠芳园了。冉璞驻足，向四周观察了一阵，只见远处林木茂密，石峰层峦叠嶂；近处古藤满枝，重重叠叠，绿荫遮蔽。冉璞注意到，有一条小径，向南直通八卦田。那么再前行几里山路，便到贤良寺了。冉璞不禁沉思了起来。

正在这时，梁光不知从哪里冒了出来，对冉璞拱手说道："冉捕头，果然准时。"

冉璞拱手还礼问道："是不是该称您梁大人了？"

梁光笑了笑："冉捕头随意，我不介意叫我的名字。"

"那好，梁光，我们有充分证据，证明你就是通缉要犯莫彬的手下。可你昨天竟出示了机速房腰牌，这到底是怎么回事？"

梁光哈哈笑道："不错，我的确在莫彬手下干过一阵。"

冉璞见他的眼神里略带着戏谑，并没有半点慌乱。

梁光停了笑声："我受史丞相差遣，潜伏到莫彬身边，就是为了查清他们所有的勾当。"

既然他能拿出机速房的腰牌，这话基本上是可信的，冉璞就问："那你都查出了什么？"

"太多了，但大都牵涉机密，恐怕无法向你透露。"

"比如呢？"

"王世安的金国细作身份，就是我跟我们在金廷的内线联手发现的。"

"王世安的真实身份，我们自己也查清了。你既然知道他的身份，怎么会让他逃走呢？"

"你们不也是等证据足够之后，才能确认吗？"

冉璞点头："莫彬究竟逃到哪里去了？"

"暂时还没有查清，我想他应该是逃到金国了。"

"费忠在哪里？"

梁光的目光闪烁了一下："这个不清楚。"

"小董相公是不是他杀的？"

"不知道。"

"金达满门被害，是费忠带人干的？"

"是。"

"为什么不阻止？"

"费忠跟莫彬单线联系，当时除了莫彬，任何人都不知道他的行踪。"

冉璞默想了片刻："费忠一家被杀，是不是太监董宋臣派人干的？"

梁光沉默着没有回答，可也没有否认。

"为了给阎美人报仇吧？"

梁光仍然沉默。

冉璞继续发问："莫彬有一大笔钱财不明去向，是不是还在临安？"

梁光继续沉默。

"你不回答，就是默认了？"

过了片刻，梁光说："我已经讲过，很多事牵涉机密，机速房有严厉的规矩，我不能向你透露。但凡可以回答你的，我已经都告诉你了。冉捕头，你问了这么多问题，该我问你了吧？"

"可以，你问。"

"王诚出事那日，你们一直蹲守在余天锡大人府外吗？"

"不错。"

"为何没有抓住凶手？"

"凶案现场距离余府有一段距离，而且凶手似乎认得王诚，所以王诚才会跟着那人离开余夫人他们。那时余府的差役们甚至都没有发觉，他就已经离开了。"

"查出凶手是什么人了吗？"

"还没有查实，我们就跟着赵汝说大人去淮东了。"

"这么说，你们有嫌疑人物了，是谁？"

"马天骥，是他那日约了王诚去的太平酒楼。"

梁光面无表情，又问："你这次回临安，打算查他？"

"可惜我已经不能在临安查案了。"

梁光沉默片刻，突然问："你到荐福寺来，是不是要见惠净太师？"

冉璞顿时很是惊讶，却面色如常地回答："是的。难道你能帮我见到她？"

"可以。中午太师吩咐我，将你领进去见她。"

这次冉璞毫不掩饰自己的吃惊，看来这梁光当真是个人物，竟然跟济王妃关系匪浅。冉璞问："惠净太师如何知道我要见她？"

梁光没有再回答，只做了一个手势："请随我进去吧。"

这次有梁光引路，寺里的僧人没有任何人上前阻挡。难道这些僧人都认得梁光不成？

走了一会儿，前面出现了一些阁楼，被封闭在一圈高墙之内。远远地就可以看到，大门上的匾额写着三个字："白云庵"。原来白云庵就在翠芳园。

白云庵门口值守的尼姑并没有阻拦他们。冉璞进去之后，只见到处秀竹成林，地上翠绿如茵。这里如此静谧，高大的樟树上偶尔传来三两声鸟鸣，似乎就在耳边。冉璞发现，这庵里并没有比丘尼们来回走动，难道她们都在屋内做功课吗？

穿过竹林后，就是一片小池，他们来到一个依水而建的庵堂。门口站了两个尼姑，见他们走来，其中一个便向里面通报去了。等他们到了时，另一个尼姑便挡住了他们，让稍等片刻。

冉璞打量着这庵堂里的布置，只见一应家具陈设都极其简单。佛案上除了供放着佛祖坐像，有一盏佛灯，一对普通的钵盂和铜香炉，还有几个瓷碟之外，并没有摆放其他法器。佛案前面的蒲团有破损，木鱼、云板这些看起来都用了很久。显然，已经很久没有添置新器具了。难以想象，这里的主人竟然有那样雄厚的财力，一出手便是两百万贯。

这时，一个带发女尼从内堂走了过来。冉璞见她有30多岁的年纪，眉梢眼角间已经露出了皱纹，脸色暗黄发白，不时手按胸口露出倦容。这应该就是惠净太师了。当初杨太后特许她带发修行，所以她依旧留了长发，眉目间仍然可见她年轻时的秀美面容。惠净太师身穿蓝袍，前胸挂了一串佛珠，手里捻着小串念珠，举止沉稳，依稀仍是当年济王妃的雍容气度。

惠净走到冉璞跟前，双手合十："阿弥陀佛，施主，贫尼有礼了。"

冉璞也作揖还礼，随后跟着惠净走进坐下。

惠净问道："听说施主名叫冉璞，可是当年真德秀大人的部下，去过湖州的那位？"

冉璞回答说："正是在下。"

这时，惠净露出了一丝笑容："这么说来，贫尼出家前的先夫曾经见过你？"

"是的，大师。那次真德秀大人命我为济王殿下带去几句话。谈话结束后，殿下将随身的玉佩摘了给我，让我转交给真大人留作纪念。"

这件事济王妃当年是知情的。听冉璞所述丝毫不差，惠净频频点头。只因遇到故人，她不禁想起了先夫济王，心里顿时酸楚交加，可面上却依旧平静如水："真师父现在好吗？"

冉璞明白，她这是以济王妃的口吻在问话了。"真大人目前隐居乡里，一切都还安好。"

惠净当然知道真德秀受到济王案的牵连，被史弥远整治，已经罢官回乡。但她依然关心真德秀的近况，叹了一声说："真大人是先夫的老师，他被贬是受我们连累了！"

冉璞听说僧尼只要遁入空门后，都不可再有凡思俗念。面前的这位惠净太师却在为前事内疚，可见她俗缘未了，心里还有挂碍。

果然，惠净继续说道："今天请你过来，是因为贫尼有事想要拜托施主。"

第十三章　十地秘册（一）

冉璞听惠净有事相托，爽快地答道："大师请讲，只要在下能力所及，一定会尽全力。"

惠净感激地说："施主仁厚侠义，不愧是真师父的属下。阿弥陀佛。"说完起身，双手合十，弯腰施礼。

冉璞也起身回礼。

两人重新坐下后，惠净说："施主当年亲身经历了湖州之事，听说施主当时就在知州谢周卿的身边，参与了平乱。施主应当是为数不多的知情人之一。济王他，是被冤屈的！"

冉璞正要回答，却见梁光仍在旁边站着，便犹豫了起来。惠净看出冉璞的顾虑，对梁光说："你先出去，待会儿我还有事找你。"

梁光应诺便出去了。

冉璞回答道："济王的确是被冤枉了。真大人、魏了翁大人，还有谢周卿大人他们都是这么认为的，朝野还有更多的正直之士都在为济王鸣不平。"

这句话虽然声音很轻，但在惠净听来，好似天空响起了炸雷，给她苦旱已久的心田带来了慰藉。惠净沉寂已久的心跳动了起来，压抑多年的委屈和愤懑，几乎瞬间就要迸发。她真想当场失声痛哭一次，但她强忍着压抑住了自己就要炸开的情绪。忽然她鼻子一酸，两眼顿时充满了泪水。

冉璞无限同情地注视着她，很想再说几句，来安慰面前这位苦命的济王妃，但又能改变什么呢？自己终究还是无能为力。

过了片刻，惠净平复了下来。原来这世上到底还是有仁义的，许多人在同情济王和自己。感谢佛祖有灵,惠净口中念道:"纵使百千劫,所作业不亡,因缘会遇时,果报还自受。"

冉璞问道:"大师,您是不是打算为济王翻案?"

惠净点了点头:"贫尼一直忍辱偷生,这就是余生最大的愿望。贫尼想拜托施主带话给真师父:济王是清白的。请真师父想办法为济王平反。当今皇上也是他的学生,也许会听从他的劝告去拨乱反正。"

冉璞摇头说:"可真大人现在已经不在朝了,他如何能见到皇帝?"

惠净叹了一口气:"是啊,只要奸相当朝,真师父是回不来的。"随后她突然显得有些兴奋:"可是上苍终究有眼,恶贯满盈的史弥远业报就要到了,他已经活不久了。"

"哦,这是怎么回事?"

"史弥远已经衰老不堪,久病不起了。他死以后,皇上一定会清除奸党,改用像真师父这样的贤能之士。到时候,如果真师父能在朝堂上为济王说话,最终翻案,到那时贫尼就是死,也可以瞑目了!"

冉璞点头答应:"大师放心,这话我一定带到。"

惠净再次合十施礼:"多谢施主了!"

冉璞回礼,然后问道:"大师,最近您是不是送出了大笔捐资?"

惠净的眼睛忽然有点异样:"施主怎么会知道这件事?"

"不瞒大师,我到荐福寺,是受赵汝谈大人委托来见您的。刚巧,梁光说您也要见我,可见这就是机缘了。"

惠净若有所思,点头说:"赵大人前天来见贫尼,因为贫尼身体不适,所以不能见客。烦请施主代贫尼向赵大人致歉。"

"好的。赵汝谈大人得知您给南外宗政司捐了很多钱。他让我来问问,您是不是有什么诉求?"

惠净知道,现在赵汝谈是唯一一位身居宰辅高位的宗人。他既然为了此事要见自己,极有可能就是皇帝的意思。惠净不由得精神一振:"请施主告知赵相,除了这第一笔捐资,随后贫尼还要捐300万贯给宗政司,用来支持宗学和各地的书院。此外，贫尼在几个寺庙名下的各处水田、旱田20万亩也会转给他们，作为皇家宗田使用。"

听到这些数字，冉璞几乎有些瞠目。济王妃怎么会拥有如此巨量的财富？

惠净知道冉璞在想什么，解释道："但这些钱财并不是贫尼所有。"

冉璞困惑地看着惠净："大师，这是怎么回事？"

"施主知道白云宗吗？"

冉璞点头。

"这些都是白云宗的财产，我就是现任宗主。白云宗前任宗主叫莫彬，他和前户部尚书莫泽，就是湖州事件的始作俑者。"然后，惠净将莫泽与莫彬联手策划济王谋反事件的过程讲述了一遍。"这些年来，这二人罪恶滔天，不但想出毒计构陷济王，而且用钱财和美色拉拢、腐蚀朝廷高官。被他们拉拢下水的高层官员，不胜枚举。这些人在史弥远的庇护下，一荣俱荣，一损俱损，招权纳贿，横行无忌。他们就是大宋朝廷的心腹之患！只可惜我查出这些来，又有什么用？"

"您所说的这些事情，赵汝说大人和我们已经基本查清楚了。现在莫泽已经罢官，莫彬正在通缉当中。"

"可是朝廷的最大黑手，奸相史弥远呢？"这时，惠净有些激动了。

冉璞无法回答，只有沉默。

过了一会儿，冉璞问道："大师能证明史弥远涉案吗？"

"贫尼就不瞒施主了，贫尼从湖州回到临安后，就一直在秘密调查莫彬、莫泽他们，直到几个月前，才基本查清了他们的肮脏勾当。他们不但联手贪腐，走私茶盐牟取暴利，而且胆大妄为，勾结金国密探，出卖朝廷情报。所有这些事情，史弥远都脱不了干系。"

"这些都有凭据吗？"

"有近三年来的账册，宰相府究竟为他们办了哪些事，收取了多少银钱，每一笔都很清楚。"

"大师,他完全可以抵赖,说是手下人,比如管家万昕,打着他的旗号贪腐。"

"如果皇上和朝廷愿意去查,就可以拿到足够的证词。"

冉璞苦笑着摇头:"只要史相在位,即使拿到这种证词,也不会有用的。"几年前,冉琎、冉璞他们在太平寨抄到了几大箱的账簿,那里就有史弥远受贿的证据。可最终又如何呢?

这时惠净长叹了一口气:"贫尼也知道,想要扳倒奸相,势比登天都难。所以贫尼并不奢望于此。只求能给先夫平反就行。"

冉璞问:"大师这次捐出财产,就是为了这件事情?"

惠净忽然情绪极其低落:"是啊。也许这一切都是无济于事。唉,贫尼是方外之人,本不该再管尘世之事,只是先夫的冤屈一天不洗刷,贫尼便一天也无法释怀。"

冉璞明白济王妃的心思,她希望将巨额财产交给宗政司后,能够感动皇帝,看在这个分上,在史弥远死后最终给济王平反,以完成自己的心愿。冉璞被她的这份苦心感动了,便说道:"大师放心,我一定劝说赵大人,向皇上进言为济王正名平反。"

"阿弥陀佛,贫尼感激不尽。贫尼这就派梁光跟施主一道去见赵大人,如何?"

冉璞有些纳闷,她为什么这么急切呢?就劝道:"这并非一件小事,恐怕赵大人还得仔细斟酌,才能办好此事。"

"这我当然懂的。只是从去年以来,贫尼旧疾又起,反反复复,终不见好。最近病势加重,有名医据实告我,只恐命不久矣。所以贫尼才将身外财产全数交给宗政司。这些钱大都是莫彬任白云宗宗主时,多年积聚的不义之财。希望皇上拿去后,能够解朝廷所急。这便是贫尼的一番心意。"

冉璞频频点头。

"两天之后,本寺将举办盛大的佛陀舍利法会。如果皇上最终能恩准此事,就请赵大人前来参加;如果不准,赵大人也就不用来了,贫尼到时自然明白。阿弥陀佛。"说完，惠净默念了一段经文。

等惠净念罢，冉璞准备起身告辞，忽然又想起一事，便问："大师说的那秘册，还有那些田产，是不是一个叫金达的商人转交给您的？"

惠净听他这样问，并不正面回答，只说道："施主如果还有什么问题，就请问梁光吧。"

冉璞见惠净似乎非常信任梁光，迟疑了一下说："大师，在下还有最后一个问题。"

"施主请问。"

"梁光跟随大师很久了吗？"

"没有多久，不到三年吧。"

"大师知道他的叔叔是谁吗？"

"知道。"

"您是否知道，梁光他还是机速房的人？"

"知道的。施主放心，梁光做事自有分寸，他不会给你们带来麻烦。"惠净丝毫不掩饰她对梁光的信任。

这让冉璞越发觉得，梁光此人实在难以捉摸。

惠净将梁光叫了进来，向他交代一番。梁光点头应诺。随后惠净亲自将二人送出了白云庵外，双手合十致意。

冉璞作揖还礼，告辞而去。

冉璞与梁光二人骑着各自的马一道向城内行去。冉璞忽然产生了一种非常古怪的感觉，自己怎么会跟梁光这样的人并马行走？不由得认真打量了一下梁光的脸。

梁光见他在关注自己，便说："冉捕头，我知道你在想什么。"

"哦，说说看呢。"

"你很看不上我。"

冉璞笑了："为什么这么说？"

"因为你看我的眼神，有些不对。"

"怎么不对了？"

"你的眼神在说：这人实在太假，总是戴着面具，从不敢露出他的真面目。"

"难道不是吗？"

"是。"

"那你到底有几副面具？"

"那要看需要几个了。"梁光轻叹了一口气，"冉捕头经常做面具吧？"

第十四章　十地秘册（二）

冉璞明白，梁光说的是前些时候他戴了一个面具，假冒王世安闯进了贤良寺，便点头说："那要看是否需要了。"

这时两人发觉彼此的答案很是相像，不由得都笑了。

"冉捕头，你喜欢做面具，我喜欢戴面具。我们倒是可以联手做事的。"随后，梁光的表情突然变得意兴阑珊，叹了一口气道，"等你我办完了事情，恐怕都该离开临安了！"

冉璞有点好奇："你要去哪里？"

"哪里都行，只要能离开临安。"

冉璞一时搞不清他的真实意思，因见他开始沉默，于是便也不再说话了。两人一路无语到了赵汝谈官衙。

冉璞直接领着梁光进入官衙，让他在议事房稍待片刻，自己进去向赵汝谈汇报了见惠净太师的过程。赵汝谈很是惊讶，为什么惠净在这个时候，提出要给济王平反的请求？难道真是因为她觉得自己将不久于人世，想要提前完成毕生心愿？还是因为她听说史弥远病重的消息，想要拼力一搏？不管怎样，这个事情都非常棘手，弄不好自己将吃力不讨好，两边都会得罪了。

赵汝谈皱着眉头说："如果她自己提出为济王平反，这件事必定毫无可能。"

"大人，这是为何？"

"要不要给济王平反，完全取决于皇上和史相两个人。如果由合适的人提出此事，比如太后，或许能成。但即使皇上同意了，史相也绝不会答应的。"

"听说史相他已经……"

"越是这种时候,更加不能提出此事,否则一定会遭到史党的疯狂攻讦。"

"那,皇上自己会怎么想呢?"

赵汝谈愣了一下:"很难说。皇上还没有真正亲政,他的心思我虽然略知一二,但他对此事的态度,我毫无把握。"想了想,他继续说:"如果皇上亲政,他权衡利弊后,可能会静悄悄地替济王平了反。但如果这事现在就张扬了出去,那皇上肯定不会愿意。"

冉璞小心翼翼地问:"皇上是不是……担心有人诬他得位不正?"冉璞心想,如果皇帝真的这样想,那就说明他还远远不够自信吧。

赵汝谈一听这话,眼睑猛然抖动了几下:"济王之事已经过去了,不管是谁在朝堂上提起此事,都是在制造麻烦。你刚才的话,今后不要再说了。对了,你说梁光正在外面等候?"

"是的。"

赵汝谈抚须不语。

"大人要是不见,我让他回去便是。"

"不,如果不见,下面一定会有麻烦发生,那样更糟。就让他进来吧。"

冉璞应诺,出去将梁光领了进来,然后自己退了出去。约半炷香工夫后,梁光出来了。冉璞见他面色如常,看不出任何表情。

梁光走过来,冲冉璞拱手作揖:"多谢冉捕头,我回去了。"

冉璞回礼,并没有问他情形如何。梁光礼毕,自行离去。

冉璞目送梁光远去的身影,正想着心事的时候,赵汝谈走了出来,命人备轿,他要马上进宫面圣。

冉璞见赵汝谈紧锁双眉,手里托着一封厚厚的信函,不禁猜测,难道梁光已经把那些财产文书带来了吗?

再说梁光离开赵汝谈官衙之后,天色已晚,天空渐渐昏暗起来。

梁光正骑马往回走去，行到官巷口附近，看到前面有一个熟悉的高大的身影，冲自己挥了挥手。那人竟还戴着斗篷，腰间右侧挎了一把手刀。梁光面色陡变，这人是费忠？

正犹豫着，那人已经走过来拉住了马缰绳，将马牵到一个僻静的角落。然后摘掉了斗篷，冷笑着说："梁光，你果然好本事，连宗主都被你耍了！"

他果然就是费忠。

梁光镇定地下了马，笑着问："原来是总捕头。不知你说的是哪位宗主？"

费忠怒斥："你这厮吃里扒外！老实交代，莫宗主现在在哪里？"

梁光从容地回答："你问的是莫彬吗？他是朝廷的通缉要犯，已经不再是现任宗主了。"

"哦？你说这话，难道是有了新的宗主？"

"正是，她就是荐福寺的惠净法空太师。"

费忠愣住了，很快就明白梁光不是在打诳语。莫泽被抓，莫彬失踪后，费忠回到临安，小心翼翼地潜伏了下来，四处打探消息。他曾闯进余天锡府邸，想向他询问究竟。后来，费忠在夜市碰巧遇到了行事高调的小董相公，顿时恶向胆边生，他便寻机一刀杀了小董相公，总算是出了一口胸中恶气。再后来他打探出是梁光出卖了宗主莫彬，就决定继续潜伏要杀梁光。但现在听说宗主已换，一时间，他犹豫起来。

梁光见费忠的左手一直紧紧地攥着刀把，知道他起了杀心，便说："总捕头，我可以带你去见惠净太师，现在宗主急需用人，你回来得正是时候。"接着将两天后荐福寺舍利法会的事情告诉了他："那天会有很多人来。说不定董宋臣会代皇上来进香礼拜，那就是你报仇的机会了！"

费忠听着不像在骗他，便问："如果他不来呢？"

梁光眼珠一转："就算他不来，按照朝廷定例，礼部的高阶官员，如侍郎李韶他们一定会来。到时你就挟持一个高官，公布董宋臣的恶行，要求朝廷依律惩办。这不也是报仇吗？"

费忠听梁光这样说，倒是有些道理，只是他这人究竟还有几分可信呢？于是上前揪住梁光的衣领，威胁说道："你这烂厮，如果诓我，我一定杀了你的满门！"

梁光见他凶相毕露，正在琢磨着怎么应对，突然有人大喝一声："费忠！"

费忠扭头一看，真是冤家路窄，又是冉璞来了。只见冉璞正执刀向这边快速地冲过来。费忠撇开梁光，急忙向弄堂深处跑了进去。说话间冉璞追到，因见梁光无事，便火速追了上去。

梁光脱险之后，仍然心有余悸。随即想到，刚才冉璞救下自己，必定不是碰巧，他应该是一路跟踪自己到了这里。可自己刚才竟然毫无察觉！

梁光的头上冒出了冷汗。于是他不敢耽搁，赶紧上马向叔父梁成大的府邸跑去了。到了梁府，梁光跳下马，急急地走进了梁成大的书房。

梁成大见他这副模样，便问："光儿，是不是出了什么事？"

梁光坐下，要了一杯茶水，喝完之后，定了定神，回答道："现在还没有，不过就快了。"

梁成大知道这个侄儿向来沉稳，他既然这样说，一定是出大事了："别着急，慢慢讲。"

梁光先把惠净的举动告诉了他。梁成大听罢，哈哈笑道："她一个妇人，又是出家的尼姑，还能替济王翻案？痴心妄想！"

"叔父，您可不能把这事想简单了。"

"怎么说？难道皇上收了钱，就会替她翻案？"

"不，翻案的事情肯定不成，皇上应该第一个不答应，因为如果济王是被冤枉的，那皇上怎么也摆脱不了干系。不过我们这位皇上非常爱惜名声，他应该会把这事推给史相、郑相和余相。我想，最终史相会来当这个恶人的。"

"对啊，这事本来就没有可能。那你帮济王妃折腾它干什么？"

"不帮她完成这件事，我就拿不到白云宗全本《十地秘册》。"

"《十地秘册》？那是什么？"梁成大顿时有了强烈的兴趣。

"叔父，莫彬他们这10年来上下其手，捞到了海量的钱财。你知道他们怎么做到的吗？"

"难道跟这个东西有关？"

"正是。这些年来，莫彬在背后操控，让董贤四处拉拢对他们有用的官员、豪商，在聚仙山庄里收买行贿，寻欢作乐，然后一一记录。他们还出高价收买高官的隐私秘闻，全都记录在《十地秘册》里。可以说，这就是吏部之外的绝密官员档案。"

"那为何叫这个名字？"

"白云宗修行果位，共分十地。莫彬将所有记录在册的官员和豪商，按重要度分为上、下十地，加以归总。"

"原来如此。这么重要的东西，怎么会落到济王妃的手上呢？"

"叔父可能不知道，莫彬是白云宗的前宗主，而惠净就是现任宗主。"

梁成大顿时觉得有些云山雾罩："他们当这个宗主有什么用？"

"叔父有所不知，白云宗虽然只是个佛家的秘密宗派，但是他们的成员里，有不少临安的高官和皇族成员，济王生前就是成员之一。"

这让梁成大更加惊讶。

"当初莫彬到临安来，就是看中白云宗这一点。他担任宗主之后，利用教中的人脉干成了很多大事。"

"怪不得他们如此神通广大。"

"但是济王看不上他。教中一些人都唯济王马首是瞻，对莫彬不予理睬。后来济王案发，身死湖州，那些人对济王非常同情，都为他感到不平。所以济王妃返回临安之后，他们便联手，要将莫彬扳倒，改拥济王妃为宗主。莫彬有一个叫金达的手下，将《十地秘册》偷出来献给了济王妃。"

"那你能将它拿到手吗？"

"侄儿已经得到了《十地秘册》的下本。我大致翻看了一遍，涉及各地州府官员有几百人之多。而《十地秘册》上本则记载了朝廷中枢以及临安的大小官员，其中价值不言而喻。"

梁成大终于明白了，问道："对了，我听说莫彬还有一本多年的账簿，那里面的猫腻肯定也多，它现在哪里呢？"

梁光诡异地笑了："那账簿现在正在侄儿手里，是我派人将它弄到手了。"

梁成大哈哈大笑："干得不错。后来莫彬仓皇逃走，那些钱财也在你手里吧？"

"不，侄儿没要，全都交给了惠净。"

梁成大疑惑地问："你这又是何必？"

"侄儿不这样做，怎么能得到她的信任呢？"

"可是这，代价也太大了！"梁成大为人最是贪财，连连咂舌说了几个"可惜"。

"不，叔父，跟《十地秘册》比起来，那些钱根本就不算什么。更何况，朝廷上下都在盯着这笔巨财，无论是谁据为己有，都会惹祸上身。"

"好，好。"梁成大的心里，忽然对这个侄儿有些佩服了。

"我竭尽全力得到了惠净的信任，她才将《十地秘册》的下本交到我的手里。侄儿正全力争取拿到全本。"

"太好了！"梁成大喜不自胜，情绪一下子被点燃了，然而他看到梁光仍是满腹心事的模样，便问，"你还在担心什么？"

"惠净将有异动，侄儿担心，到时城门失火，殃及池鱼啊！"

"一介女子，又是个尼姑，她还能怎样？"

"叔父，侄儿只是担心她闹腾大了，到时不好收场。所以我现在过来，想请叔父帮忙。"

"你说，什么事？"

"请叔父明天就到吏部，想办法将侄儿调离临安。"

"可以，你想去哪里？"

"侄儿有一个身份是机速房执事，官阶虽然不高，可是接触的都是机密要事。从这里出去的官员，基本都会升迁。侄儿想改任监察御史，常驻泉州南外宗政司。"

"为什么要去宗政司？"梁成大不明白。

"济王妃把大笔银钱和田地捐给了宗政司，正好利用这个由头，我好脱身离开。"

"好说，这事应该容易。"梁成大一口应允。

梁成大没有想到，这个侄儿的心思比他深远得多。梁光并没有说出他的另一层想法：他认为，以史弥远为首，多年来威权赫赫的"史党"，恐怕就要崩塌了。

第十五章　佛堂惊变（一）

其实梁光也向赵汝谈提出了调任要求。现在有赵汝谈和叔父梁成大两人出面，调往宗政司的事情应该可以板上钉钉了。梁光拱手向梁成大致谢，说道："侄儿现在有了去处，也请叔父早做谋划，争取早日离开临安才好。"

梁成大刚刚升迁宗正少卿、权刑部侍郎，此时仕途之心正盛，哪肯撒手离开呢？他皱着眉头问："光儿，你这是何意？"

"侄儿以前读书，记得有一句话：'日中则昃，月盈则食。'如今叔父富贵已极，须得提防盛极而衰啊。叔父，朝局即将大变，还是早做准备为好。"

"朝局大变？"

"是的，史相逐渐病重，万一他挺不过，朝廷一定会有大变。"

"史相之后，有郑清之、余天锡接班，都是自己人，你担心什么？"

梁光摇头："他们是吗？就算是，叔父想过没有，余大人有拥立之功，可他为什么还那么积极地为皇上物色后宫呢？"

余天锡收阎笑娉做义女，送给皇帝被纳为美人，这件事在临安高官之间不胫而走，不少大臣都对此不齿，甚至连梁成大都有些瞧不上他这个做派。

梁成大诡异地笑着说："余大人想要亲上加亲吧。"

"不全然，侄儿以为，其实是余大人有危机感了。因为无论是郑相，还是余相，他们虽然贵为宰辅，却都没有足够的人望。"

"光儿你不要乱说话，连他们都没有人望，谁还能有？"

"真德秀和魏了翁二人在朝野的威望，要比他们高出很多。"

梁成大没想到这二人，一时愣住了："可他们还能回到朝廷来吗？"

"能的，只要皇上一纸诏书，他们就会立即回朝。以他们在官员中的威望，凡事只要振臂一呼，必定一呼百应。更何况他们还曾做过皇上的讲读师傅，到时候，皇上都得对他们言听计从。"

梁成大摇头不信："你太多虑了。"

梁光叹了一口气："不管怎样，我先去泉州立足，那里离老家福州很近。叔父将来无事最好，一旦有事，侄儿一定想办法，保叔父全家平安回到家乡去。"

听到这样的话，梁成大非常不悦，觉得这个侄子口气太大了。他非常恼火，更觉得可笑，抚着胡须问："你现在官居几品，可以来保我？"

梁光赶紧赔笑道："侄儿失言了，叔父莫怪。"作了一揖接着说："不是侄儿狂言，将来即使远在泉州，只要手握《十地秘册》，我就是大宋朝廷的半个吏部尚书。"

梁成大半信半疑："那东西当真这么管用？"

"当真。而且，秘册还会不断地增补。对了叔父，我有一些手下，马天骥和丁大全他们，都非常精明干练，今后我会慢慢把他们推到前头。"

梁成大频频点头："我听说你跟小国舅贾似道和太监董宋臣过从甚密，可有此事？"

梁光没有否认，笑着说："这位国舅小爷绝顶聪明，将来前途不可限量。不瞒叔父，我已经将最大的赌注，都押到了这两人身上。"

梁成大听罢，连连称好。

正如梁光所料，理宗接到赵汝谈的密报后，心里顿生烦恼，问道："这些钱果然都是莫彬他们的不义之财吗？"

"回陛下，为臣认为可信度很高。要不然，凭她一个出家人，怎么可能弄到如此巨额的财产？"

理宗还是有些狐疑："可这些钱财怎么就到了她的手里？"

"据惠净太师说，这些都是白云宗的公产。原宗主莫彬事败后，教里有人将财产转交给了她。"

白云宗的财力竟然如此雄厚，理宗非常惊讶："史相和余相一直在追查这批非法财产的下落，他们知道这件事情吗？"

"他们应该还不知道。微臣只向陛下一人汇报了此事。"赵汝谈想要秘密地了结此事，因为济王妃的目的，不过是要皇帝的一个承诺而已。如果史弥远得知此事，那一定会横生枝节。他接着又说："臣建议，此事就不要知会史相了，也不要再扩散了。陛下以为如何？"说完，用期待的目光看着理宗。

理宗很是犹豫。济王妃想请皇帝为济王平反，哪怕只是一个空口承诺。可是史弥远死后，难道真能给济王平反吗？如果济王是清白的，那么他在湖州就是被人陷害了。自己是济王案得益的一方，作为皇帝，在其中扮演的角色，能说得清吗？

虽然说有史弥远在前顶缸，可是这能堵住天下人之口吗？有人曾经转呈给自己一篇文章，是一个叫邓若水的进士写的，此文为济王打抱不平，其中写了一句话："昔日相信陛下之必无者，今或疑其有；昔日相信陛下不知者，今或疑其知。"多年来，只要想起这句话，就会令他芒刺在背。虽说郑清之早就多次言明，他的即位乃是天命，可自己还是忌讳听到济王和济王妃的名字。今天再次冒出这件事情，看来真是连耳根都无法清静了！再看昔日的济王妃，如今变成惠净太师，竟然还有白云宗宗主的身份，更有不少人正在为她效力。当真不能小看了这个女人！

想定了之后，理宗对赵汝谈说："不，赵大人，兹事体大，还是请你去通报史相和郑相。你们几位先商量一下，看看究竟要怎么办。"

"陛下，再怎么说，惠净太师也是皇族成员。宗人的事情，还是您自己决定吧？"赵汝谈想要再争取一下，毕竟，济王妃也只是要一个承诺而已！

理宗的脸沉了下来："这件事情就这样了，不要让朕为难。就让史相和郑相去处理吧。"

赵汝谈很是失望，无可奈何，只好去找了郑清之，跟他详细讲述此事。

郑清之说："皇上既然要通报给史相，那我们现在就一起去他府上吧。"

赵汝谈心里清楚，史弥远必定不会同意为济王平反，自己去与不去，都是一个结果，便摇头说道："德源，我还有事，就不去了。"

郑清之心想，他若不去，自己跟史相谈话的确更方便些，于是回答说："那好吧。履常你今日值夜，且等我跟史相汇报后，再来找你如何？"

赵汝谈点头答应。

到了宰相府，一如往日，郑清之直接走了进去，来到他熟悉的东花厅。现在这里不再有平日的花香，而是弥散着浓重的煎药气味。此刻史弥远刚服了一剂汤药，靠在坐榻上，半睡半醒着。万昕轻手轻脚地走过去，向他通报郑清之来了。

史弥远睁开了眼，向郑清之点头示意："德源，有事情吗？"

"有，跟济王妃有关。"

一听说这三个字，史弥远顿时睡意全无，眼睛顿时放出警惕的精光："她怎么了？"

郑清之就把赵汝谈跟皇帝汇报的事情详细讲了一遍，史弥远冷笑一声："赵汝谈还算有自知之明，根本就不到我这里来。"

郑清之一时没有回过味来，但很快就明白了他的意思：赵汝谈的本意是要促成此事的。"史相，皇上要我们拿一个主意出来，你看该怎么应付济王妃？"

"不用理她。"

"那她会不会做出让大家都尴尬的事情来？"

"一个出家人，还能怎样？何况佛门自有清规戒律管着她。"

"史相，你也不知道那些钱的下落，对吧？"

"我派人一直查着，却总是毫无音讯。"说到这里，史弥远的眼神突然多了一股懊恼，"我应该是被人骗了。"

"谁？"

"梁光。"

"梁成大的侄子吗？"

"是啊。当初我看这是个可造之才，想要栽培他，就把他调进了机速房。可梁成大居然不满意，想为他去争吴渊那个位置。"

郑清之疑惑地问："就算梁光不满意，他还敢背叛丞相吗？"

史弥远叹了一口气："人的贪念一旦控制不住，就会铤而走险。我听到风声，上回余大人的公子在聚仙山庄被害，可能跟他有关。"

郑清之很是震惊："这，太不可思议了！"

"一年前我命令他跟莫彬和惠净打交道，查出白云宗的内幕。到目前为止，有价值的东西一样也没有查出来。这不正常，我怀疑他别有所图。只是还没有直接证据，不然早就处置了他。"

"史相，疑人不用，就不要再顾忌梁大人的情面了吧？"

史弥远点点头："嗯，我会交代机速房赶紧清理门户。德源，你找一下彭壬，要他调一些精干的禁军士兵，这几天都穿便衣，守在荐福寺周围。一旦有事立即弹压，不需要向我请示。"

"好的。还有，杨太后那里会不会突然干预？"

这时史弥远突然剧烈地咳嗽起来，郑清之赶紧上前侍候，过了一阵才好些。史弥远喘着气费力地说："太后的身体，还不如我呢，她已经起不来床了。"说到这里，史弥远手轻摆了一下："放心，皇上，会看顾好宫里的。"

说到这里，两人会心地笑了。郑清之说道："皇上虽然年轻，可现在越发成熟了，还是丞相调教有方啊。"

史弥远略点了点头："德源，我之后由你接班。对你，我自然是放心的。可对皇上，我还是有些放心不下。"

"哦，丞相在担心什么？"

这时史弥远又痛苦地喘了起来，费力地说道："平日里还好，可人事来临时，我觉得他有些求功心切。比如上次，他决定出兵徐州，现在呢？连楚州都丢了。军国大事，怎么能这样如同儿戏？"

"史相啊，战场形势瞬间即变，当初皇上也只是不想错过夺回徐州的机会罢了。"

史弥远盯着郑清之，心里很是不满："那样不好，皇上总有一天要亲自掌舵，没有一些定力，怎么能行呢？你们今后一定要帮皇上把事情考虑周全了。"

"是，史相放心。"

第十六章　佛堂惊变（二）

第二天，临安飘起了连绵细雨，自清晨起淅淅沥沥地一直下到了黄昏。

冉璞看到赵汝谈一直面色凝重，坐在书案旁书写公文，绝口不提惠净的事情。他明白了，皇帝应该是已经拒绝了惠净的要求。

冉璞的心立刻悬了起来，凭着跟她昨天谈话的印象，他觉得，这位命运悲惨的济王妃很有可能会做出惊人的举动，来抗议她和济王遭受的不公和迫害。

于是他去了月明客栈找到了邓冯和丁义。他们果然打听到了一些消息，惠净身染绝症，此言不虚。

邓冯找到了给惠净看病的医馆，还拿到惠净配药的药方。冉璞打开一看，方子上有人参、胎粉、枸杞、葛根、佛手、白芷等，这应该是治疗血亏的方子。

回想见到惠净时，她看起来的确是面色苍白，极度乏力，心情忧郁不安的模样。应该是她长期心情阴郁，导致了病情加剧。丁义还打听到，惠净前些日子还让荐福寺管事房购进了一些柴炭、丹砂和硫黄等物，说是修行时要用的。

冉璞大为好奇，这都是道家方士炼丹才用到的东西，可惠净已入佛门，难不成她要炼制丹药治病？冉璞知道，这些东西炼出的丹药往往都是含毒的，莫非惠净不知道？邓冯见他疑惑，便笑着说那些商家只要有利可图，怎么会不卖给她东西呢？

冉璞放心不下，随后赶往了荐福寺，想要再次拜访惠净太师。赶到荐福寺的时候，天色已经昏黑，天空中飘散着细小的雨丝，南屏山上云雾缭绕。

因为天气不佳，今日山上的香客和游客很少，显得有些凄冷。此时寺门已经关闭，冉璞上前叩门许久，才有一个老僧出来，问明缘由，立即拒绝了他的请求，随即就要关上寺门。冉璞急忙拉住，恳切地央求道："大师，佛祖慈悲为怀，如果在下今天见不到惠净太师，只怕明天会有祸事发生，请您带我进去吧。"

那老僧丝毫不以为意，双手合十道："阿弥陀佛，佛门净地，不沾俗尘。怎会有灾祸发生？请施主勿忧，惠净太师道行深厚，无需施主担心，就请回吧。"说完，将大门合上。冉璞再次叫门，却再无人回应了。

冉璞无法，只得闷闷不乐地独自下山离去。

刚行了片刻，听到了浑厚的钟声传来。冉璞心想，自己曾经去过的寺院，寒来暑往，春去秋来，大多是晨钟暮鼓。而这南屏山却是不同，每天暮色降临时便有钟声响起，本地人将此称为南屏晚钟。正在驻足听钟的时候，冉璞看到荐福寺的大门打开了。只见一个人走了出来，虽然此时天色昏黑，但看身形应该是梁光。冉璞大喜，立即迎了过去，想要梁光领自己进去见惠净。

不料，突然从附近冲出三名蒙面杀手，全都手执利刃，上前包围了梁光。

冉璞心知不妙，大喊一声："什么人，敢在寺庙行凶？"说完急忙冲了上去支援梁光。

这三个杀手全都训练有素，突见对方来了支援，瞬间便做出了分工：一人继续追杀梁光，另外两人过来拦住了冉璞。接下来就是一场恶斗。冉璞挺刀独斗两人，虽然暂时没落下风，但是暗暗心惊，这两人实在是平生罕遇的敌手。三人斗在一起，一时间势均力敌。

那边，梁光紧急向寺内逃回，而那杀手片刻之间便已追上，狞笑着举起了刀，就要结果了梁光。

突然，这杀手的笑容僵住了，他感到一阵冰凉，然后剧痛从自己的背后传来，他低头一看，一把钢刀正穿胸而过。杀手不敢相信，竟然有人能如此静悄悄地给了他致命一击。倒地后，他挣扎着翻转过来，终于看清了此人，正是原提刑司总捕头费忠。

费忠蹲身将刀上的血擦拭干净，看到这杀手腰间挂了一个腰牌。摘下来一看，上面写着"机速房"三个字。费忠皱着眉问梁光："你怎么惹到了他们？"

梁光上前行礼，致谢救命之恩。这时，另两名杀手舍了冉璞，冲到近前时，却发现同伙已经倒在地上。两人惊骇之余，立即转向逃走了。

追来的冉璞见梁光无碍，正要说话，看到一旁站着费忠。而费忠也认出了冉璞。两人都愣住了，反应过来后两人同时举刀。梁光见势不妙，立即插在二人中间说："两位恩公，你们惹祸了，赶紧离开这里吧。"

冉璞问："我惹了什么祸？"

"这被杀的是机速房的人，他们大队的人手马上就会来。到时你们就走不脱了。"

费忠犹豫了一下，收了刀就要离开。

冉璞正要开口询问，梁光急切地说道："冉捕头，我知道你想问什么，这是史丞相派人来杀我。再有，惠净太师已经知道了皇上和史丞相的决定。她说，你仍可以明天到寺里来找她。"然后又对费忠说："费捕头明天也来吧。"说完，就急急地跑回了荐福寺。

冉璞正想着他的话，见费忠扭头就走，便问道："费忠，小董相公是不是你杀的？"

费忠哼了一声，没有回答。

这应该是默认了。冉璞又问："金达一家，还有王诚，都是你们杀的？"

费忠冷笑了几声后离开了，消失在黑沉沉的夜幕里……

第二天早晨，来自"五山十刹"包括净慈寺觉明方丈、灵隐寺慧远方丈、径山寺定真方丈以及天童寺和育王寺等各寺住持，还有很多来自各地的高僧、喇嘛们都到了荐福寺。定真方丈甚至将访问本寺的日本、高丽、南洋等地的僧人一同带了过来，参加这个百年难遇的佛陀舍利法会。

巳时，皇帝指派的钦差礼部侍郎李韶等一众官员，也来到了荐福寺。临安远近各处的本地乡民，也都自发地过来焚香礼拜。此时荐福寺里到处人头攒动，香烟缭绕。念佛声、钟磬声、法铃声和讲经论道声，似乎都混杂一处，此起彼伏。

因为担心会出变故，赵汝谈特意挑选了一些精干的差事，跟冉璞一道前往荐福寺，要他们今日相机行事。刚到寺外，冉璞就发现了数量不少的禁军士兵，全都身着便装，三三两两地守在附近，而且彭壬居然也在其中。但古怪的是，刚才彭壬明明看见了自己，却故意向别的方向走开了。这是在回避自己，莫非他有要紧的差事在身？

这时，又一批宫里的差事到达荐福寺要进香祝拜，冉璞带着丁义顺势混在里面，一起进入寺内。进去之后，发现里面的人群更加拥挤，皇妃塔的四周已经布满了香客。冉璞在人群中见缝插针般地向前挤行，终于到了塔楼的正门。正要进去时，看见乔装成普通香客的费忠正守在门口。冉璞心想，此刻不是抓捕费忠的时机，但要不要通知彭壬呢？

费忠也发现了冉璞，却只是面无表情地看着他。因为有所顾忌，冉璞不能轻举妄动，只得跟着人流走了过去。进了塔后，发现底层佛堂里面坐满了僧人，由于佛塔空间并不太大，因而更显得拥挤嘈杂。冉璞和丁义便挑了一个角落站在那儿，注视着里面的动静。

此时慧远、觉明和定真等一众高僧已经完成佛陀舍利赞拜礼仪，正端坐在一旁默念佛经。冉璞听到有僧人诵道："欲般涅槃时，我当碎身舍利，如半芥子，为悲众生故。然后当人涅槃，令我涅槃后正法住世千岁，像法住世复五百岁……"看了一阵，冉璞的目光被几个身着红色袍子袈裟、头戴僧帽的喇嘛吸引住了。尤其是其中一位，他颧骨很高，双目炯炯，一看就是位睿智的高僧。

大约一炷香过后，众僧诵经慢慢停歇。佛铃响动了几下，今日法会主持觉明方丈走出门去，将李韶等几名高官迎了进来。李韶率领众官，按照礼仪向佛案上供奉的舍利进香叩拜。全套礼仪完毕，众僧继续诵经。

李韶问觉明："大师，惠净法空太师将要宣讲，是不是？"

觉明答道："正是，太师马上就会下楼。"

李韶就领着众官静立一旁，要听惠净登坛讲经。

过了一炷香工夫，楼梯边打坐的僧众纷纷起身让出道来，几名比丘尼簇拥着惠净走下楼梯。

觉明迎了过去，与惠净一起登坛。觉明先向众人介绍了惠净太师的身份，然后邀请惠净向众僧讲演。惠净双掌合十，向觉明与众僧致意，然后诵了一段经文："'愿我临欲命终时，尽除一切诸障碍，面见我佛阿弥陀，即得往生安乐刹。我既往生彼国已，现前成就此大愿，普愿沉溺诸众生，速往无量光佛刹。'阿弥陀佛，这是贫尼与先夫赵竑的毕生心愿。"

听惠净提到了济王赵竑的名字，李韶不由得紧张了起来。站在一旁的官员用手轻拉他的衣袖，请示他要不要打断惠净说话。但如此盛大的佛家仪式，李韶不敢擅自行动。他犹豫了，心想且听听她说些什么吧。于是他摆了摆手。

惠净继续说道："但是各位大师，贫尼罪孽深重，欺骗了大家。"

听她这样说话，众僧都愣了，不知她究竟是什么意思。

惠净合十向众僧行礼："一年前，吐蕃萨迦寺住持法王萨班·贡噶坚赞应许老尼，亲自将佛陀舍利送到临安来，以完成贫尼和先夫的心愿。由于种种缘故，萨班大师无法前来。可今日的法会依然召开，是贫尼没有向大家澄清。贫尼向大家谢罪了。"

众僧听罢，面面相觑。李韶等官员们也听得一时糊涂了，惠净究竟要干什么？

惠净突然提高了声音说道："但这些舍利子却是真的，它们是先夫济王赵竑去世后火化而得的六颗舍利。贫尼曾经许诺先夫，要做这场法会，以报佛祖慈恩。"然后她详细解释：济王生前做佛门居士已久，每日参禅诵经，生前多次发下宏愿要落发为僧，但一直未能如愿。济王去世后火化之时，满室异香，有五色光彩射向半空。焚化后齿牙若珂贝全存，得红色血舍利六颗，晶圆莹彻，色泽鲜艳。说完她举起了玛瑙罐，向众僧展示其中的舍利。

这时会场一片哗然，原来济王生前竟然是一位道行高深的佛门弟子！众僧交头接耳，都在议论此事。然后一齐对济王赵竑发出由衷的赞誉之词，众僧开始诵经，为济王赞福。

而慧远、觉明和定真等高僧如同入定一般，只是默然念经，仿佛置身事外。

佛陀舍利，竟然变成了济王赵竑的舍利，这令李韶等人措手不及。现在这个舍利法会，已经变成了纪念济王赵竑的盛大仪式。然而赵竑三年前早已被三法司定案有罪，济王妃这是在替济王鸣冤啊！李韶顿时惊出一身冷汗。

而李韶身旁的一个官员不等他的吩咐，立刻扭头走出佛塔，跟守在荐福寺外的彭壬说了一番话后，随即赶往宰相府向史弥远汇报去了。而后彭壬下令手下的士兵，将佛塔四周的香客全部驱离，又带人包围了皇妃塔。

第十七章　火烧佛塔（一）

彭壬哪里能想到，自己带人包围皇妃塔的消息竟然不胫而走。四下里的乡民听说后，都聚到南屏山下围观看热闹来了。这时，各种传言到处流散，都说济王是得道高人，所以才能身化舍利。甚至还有人绘声绘色地说，前几日济王在南屏山显灵了。

待在官署的赵汝谈很快得到了差事传来的最新消息，不由得大为紧张。赵汝谈当然不相信济王舍利的说法，因为济王尸身根本就没有火化，哪里来的舍利？可惠净既然不惜抛出这个谎言，她是不准备给自己留退路了，一定要将此事闹得尽人皆知。

要不要立即进宫，向理宗为惠净求情？如果去了，一定会遭到理宗的迁怒，严词斥责。但如果假装不知，惠净即将遭难，难道自己要作壁上观吗？此刻赵汝谈心里纠结万分。

而这时史弥远和理宗，已经先后接到了报告。史弥远大为恼怒，对身旁的郑清之和余天锡说道："德源，淳父，济王妃撒下这样的弥天大谎，这是要跟朝廷公开对抗了！你们看该怎么办？"

郑、余二人全都沉默不语。

过了片刻，余天锡叹了一口气："史相，总是我当初在湖州，太过心慈手软，放过了她，才造成今日之患。"

郑清之劝解道："余相啊，你是敦厚的长者。今日之事，绝不是你的过错。"

史弥远看二人的情形，不由得又气又急，说道："现在再提过去，已于事无补。对济王妃，我们必须采取断然措施，你们看如何？"

郑、余二人对视了一眼，都点了点头，郑清之回答："应该的，史相。济王妃此举，是要抹黑朝廷。出现了这么多流言蜚语，如果不及时处置，皇上的圣名和朝廷的脸面，都会受到玷污！"

余天锡叹气说："谣言太多了。可笑的是，竟然有老百姓相信，济王会显灵？"

史弥远冷哼一声："这么多谣言同时出现，一定是有人在背后捣鬼。"

郑清之表示同意："嗯，应该有人给惠净出了主意，她自己，应该想不出这么高明的安排。"

"要查，彻底清查！只要抓住了惠净，她和她背后的人的全部阴谋，就都清楚了。"

史弥远随即叫来了万昕，让他传令给彭壬，立即抓捕惠净和她的党羽。另外，只要见到梁光，即刻拿下。如果拒捕，格杀勿论。

余天锡觉得有点奇怪，问道："梁光怎么了？为什么要这么严厉地对付他？"

史弥远叹了一口气："梁光很可能就是去年杀害令公子的主谋之一。"

余天锡非常震惊，甚至有点口吃起来："不是说是莫彬干的吗？这又是怎么回事？"

郑清之接话回答："目前证据虽然不足，但梁光的嫌疑非常大。而且为济王妃谋划这次舍利法会的人，很可能就是他。"

这让余天锡更加惊讶，他无法相信，这样一个年轻人，竟会如此胆大妄为？他更不能相信，平日里梁成大叔侄二人跟他非常亲密，梁光怎么可以这样对他？

那边赵汝谈纠结了半天，最终还是决定，进宫去觐见理宗。谁料进宫之后，听说皇帝一直待在太后寝宫。宫中女官告诉他，太后病重，已经神志不清。皇帝召集了所有太医，做了最大的努力。目前太后的情况稍有好转。宫里一场忙乱之后，这才稍稍喘息一下，皇帝是不可能接见他了。

赵汝谈突然觉得心头有些轻松。但转念想到了惠净，心情又沉重起来。随后他叫来了随从，让他赶往荐福寺跟冉璞会合，一定要争取保全惠净。

此刻皇妃塔内，李韶正在与惠净对峙辩论。他大声抗议道："惠净太师，本官担任礼部侍郎，据我所知，当初巴陵郡公的尸身并未火化，而是按照礼仪下葬了。哪里来的济王舍利？不知你今天当众编造这样的谎言，究竟意欲何为？"

惠净竭力按捺住心头的悲愤，反问道："按照礼仪下葬？什么样的礼仪？"

"当然是巴陵郡公该有的礼仪。"

"他是先帝嗣子、济王殿下，不是什么巴陵郡公。"

"惠净太师身在空门，却如此计较尘世的功名利害，本官无法理解，更不能苟同！"

惠净走下讲台，来到李韶身旁，说道："李大人，贫尼虽然遁入空门，但济王是贫尼的先夫，他生前被奸人陷害致死，沉冤至今未曾洗雪。按李大人所说，贫尼就该不管不问，这样才是不计较尘世的功名和利害，对吗？"

李韶反问："朝廷早有公示，巴陵郡公因病亡故，你怎么能说，他是被人害死的呢？"

"济王殿下本在湖州幽居，他就是一个与世无争的佛门居士，却被余天锡无辜下毒杀害！李大人刚才既然说，先夫没有火化，那么就请李大人代贫尼向皇上陈奏，请朝廷当众开棺验尸。先夫的坟茔离此地不远，只要开棺，我们的话谁真谁假，自然水落石出。"

这时人群议论纷纷，慧远、觉明和定真等高僧仍然如同入定一般，对他们的辩论不听不问。有僧人走近了合掌对李韶说道："阿弥陀佛，罪过，罪过。李大人，惠净太师的要求不算过分。"其他人也都纷纷附和。

李韶见此情形，知道光靠自己很难服众，跟身边其他官员商量了一下后，决定回朝向理宗汇报。于是众人全都向塔外走去。

然而此时塔门口发生了一场严重的冲突。方才彭壬正带着手下的人要进入塔内，谁知冲在最前的两名禁军士兵，突然被狠狠地摔了出去。彭壬大怒，立即拔刀就要强行闯进。这时从门后走出一个铁塔一般的大汉，正是费忠，手持一把钢刀拦住了他。彭壬认出是费忠，知道他是朝廷通缉要犯，不由得哈哈笑道："费忠，你的胆子真是不小！到处都在拿你，却没想到你竟躲在这里！"

费忠冷笑一下，并不搭理。两人立时就是一番恶斗。

正在走出的李韶见二人厮斗，大为恼火，走来厉声呵斥道："这是佛家清净之地，你们还不住手！"

不料费忠见状，突然发力甩脱了彭壬，冲到李韶身旁，抓住他的手腕后用力反拧。李韶疼得脸都变形了，随即就看到一把明晃晃的钢刀架在了自己的脖子上，顿时惊得手脚酥软，全身无法动弹。

于是费忠就挟持了李韶。彭壬因怕误伤人质，一时不敢逼上前去，双方就这样对峙了起来。

李韶的一个下属喝问道："大胆狂徒，竟敢挟持朝廷高官，你要干什么？"

费忠哼了一声："这位就是礼部侍郎李韶大人吧？"

李韶被他在属下面前扣住，自觉颜面扫地，于是保持沉默，拒绝回答。下属继续喝问："既然知道是李大人，还不立即放人！"

费忠仰天大笑，手里的刀拉动了一下，李韶的脖子顿时流下血来。那些属下们看到后，惊骇至极，纷纷大喊住手。

费忠大声说道："你们立刻到皇城去，向皇帝禀告，就说两浙提刑司原总捕头费忠，全家老少都被皇宫内侍董宋臣所害。冤有头，债有主，我不杀李大人。只求皇上按律行事，将董宋臣逮捕审罪。"

李韶的属下们一时不知所措，面面相觑。

旁边的彭壬对他们说："你们去一个人向皇上禀告。"然后轻声地说："先稳住他，不要伤了李大人。还不赶紧叫人去。"有下属心领神会，立即离去。然后彭壬对费忠喊道："费忠，他们已经去人了。你暂且松开李大人，给他包扎一下伤口，行不？"

费忠冷哼一声，并不搭理。彭壬已经很久没有被人用这样恶劣的态度对待了，他恼羞至极，恨不得一刀劈了费忠。

就在这时，惠净走了出来，看到费忠挟持了李韶，不由得愣了一下，吩咐费忠："你且放了李大人吧。"

费忠却将头转过去，并不理睬惠净的要求。此刻丁义也从塔里走出来了，正要上前出手解救，被冉璞一把拉住。冉璞使了个眼色给他，不能轻举妄动。

彭壬和李韶很是惊讶，他们原以为费忠是惠净的下属，受她调遣，可现在看起来，远远没有他们想象的那么简单。

这时，忽然有人从人群里走过来，对费忠说："费捕头，你连宗主的命令都不听吗？"

这是梁光来了。费忠嘿嘿地冷笑："我费忠这一生，只认莫宗主一人。要我跟你一般没有廉耻地改换门庭，办不到！"

梁光叹了一口气："你认为莫宗主对你很好吗？"

费忠挑起眉头问道："你说这话什么意思？"

"你知不知道，是谁让明亮杀了费孝？"

费忠瞪着梁光问："是谁？"

"就是莫宗主。"

费忠不信："你撒谎！"

梁光苦笑了："能指使明亮杀他的，除了莫宗主，还能有谁呢？"

费忠愣了一下，霎时间一系列前因后果全都想通了。

他终于明白，自己兄弟二人，自始至终都只是被莫彬当作杀人的刀而已！可笑的是，自己还一直认为可以操控一切，其实不过是别人用完即扔的夜壶罢了。

费忠忽然仰天大笑，如痴如狂。

彭壬见状，一个箭步冲了上去架住费忠持刀的手，然后喊道："李大人快跑。"

费忠虽处癫狂当中，但反应仍在，左手被彭壬控制，右手却接过了刀猛地向李韶砍了过去。

就在李韶危急时刻，有一把刀伸过来挡了一下。

只听一声巨响，两把刀磕在一起。众人一看，救下李韶的人，正是冉璞。

第十八章　火烧佛塔（二）

费忠见又是冉璞，顿时双眼通红，新仇旧恨全都翻涌了上来。他疯狂地甩脱彭壬，持刀用尽全身的力气砍向冉璞。两人这一番恶斗，非同小可，四周的士兵看得心惊胆战。

此刻费忠已经癫狂，把手里的腰刀当作大斧一样来回劈斩。冉璞的短刀已经被砍出了很多缺口，费忠仍然疯狂地攻击。这时彭壬赶上助阵，丁义也看准时机扑了上去。又斗了几个回合，冉璞的短刀正架住了费忠的刀，彭壬和丁义恰好攻到，两把刀同时插进了费忠的身体。费忠惨叫一声，倒在地上。四周的士兵见状，全都冲了上来，将费忠乱刀砍死。

冉璞上前阻拦，想要留费忠活口，却已然来不及了。

彭壬见冉璞有些沮丧，便笑着拍了拍冉璞的肩膀："冉兄弟，这样的人是不会招供的，杀了也就杀了吧。"

一旁的惠净长叹一声："阿弥陀佛！"然后立在费忠尸体旁边，念起了往生咒。

皇妃塔门口的封堵随即撤去，慧远、觉明和定真等高僧领着众僧逐一地走出了佛塔。三人走过惠净身边时，全都双手合十，向她致礼。惠净一一还礼。

等众僧撤完，惠净一人走进了塔中。

此刻宰相府里，史弥远刚刚得知费忠被杀，不由得冷笑起来，对郑清之和余天锡说："你们看，坏人果然都一起来了。据说小董相公就是费忠所害，他倒反咬一口，诬陷董宋臣杀了他全家。"

余天锡摇头说："提刑司的原总捕头，也算是个人物。可他怎么会卷进去，为济王妃效力呢？"

郑清之笑着回答："据查，此人是白云宗莫彬的手下，一直潜伏在提刑司为他办事。莫彬倒了，他只得向新主人效力吧。只是，这个新主人很快也要倒了。"

史弥远点点头，吩咐来人道："你去通知彭壬，立刻拿下惠净，送到刑部牢房去。"

赵汝谈知道荐福寺发生的一切后，心急如焚。该怎样救下惠净呢？他思前想后，只有太后出面才能拦住史弥远了。于是他下定了决心，随即进宫一定要面见太后。

碰巧的是，理宗此时刚刚离开了太后寝宫，去前殿听取礼部从荐福寺送来的急报。所以赵汝谈才得以顺利地见到了老太后。

然而令他极其失望的是，老太后两眼呆滞地看着面前一张张面孔，对赵汝谈在说些什么，完全没有任何反应。只得退出的赵汝谈，心情五味杂陈，既极为窘迫，又万分焦急。一时间，他就像热锅上的蚂蚁一样，在殿外来回走动，拼命地想着任何可行的办法，去解救惠净。

此刻在前殿，理宗面无表情地听着礼部官员的陈述，当他听到现在荐福寺皇妃塔供奉的竟然是济王舍利时，眉头深深地皱了起来。官员们见他如此表情，一个个全都小心翼翼。当说到惠净向朝廷要求开棺验尸时，理宗终于忍不住发怒了："撒谎，她在明目张胆地撒谎！"

有官员嘟囔着问："陛下，既然她在撒谎，我们何不就开了棺，来拆穿她的谎言呢？"

理宗立即回答："不行。"可他心里有了一个疑惑，为什么惠净要求开棺验尸？她不怕拆穿她自己的谎言吗？想了一阵，理宗忽然明白了，当初济王被逼饮下毒酒身亡，现在济王妃要求开棺，她是要向天下人昭示：朝廷撒谎了，济王不是病亡的，是被人下毒害死的！

想到这里，理宗冷笑着摇了摇头。

这时一个内侍慌慌张张地进来奏报:"陛下,太后似乎……"

理宗不耐烦地问:"太后怎么了?"

"太后刚才又昏了过去,留守太医正在急救。"

"刚才有谁去了那里?"

"赵汝谈大人刚刚去看望太后了。"

"谁让他去看太后的?"理宗大为恼火,于是起身准备去太后寝宫,却又想起了什么,就转头问刚才汇报的官员:"你们讲完了吗?"

"还没有,陛下。"那官员就将李韶被费忠绑架,随后费忠被杀的经过叙述了一遍。他们原以为皇帝听后会更加恼怒,谁知这时理宗不仅不再皱眉,而且情绪明显好转了很多。理宗轻松地吩咐他们,去宰相府向史弥远汇报此事,一切听凭史相处置。

此时荐福寺里,绝大多数僧人已经离开,他们不想搅进这尘世俗事,更何况这是一个天大的麻烦。但慧远、觉明和定真等高僧不但没有离去,反而率领弟子们在原地打坐了。

片刻之后彭壬接到了史弥远的命令。

他一声喝令,手下的士兵立即就要冲进皇妃塔,抓捕惠净。但冉璞拦住了彭壬,想要再进去劝导惠净。

彭壬苦笑了:"冉兄弟,为兄劝你一句,你蹚这浑水干什么?将来你如果因为这事惹上官司,为兄没法救你!"

冉璞见他颇为恳切,明白这是好意。于是向彭壬致谢,随即将惠净曾经让人购买硝石、柴炭的事情告诉了他。冉璞担心可能会出意外。

但彭壬哈哈大笑,根本不信济王妃能有那样的胆魄。

梁光便走了过来,面色凝重地对彭壬说:"大统领,冉捕头的猜测完全正确。我也是刚刚知道,昨天,惠净太师命人在塔顶堆满了柴炭和引火之物。此刻,只怕她已经人在塔顶了。"

皇妃塔在临安是一个标志性的塔楼,"雷峰夕照"的名气如此之大,人人皆知。如果真的被惠净一把火烧了,这岂不是朝廷的一大丑闻?何况济王妃是朝廷的宗亲，她在这里自焚，皇帝的脸面何存？

不过，从来只是居住深宫之中、锦衣玉食的济王妃真有胆量放火自焚吗？彭壬将信将疑。于是他问冉璞："如果真是这样，你能劝阻她吗？"

冉璞知道事关重大，自己毫无把握，只得回答说："大统领，在下一定会尽力。"然后对梁光说："梁兄跟我一道进去，如何？"此刻恐怕也只有梁光还能有些帮助。

梁光犹豫了一下，答应了冉璞。

彭壬下令士兵将人群与塔楼隔开，未经他允许，严禁任何人擅自靠近。随即又派人紧急向史弥远报告，惠净随时可能自焚烧塔。

二人进塔之后，看到里面空无一人，四处寂静无声。只要走动，脚步声便在塔内回响震动。

两人沿着楼梯向上走去。到了第四层时，有一扇铁门将楼梯关闭，上面有一把沉重的铁锁。两人无法打开铁门，便不能登到顶阁。

冉璞对着铁门内高声说道："惠净太师，我是冉璞，你在吗？"

过了一会儿，并无人回应，但听到了惠净诵经的声音。

梁光高声喊道："宗主，我也来了，现在就我们两个在这里。"

之后一片寂静。两人便安静地等了一会儿，听到顶阁传来了脚步声，惠净下来了。

二人见她双手揉着佛珠，神态安详地走到门前停了下来："阿弥陀佛，你们二人能来，这很好。"

冉璞向惠净施礼："大师，赵汝谈大人进宫面见太后禀告此事，稍等片刻，他就要来见您了。"

惠净合十向冉璞回礼："善哉善哉！'我生已尽，梵行已立，所做已做，不受后有。'二位施主，贫尼的一生已到尽头。如今劫难结束，即将功德圆满，得以解脱。"

冉璞迟疑地问："大师这是何意？且不说来日方长，单是眼前，赵汝谈大人即将过来，带来太后的消息。请大师静候佳音。"

惠净微笑着："自性如虚空，真妄在其中。悟彻本来体，一空一切空。见与不见，都是一样，何须再见？"

这时，梁光双手合十，向惠净叩拜。惠净对梁光说道："我去之后，你便是新任宗主。这个信物就交给你了。"

说完，惠净将手里的佛珠交到梁光手里。这串褐色佛珠是历代白云宗宗主的信物，由菩提子、金刚子与莲花子等物混炼而成。

梁光双手上举，接过了佛珠。

惠净叹了一口气，接着说："本宗其余物事都在我的禅房里，你自去收拾领取。从此以后，你一定得好自为之。"

梁光叩头问道："大师，您可有什么教诲？"

惠净回答："众生无尽，终是一空。没有了，再没有了。"然后让二人尽速离开，说完双掌合十致意，独自上楼而去。

两人目睹惠净的身影逐渐消失，只得转身下楼。

走到底层的时候，冉璞特意向佛案上面扫视了一遍，各种法器都在，只有供奉舍利的玛瑙罐不见了，莫非是惠净拿走了吗？出塔的时候，梁光随手将塔门锁上了。

此刻宰相府管家万昕已经到了，他带来史弥远给彭壬的最新命令：不用顾忌，抓人要紧。万昕催促道："大统领再不上去，还要等到什么时候？"但因为冉璞正在上面，彭壬担心他们二人有事，一直没有松口。

如今二人总算出来了，彭壬便对手下说："上去吧，记住，对太师务必尊重！"

话音未落，万昕已经带着人，凶神恶煞一般冲了上去，将塔门砸开，冲进去搜人。然后传来了一阵嘈杂，佛堂里的器物纷纷被打翻，桌案也被推倒。佛堂搜毕，没有发现惠净。万昕便带着人火急地冲向塔顶。过了一会儿，传来一阵阵砸门的巨大声响。

万昕命人抽刀撬锁，就在铁门被撞开的一刹那，突然有人惊呼一声："着火啦！"

只见塔顶一片熊熊大火，滚烫的火焰向众人的头顶扑了下来。

众人顿时手足无措。也不知为什么，这火势竟然迅速地蔓延，顺着楼梯箭一般地向下烧来。众士兵见势不妙，人人争先向下逃去，却挤作了一团，一时动弹不得。

被堵在上面的万昕急了，大声喊道："一个一个走，不要挤！"说完让军官拔刀，严令士兵不得慌张推挤。众人这才连滚带爬地从塔里逃了出去，但人人都被烧伤，衣服烤焦，满面漆黑。

此时皇妃塔的塔顶上浓烟滚滚，火焰冲天而起，再沿着塔身向下燃烧。

远在西湖北岸的宝石山上，可以隔湖望见南岸的皇妃塔火光熊熊。大半个临安城的人，这时全都看见了荐福寺的火光，还听到了一阵阵爆炸的声音……

第十九章　萨班法王（一）

皇妃塔的火势太过猛烈，彭壬下令士兵将周围的人群向远处驱散，再派人紧急通知临安府组织衙役兵丁前来灭火。

此时慧远、觉明和定真率领弟子高声诵起了《华严经》《地藏经》《大悲咒》等经文，为惠净超度亡灵。一些在远处逗留的香客都纷纷上香念佛，祈愿这场大火能转危为安。

李韶包扎了脖颈上的伤口后，找到冉璞和梁光，对二人的救命之恩再三表示谢意，又向二人确认惠净究竟是否仍在塔中。当得到二人肯定的回答后，他长叹了一口气："真没想到，济王妃竟会做出这样的事情！"

彭壬劝他说："李大人刚刚受了伤，还是赶紧去找太医看一下吧。"

李韶连说无妨，然后愣怔怔地看着大火中的皇妃塔。而彭壬转而盯向冉璞身边的梁光，如果不是因为梁光刚才救了李韶，而且自己必须忙于救火，彭壬早就命人拿下了梁光。

众人忙乱了一阵。

慧远走过来向李韶合十致意。二人本就认识，慧远见李韶受伤，关切地问候了几句，然后说："李大人，大火熄灭后，老衲想请大人差人进去清理废墟，将那几个舍利找出来。"

李韶有些不悦："慧远方丈，你要那假舍利做什么？"

慧远合十，郑重地回道："不，李大人，那六颗舍利应该是佛陀真身舍利，佛门至宝，还请李大人让人尽力找回。"

李韶有些惊讶："哦，方丈为何如此肯定？"

"阿弥陀佛,老衲从不打诳语。"说完,慧远取出了一封书信交给李韶。

李韶打开看后,不禁吃了一惊。原来这信是吐蕃萨迦寺萨班法王用汉文写给慧远的。信中说,白云宗两任宗主都对他颇有恩惠,惠净太师向他求取舍利,送到临安荐福寺来供奉一段时间。于情于理,他都不能推托。可这时前任宗主莫彬也写信给他,邀请他到燕京的一个喇嘛寺去访问。萨班法王思虑再三,让自己的弟弟桑查·索南坚赞将舍利送到临安灵隐寺慧远方丈处,然后再转交给惠净太师。所以慧远知道,这舍利的确就是佛陀真身舍利。

"萨班法王?"李韶很是疑惑。

慧远就解释道:"萨班法王是吐蕃佛家萨迦派第四代大师,本名贝丹顿珠。因为通晓佛教经论,受比丘戒,通达大、小五明,精通藏、汉各种文字,所以被称呼为'班智达',就是乌斯藏第一等智慧人物的意思。他的全名是萨迦班智达·贡噶坚赞。"

李韶知道,吐蕃过去几百年来,混乱不堪,没有统一的政权。乌斯藏地区的实际控制人,就是这些藏传佛教的各派喇嘛法王。其中萨迦派的影响力最大,而且他们经常派人出藏,跟各地都有交往。朝廷历来都对他们尽力结交安抚,以期西北平静,甚至希望在对金作战时能得到他们的帮助。萨班法王在乌斯藏拥有极高的地位,可他竟然跟惠净和莫彬两人,都有不同寻常的联系,而莫彬正被朝廷通缉当中,他们之间的关系究竟怎么回事?李韶有些疑虑,便问慧远:"请问方丈,这位萨班法王为何不让人直接交给惠净,而让您转交呢?"

慧远答道:"阿弥陀佛,天下佛门弟子,本是一家。可现在有了那么多的门派,即便是那白云宗,竟然也有派系之分。萨班大师是有大智慧之人,他不愿卷进这些纷争当中,所以在莫彬和惠净之间,他选择了平衡,让老衲来转交舍利。"

"那方丈为何直到现在才通知朝廷?"

"阿弥陀佛,这并非老衲的意思,是索南坚赞喇嘛自己坚持的要求。"

一旁的冉璞听到了莫彬这个名字,顿时有了强烈的兴趣。他上前拱手对李韶说道:"李大人,赵汝谈大人委派在下查办几个案子,莫彬就牵涉在里头。这信既然提到了他,可否让在下看一看呢?"

冉璞刚刚救了自己,李韶自然不好拒绝他的要求,就问慧远道:"大师,可以吗?"

慧远痛快地答应了:"这个无妨。"

于是李韶将信交给了冉璞。

冉璞快速读完,拱手问慧远:"请问大师,中都那里有喇嘛寺吗?"

"有的,圣寿万安寺就是一个喇嘛寺庙。"

"还有其他的吗?"

"老衲所知就是此寺。不过,想来自然应该还有一些。"

冉璞拱手致谢:"多谢大师指教了。"

李韶问慧远:"方丈,索南坚赞喇嘛现在在哪里?"

"他们刚才还在的。"说完,慧远转头寻找那些喇嘛,却是遍寻不着,问其他僧人也都全然不知。

李韶说:"他们穿的袈裟很是醒目,在寺里应该很容易看到。既然找不着,他们应该已经离开了吧?"

这时,梁光上前对李韶说:"正是,李大人。在下知道他们在哪里。"

"哦,他们在哪里?你怎么会知道?"

"因为就是在下为他们寻找的住处。刚才他们已经上马车回去了。"

李韶忽然觉得这个梁光很是多事,皱着眉头问:"你要干什么?"

梁光笑着回道:"不是在下要干什么,是他们自己要求走的。"

"哦,什么意思?"

"这里太过嘈杂,还请大人借一步说话。"说完,梁光用手指了指不远处的一个角落。

李韶心想,难道还有什么秘密不成?便回答说:"可以。"于是两人便走了过去。

彭壬见状,让手下跟了上去。

103

梁光察觉了，便走回头拱手对彭壬说："大统领，我知道你要带我去史相那里。请转告史相，下官已经被朝廷调职，另有任用。明天在下会到相府去一趟，就不劳您辛苦了。在下现在有要事向李大人禀告，还请大统领见谅。"

他既这样说，彭壬觉得不好强硬拒绝，况且刚才他又救了钦差大人，于是彭壬默认了他的请求。梁光走到冉璞旁边，轻声地说："冉捕头，请跟我来。"

随后，两人一起走到那个角落。李韶正等候在那里，问道："梁光，你有什么事要讲？"

"李大人，索南坚赞喇嘛到临安来，其实是身负使命。"

"怎么说？"

"他受其兄长萨班法王委托，到临安来观察我大宋朝廷的近况，商讨有无结盟的可能。"

"哦，你如何知道？"

梁光笑了笑："前些日子，他们一行人来访问惠净太师，之后太师让我陪着他们，在临安城各处游逛。索南坚赞懂得汉语，他自负才高，却小看了在下，以为我听不懂乌斯藏语。他没有料到，他们的私下对话全被我听了去。是萨班法王吩咐他们，借着送佛陀舍利的名义到临安来，观察我朝是否政通人和，武备强大。"

李韶听了这话，不禁对梁光有了些赞许之意，问道："他们究竟意欲何为？"

"萨班法王想投靠一个强大的力量，以对抗严重威胁他们的蒙古军队。"

李韶点了点头："那他们为什么不请求觐见皇帝陛下？"

"因为他们观察了一段时间后，认为我们不但军力不强，而且……"

"有什么话，你就直说吧。"

梁光便不再保留："他们刚才议论说，朝廷有些……"

"你说。"

"无情无义。"

李韶的脸色顿时很是难看。

"总之，他们认为选择大宋，还不如选择金国！"

李韶轻轻地冷笑了一声："那他们就去投靠金国好了。"说完，李韶自觉有些失言，找补说："不管怎样，既然到了临安，便是尊客。你去稳住他们，我这就赶回去，向皇上禀告此事。"

"大人的意思是？"

"对外交往没有小事，朝廷必须善待他们。虽然吐蕃的军力微不足道，却是我军从西北购买战马的来源。这索南坚赞既然是萨班法王的胞弟，朝廷更应该以礼相待，尽力拉拢才是。"

"好的，大人请放心，在下知道怎么做了。"

随后梁光转头对冉璞说："冉捕头，我听到索南坚赞提到过，莫彬目前就在中都，而且他跟萨班法王之间有不少联络。"

"索南坚赞是否知道莫彬在中都的落脚处？"

"暂时还没有探听到。他们刚才说，准备这两天就离开临安，北上中都。"

这的确是一个重要的消息。冉璞随即返回赵汝谈官衙，要向他汇报今天所有的事情。

然而赵汝谈此时并不在官衙里，而是又去了皇城，因为他得到紧急通报，杨太后病危了。

第二十章　萨班法王（二）

此刻皇宫里一片纷乱，嫔妃和宫女们的悲痛哭泣之声，一直传到了宫门之外。理宗得到紧急奏报，顿时又急又恼，立即带人急急地赶到太后寝宫，却已是无力回天，杨太后已然驾崩。

理宗连声询问太监发生了什么，太监报说，赵汝谈大人走后，太后本已经昏睡了过去。后来荐福寺那里皇妃塔烧起了大火，宫女们都跑到宫外观看去了。谁知就在这时，太后突然醒了过来，而且变得神志非常清晰。她颤抖着双手要坐起来，四周只有几位宫女在侍候着。杨太后吩咐她们扶自己到外面去看看，于是太监们赶紧抬来了凤辇。到了殿外，杨太后命人将凤辇抬上了高台，向南屏山方向望去，只见皇妃塔火光冲天，隐约还听到了爆炸声音。

理宗急问太监："太后说了什么没有？"

"什么都没有。太后愣怔了半天，不曾说话，后来仰头大笑起来。再后来，突然刮来一阵大风，太后就倒下了。"

董宋臣在旁边骂道："混账东西，一定是你们多嘴多舌，让太后听到了什么！"

宫女、太监们吓得脸色惨白，全都跪下拼命磕头。

董宋臣以询问的目光看着理宗，但理宗半天也没有说话。过了一会儿，他叹了一声说道："太后身体那么虚弱，怎么经得住风吹呢？"随即下令将当时太后身边的太监、宫女全部收押，交由董宋臣按照宫规论罪。

不久，皇宫报丧的钟声响起，传向临安城的各个角落。

赵汝谈再次进宫时，皇宫里上下忙乱，自理宗起，各宫嫔妃、宫女和太监等，人人穿上了孝服。宫里宫外都挂上了白色幔帐，到处都是一片哀声。赵汝谈正要走进宫门，却被董宋臣派人拦了下来，责备地说，太后突然薨殁，他难辞其咎，皇帝现在不想见到他。

赵汝谈听罢既惊又怒，待要辩解，却知道这么做不合时宜。他只好仰天长叹一声，拖着沉重的双腿，上轿回府去了……

这夜，宰相府里灯火通明。东花厅里，史弥远半躺在卧榻上面，面无表情地听着郑清之和余天锡两人说话，郑清之很是沮丧："史相，余相，这次我们输给济王妃了！"

余天锡仍在为当年的事情懊悔："说到底还是我的过错。当年在湖州不该心软放过了她，才会有今天的麻烦。"

史弥远见他们都情绪低落，笑着问道："德源，你说我们输了吗？"

郑清之无奈地点了点头。

史弥远又笑了："不，我们至多丢了点面子，而她却送了性命。相比之下，我们不亏。"

郑清之摇摇头，叹了一口气："不但我们丢了面子，朝廷更丢了面子。"

史弥远冷哼了一声："那又如何？"

三人沉默了一阵，郑清之说："傍晚李韶回来报说，清理废墟时没有看到惠净的遗骸。"

余天锡接话道："火烧得太过猛烈，这也正常吧。"

史弥远皱了皱眉头："明天让人仔细搜寻一下，一定要确认。对了，怎么会有爆炸呢？"

郑清之答道："据报，惠净前些日子命人购进一批硝石和火炭，今天大火烧得如此之快，就是因为她有预谋地将这些东西放到了塔里。"

史弥远喃喃自语："她是早有预谋，用自己的死来报复……"

早有预谋？郑清之反复想着这几个字："史相，那几颗舍利也没有找到。"

余天锡问："就是那几个假舍利？"

"不，那些是真的佛陀舍利，吐蕃萨班法王派人送给惠净的。"

惠净居然跟吐蕃法王有往来，史弥远很不高兴："这究竟是怎么回事？"

李韶刚刚向郑清之汇报了索南坚赞喇嘛一行人来到临安的事情，于是他就将李韶的话转述了一遍："济王妃放火自焚这件事情，如果被传到了吐蕃、金国，甚至蒙古，只怕会有损朝廷的形象！"

史弥远回答："不必理睬那些番僧。"

"索南坚赞喇嘛是吐蕃萨班法王的胞弟，要不我去接见一下他，笼络一下也好？"

史弥远摇了摇头："番邦来朝，自有相应的礼节。可他们到了临安，却不来通报觐见，是他们无礼在先。"

余天锡也觉得这些人对朝廷很不尊重："是啊，这些人不懂礼数，我们无须管他。"

可郑清之觉得不妥："吐蕃虽弱，我们也应该拉拢一下，至少不要让他们投向金国和蒙古。"

"那就让李韶去办吧，让这些番僧也见识一下我们大宋的威仪和富足。"说到这里，史弥远剧烈地咳嗽了起来。

郑、余二人赶紧上前照应，过了好一阵，史弥远才缓过气来，接着说道："当务之急是太后的丧事。这是朝廷一件天大的事情。皇上奉行以孝治天下，这件大事一定得做好了，能为皇上收拢人心！"

"有我们几个亲自帮着皇上张罗，史相你就安心养病吧。"郑清之笑着回答。

"唉，哪里能安心？临安这里有事，北面也有大麻烦。"说完，史弥远将兵部刚刚送来的急报递给了郑清之。

郑清之看完之后大惊失色，将急报传给余天锡，问史弥远道："蹈中为何要亲自上前线呢？"

余天锡快速浏览了一遍，上面说了几件事情。赵葵率领淮东军主力在楚州城外跟金军对峙，两军尚未正式交战。但赵汝谠亲自押运粮草的船队，在运河山阳段受到不明军队的突然袭击。赵汝谠身受重伤，亏得护卫拼死抵抗，后来赵葵军又来接应，这才将他救了回去，目前已被送回扬州。赵善湘派了扬州最好的郎中前往医治，但他的伤情极重。赵善湘来函询问朝廷，是否要将赵汝谠送回临安医治？他还奏请朝廷委派新的两淮转运使。

史弥远幽幽地对余天锡说："德源，以前我要你对赵葵管得严一些，你一直护着他，但不能太过纵容啊！"

郑清之惊讶地问："史相，赵葵他干了什么？"

史弥远递给他另一份密报，郑清之打开一看，是机速房给史弥远的加急呈报。急递中说，在运河山阳段，叛将夏全突然带军袭击船队。赵葵的部将赵胜，奉令带兵支援赵汝谠粮船，不知为何迟迟不到。运粮船上士兵不多，抵抗不住夏全军，混战中大部分粮船被烧毁。赵汝谠领着剩余将士拼死抵抗，眼看将要全军覆没，赵胜军这才出现。但混战中赵汝谠被射中了一箭，手下人拼死救起。

郑清之看完无语。

史弥远语气沉重地说："这件事情，赵葵难辞其咎！"

余天锡看完了急报，替赵葵开脱道："他也不知那夏全竟敢劫船，史相就不要苛责了吧。"

"不，这里面大有蹊跷，那赵胜为何迟迟不到？是被人阻截了，还是他故意拖延？"

郑清之回答："我马上就派人急问赵葵，要他向朝廷明白回奏此事。"

史弥远阴沉地眯着眼睛说道："据赵善湘密报，射中赵汝谠的那支箭，是涂有毒药的。"

郑、余二人顿时面面相觑。郑清之问："那箭是我军箭支，还是金军的？"

"金军的。"

余天锡问："难道那夏全跟赵汝谠有很深的私仇？"

史弥远摇头说道："箭伤在后背，又涂有毒药，分明是要置赵汝谠于死地。目前看起来，赵胜嫌疑极大。"

郑、余二人都极为震惊。赵胜真的敢加害朝廷大员吗？这又是在两军交战之时，实在太不可思议了！

余天锡说："史相，没有证据就猜疑统兵的将领，这可是大忌哪！"

史弥远摇摇头："你们猜猜看，这个赵胜究竟是什么人呢？"

"史相，这到底怎么回事？"

"还记得真德秀和赵汝谠当年查的潭州盐案吗？"

郑清之回忆了一下："难道赵胜当年在潭州涉案？"

"不错。他可能就是当时提刑司莫彪的属下，真名应该叫赵奎。"

郑清之顿时吃惊地站了起来，怒道："朝廷通缉要犯，竟然能藏到淮东军队里面，居然还做了带兵的统领！"

史弥远苦笑了："这就得问问你的好学生，他到底知不知情？"

郑清之立即表态："如果证实了他确实知情，那我对赵葵，甚至赵范，绝不会姑息！"

余天锡大致明白发生了什么，劝道："史相，赵胜的身份究竟如何，现在还不完全清楚，我们可不能急着下定论哪。"

郑清之马上接话："是的，我们应该派人调查，澄清此事。"

史弥远冷冷地回答："机速房对军中之事，极少误报过。"

郑清之很有些沮丧，瘫坐在椅子上，愣了一会儿："我回去就写信给赵葵，不准再让赵胜领兵，还要调此人到临安任职。"为了保护赵葵，郑清之想要悄无声息地将赵胜这个麻烦解决掉。

史弥远当然懂得他的心思，问道："如果赵葵不听呢？"

"他，怎么敢？"

"嘿嘿，将在外，君命有所不受！何况那里大战在即。"史弥远冷笑了一下，弄得郑清之一时非常尴尬。

余天锡见状，替郑清之解围道："我看，当务之急还是先医治赵汝谠的伤情。今夜，我们就选派一位御医，带上各种解毒的药物，紧急赶往扬州，要他务必将赵大人医好。"

郑清之起身，对二人拱手说道："我现在就去办。"说完，急匆匆地离开了。

史弥远又摇头了，对余天锡说："德源对赵葵过于偏爱，这不好，会出大麻烦。临安府新近招募了一批精干之士，你选几个人派到淮东去，把事情经过彻底调查清楚。必要时对那个赵胜，可以用上非常手段……"

余天锡明白他的意思："史相放心，明天我就派人过去。"

第二十一章　江畔论道（一）

这夜注定无法平静，赵汝谈也接到了淮东传来的凶信。他双眉紧锁，那里究竟发生了什么？赵汝谈让人叫来冉璞，将淮东的急报递给了冉璞。

冉璞看罢，顿时感到事情非常不简单："大人，粮船行动缓慢，通常就是敌军袭击的目标。为什么赵葵将军事先不派军接应？"

赵汝谈也是疑虑重重："据说的确是派了，但不知为什么，援军迟迟不到，而且……"

"怎样？"

"蹈中的箭伤在后背，箭头上有毒。"

冉璞震惊之余，问道："大人如何知道？"

"是赵善湘写私信告诉我的。"

"难道是自己人干的？"

赵汝谈摇了摇头："现在还不得而知。"

"大人知道去救援的将领是谁吗？"

"叫赵胜。"

冉璞立即起身："这就对了。大人，这应该是一起精心策划的谋杀。赵胜，其实就是当年在潭州盐案里的逃犯，真名叫作赵奎。"

赵汝谈大为惊讶："这到底是怎么回事？"

冉璞就将几个月前冉斑的发现讲述了一遍。赵汝谈顿时紧皱眉头，语带责备地问："既然已经知道，当时为什么不立即抓捕？"

"我们是要抓的，但赵大人对我和蒋奇说，赵胜现在是领兵的将领，深受赵葵将军的信任，我们不能轻率行事。要等待一个合适的时机，他单独跟赵葵将军通报一下，再做定夺。谁知后来淮东军情紧急，这件事就被耽搁了下来。"

赵汝谈无语，沉默了一阵，吩咐道："你收拾一下，明天就赶到扬州去。你去之后，务必把此事调查清楚，一切拜托了。"说完，起身向冉璞作了一揖。

冉璞还礼："大人放心，冉璞知道该怎么做。"

第二天清早，冉璞收拾了行装就向赵汝谈辞行。赵汝谈叮嘱了一番后，陪着冉璞正要走出大门时，差事来报，礼部侍郎李韶紧急求见。

这时李韶已经急急地走了进来，正好撞见一起向外行走的赵汝谈和冉璞。他立即向赵汝谈作揖说道："赵相，吐蕃高僧索南坚赞喇嘛今天上午就要离开临安了，史相和郑相都没有空接见他们。我思来想去，觉得最好有一位宰辅见一下他们，哪怕给他们送一下行都是好的。所以斗胆请赵大人去一趟如何？"

赵汝谈已经听说了索南坚赞一行人的事情，因为牵涉了惠净，史弥远和郑清之都不待见他们，大家都心知肚明。但他毕竟是萨班法王的胞弟，在吐蕃的地位极高，即使他们此行颇有些尴尬，也不该如此冷淡地对待他们。赵汝谈便问："这些人现在在哪里？"

"他们的车驾已经离开，正前往钱塘江码头。"

"是谁在陪着他们？"

"宗政司监察御史梁光在那里。刚才我吩咐他，一定要拖住他们，等我到了才能让他们开船。"

"那好，我们现在就去。"赵汝谈转头对冉璞说，"你也跟我去吧，正好就在那里乘船去扬州。"

冉璞领命，随后众人乘了车马，立即向江畔码头赶去。

此刻的钱塘江，波澜不惊，晴空万里，清风扑面而来，让人感到很是舒适。

有几艘大船正泊在江畔码头，冉璞很远就看见梁光正站在一艘船上，向众人招手。到了近前，梁光下船迎接赵汝谈和李韶。随后他又返回船上，将索南坚赞请了出来，为众人互相介绍了一番。

索南坚赞向赵汝谈和李韶施礼，随从取出了吐蕃礼仪中贵重的白色哈达。索南坚赞将哈达捧至肩高，献给了赵汝谈。因为曾经读过典籍，赵汝谈了解一些吐蕃风俗，知道吐蕃人崇尚白色，洁白的哈达象征雪山白云般纯洁的真诚，是表达敬意的最高礼节。

他双手接过哈达，正在犹豫该如何回礼时，梁光心细，事先也准备了一条丝绸白绫，立即交给了他。赵汝谈心思敏捷，依样将白绫举起至肩高，回赠给了索南坚赞。

索南坚赞没有料到赵汝谈居然知道吐蕃礼仪，收下白绫后很是高兴，开口赞道："赵大人，小僧久闻南朝是礼仪之邦，诗文发达，人才荟萃，来临安之后所见所闻，果真如此！"

赵汝谈听他居然精通大宋语言，吃惊之余不由得产生敬佩之意："大师不辞辛苦，跋涉千里将佛陀舍利送到了临安，令人感动。是我们失礼，颇有怠慢，还请大师见谅！"

索南坚赞微笑着摇了摇头："赵大人言过了。请恕小僧等冒昧，未曾登门拜访，还请千万见谅。"

这时冉璞让差事在码头边的凉亭里准备了茶点。一番客套后，赵汝谈邀请索南坚赞到凉亭小坐一叙。

几人入座后，赵汝谈对索南坚赞说："大师千里而来，就是为了护送舍利这件事吗？"

索南坚赞略微思索了一下，回答说："赵大人，实不相瞒，此次前来临安，是受家兄萨班法王之托，来南朝观摩学习的。"

"大师过谦了，我想你们此行一定颇有收获，不知能否对本官有所赐教呢？"

索南坚赞笑道："不敢，不敢。"

"听闻大师博学多才，尤其是尊兄，不仅对佛家经典造诣精深，还通达诗词、天文历算等，所以在你们那里被尊称为'班智达'。本官猜测，尊兄让您前来，一定还另有缘由，还望大师不吝赐教。"

索南坚赞听赵汝谈说话直率，知道他一定听过梁光的汇报。这梁光懂得吐蕃语，必定听到了自己这行人无意中说的一些话，于是他就开诚布公地回道："赵大人，来之前，家兄嘱咐小僧，要看看南朝究竟情形怎样。"

"大师所见如何？"

索南坚赞手捻着嘎巴拉念珠，正色回答："以小僧在一路所见，南朝富足有余，安逸自在。"

"大师觉得，跟现今蒙古相比如何？"

索南坚赞犹豫了一下，见赵汝谈正以诚恳的目光看着自己，便回答道："南朝的生活比之他们，自然优越得多。但只怕你们的军力尚不足以恃。"

赵汝谈一时无语。

李韶接话问道："大师下面的行程还要去看北方吗？"

"必须得去啊。我们吐蕃国力衰弱，实在无力跟蒙古大军抗衡，只能把希望寄托在你们和大金国身上。大国有大国的抱负，小国也自有生存之道。"

赵汝谈点头说："大师学问精通，自然了解先秦连横合纵之术。"

索南坚赞听了这话，微笑着合十说道："今日相会，可算有缘。小僧有一些感悟之言，想对赵大人和李大人说一说。"

"大师请讲。"

"天下分合，自有天道。曾几何时，西夏、吐蕃、大金、蒙古和南朝，战事不断，纷纷扰扰，百姓苦不堪言。以小僧看来，如果今后终将归一，交融合流，开创太平盛世，倒也不失是一件美事。"

赵汝谈和李韶同时在想，西夏已经不复存在，如果是大宋统一了四者，自己可能倒也不反对。只是现在国势不振，军力疲弱，连恢复北方中原都是遥遥无期，更不能奢望其他了！

赵汝谈笑着问："想不到大师还有胸怀天下之志哪？"

索南坚赞连连摇头："小僧和兄长只愿天下太平，世间人人都能有尊严地好好活着。而绝不愿意看到因为战争而血流成河，生灵涂炭。"

李韶接话说："但如果有人怀着吞并天下的野心，动辄以虎狼之师犯境，我们绝对不会坐以待毙，一定会奋起反抗！"

索南坚赞点头赞道："南朝人物众多，只要你们君臣上下齐心，众志成城，那么谁都不敢轻侮南朝。我想赠给你们的一句话是：君王对自己的臣民，只要施以仁慈和护佑，那么他的臣民对君王，就必定会尽忠效力；君臣一体，他的敌人便不敢有觊觎之心。对这样贤明、仁慈的君王，佛祖也一定会大加庇佑。"

赵汝谈和李韶对视一眼，不约而同地在想，难道索南坚赞意有所指？会不会指的是惠净自焚的事情？

索南坚赞见他们沉吟不语，知道他们有所猜疑，便笑着解释道："这是我兄长在书里写过的话，现在我将此话赠给你们。"

赵汝谈将话题岔开道："多谢大师教诲。听说大师有一个儿子很是聪慧，这是本官的一点心意，送给孩子一个礼物。还望大师收下，做个纪念！"说完，他将一个用青田石雕刻的佛祖释迦牟尼像赠给索南坚赞。

索南坚赞躬身双手接过，举到头上以礼致谢："多谢赵大人美意。这个孩子名叫罗追坚赞，我希望他能是我们昆氏家族的贤者，将来成为吐蕃的智慧圣者八思巴。他将致力于弘扬佛法，化干戈为玉帛，为中国南北所有民众带来和平福祉。"

赵汝谈赞道："大师慈悲为怀，心系天下福祉，这个孩子一定能实现你的祈愿。本官希望您和您的家族，从今往后致力于我们之间的融合交流，一家有事，另一家绝不坐视不管！"

索南坚赞双手合十："赵大人，这正是小僧此次来临安的目的。有您的承诺，我就放心了。回去后我一定说服兄长，争取明年跟兄长一同到临安来，觐见皇帝陛下。"

赵汝谈和李韶听罢，都是大喜过望。赵汝谈吩咐手下取来了一盘金银和上等绸缎，交给索南坚赞："大师，这是赠给您旅程用的一些川资，聊表心意，还望大师笑纳。"

索南坚赞推托了几次，因见赵汝谈和李韶情真意切，最后收了下来。临行前他向赵汝谈郑重许诺，只要有可能，来年必定再访临安。

第二十二章　江畔论道（二）

索南坚赞一行人的大船开行之后，赵汝谈和李韶仍然站立码头，眺望远去的船只。过了片刻，赵汝谈问李韶："李大人，刚才索南坚赞喇嘛的承诺，你觉得可信吗？"

李韶有些为难："这……下官无从得知。"

因为梁光陪同过索南坚赞一行人，赵汝谈便转头问旁边的梁光："你觉得如何？"

梁光笑了笑："下官认为可信。"

"哦，为什么呢？"

"因为这对他们有利。对喇嘛教来说，无论他们是哪个教派，如果能扩大自己传教的地盘，不是更好吗？所以我预料，他们一定会向朝廷提出请求，允许他们在江南传教。"

赵汝谈抚须点头，问李韶："佛家传至中土，共分八大宗，性、相、台、贤、禅、净、律、密。那吐蕃喇嘛教跟他们有何不同？"

李韶对佛家经典颇有涉猎，回答道："赵相，下官也只是略知皮毛。在吐蕃流传的佛教，统称喇嘛教，也是佛教分支，属北传佛教，归属于大乘佛教之中，但以密宗传承作为主要特色。基本教义也都是慈悲济世，劝人向善的。他们的派别，大致有萨迦派、格鲁派、宁玛派、连噶举派等，现在萨迦派占据了主导地位，萨班喇嘛在吐蕃地位尊崇。总的来说，他们平日里除了讲经传法，还研讨医学、天文、历算甚至农学，等等，所以吐蕃喇嘛教颇有可取之处。"

赵汝谈听罢，不由得心中一动："你说儒家跟喇嘛教相比，蒙古那里会接受哪一家呢？"

李韶不明白他问话的目的："赵相这是何意，难道您想向他们传播儒家学说？"

"是啊。这30年来，他们就跟暴秦一样，四处征伐，嗜血好杀！如果有佛家和儒家去感动教化他们，或许可以真的化干戈为玉帛，大家和平相处。"

一旁的冉璞不太赞同："大人，面对拿刀相逼的敌人，只有同样拿起刀枪来，才能震慑住他们。这种时候跟他们讲儒家经典能有什么用？"

梁光突然接话说："赵相，下官认为，蒙古一定会接受喇嘛教，而且会迅速地接受它。"

"这是为什么？"

"下官懂得乌斯藏语，看过一些他们的典籍，所以知道喇嘛教已经发展得高度复杂，是蒙古本地的原生萨满教无法相比的。现在他们占据的地域横跨万里，光靠萨满教，肯定难以控制本族和外族部众。所以他们一定需要更为完善的宗教礼法，这就是为什么蒙古上层对各种宗教从不排斥的原因。吐蕃跟他们地域相连，习俗颇为相近，喇嘛教在吐蕃既是无比崇敬的信仰，又是宗教统治的权力象征，早已形成了政教合一。在我看来，这其实最适合蒙古人的需要。所以下官斗胆预测一下，喇嘛教一定会大兴于蒙古。"

冉璞赞成道："你说得很有道理。只是远水解不了近渴，我们怎么能寄望于敌人自己放下手里的刀呢？自身的军力强大起来，才是大宋的王道。"

赵汝谈和李韶都很赞同冉璞所说，可是想到朝廷军力不振，又岂是一朝一夕所能解决，两位大人都不禁心情沉重起来。

这时差事已经替冉璞雇好了船只，船家将船驶了过来。赵汝谈对冉璞说："天色已经不早，你就早些启程吧。"说完，吩咐差事将准备好的盘缠包袱交给了冉璞。

冉璞拱手致谢。此刻丁义也赶到了码头，跟冉璞碰齐。两人将马牵上了船。

119

正要告辞时，梁光走上前去，拱手问道："冉兄此去，不知今后能否再次相见？"

冉璞心中一动，回答说："你今后如果有事找我，可以到月明客栈去找掌柜邓冯，他自然能够通知到我。"

梁光点了点头："一个月后，我也会离开临安，到泉州赴任。这期间冉兄如果需要小弟，到荐福寺来，仍然可以找到我。这之后，你我就天各一方，各安天命了。冉兄珍重！"

过去几日之内，冉璞对梁光的观感有了一些改变。他觉得这可能跟惠净太师有关，还是自己竟然对他有了一些惺惺相惜？两人互相拱手致意，冉璞便吩咐船东开船，跟赵汝谈、李韶等人挥手作别。

大船行在江面之上，冉璞站在船舷边，眺望着钱塘江两岸的风景，心里想着在扬州的赵汝谠大人，也不知他的伤势现在如何了？

这时丁义走到他身边说："那梁光不是好人，冉捕头千万不可相信他说的话！"

冉璞点了点头："丁兄放心。这个人身上隐藏的事情很多，不知为什么，我有一种感觉，今后少不了还会跟他打交道的。"

"我已经查到，丁大全和马天骥两个人跟他关系匪浅，可惜我们离开临安太急，不然一定能查出他们之间有什么勾当。"

"嗯，除了他们二人，还有董宋臣，他跟梁光也有不清不楚的联系。"

"冉捕头是不是查到什么了？"

"几个月前，我们得到宫里的消息，就在临浦费家灭门大案之前，董宋臣多次出宫，行迹鬼祟，还曾经找过梁光。董宋臣掌管一部分禁军，他完全可以做到指派一些亲信为他行凶。据我们查证，此前他跟费忠并无仇隙，如果真是他派人杀了费忠满门，只能解释为替人行事。这个元凶，应该就是当时我们都推测的阎美人。前些天，费忠当街杀了小董相公，也就是为了报复。"

丁义冷笑了一声："余天锡难道就不彻查此事吗？"

冉璞摇头说:"就算他们查清了此事,以余天锡的为人行事,应该不会动董宋臣分毫。"

丁义轻蔑地撇了撇嘴角:"他自己儿子的死,还是一笔糊涂账呢。"

"这件事他们已经结案,认定了是莫彬指使。我们调查时发现,梁光曾经多次行贿收买董宋臣。当然了,他也可能是为莫彬办事。可就在我们就要继续调查的时候,赵大人被调任扬州,调查就被迫中断了。"

"所以说,梁光这样的人太过复杂。冉捕头跟这种人打交道时,千万得小心从事,免得日后生出麻烦。"

"放心,我心里自然有数。丁兄,我们这次去扬州,第一件事,就是去调查赵大人受伤的事情。"

丁义很是吃惊,连忙追问发生了什么事情。冉璞就将赵葵出兵楚州以及赵胜的事情讲述了一遍。丁义很是懊恼:"这就是养虎为患!你和蒋奇当初就应该先抓了赵胜再说。那赵葵能怎样?他还敢把人抢回去吗?"

冉璞只有苦笑,心想以赵葵做事的风格,或许真能干出这样的事情,便解释道:"当时扬州、楚州战事紧张。大人的意思是,我们不要节外生枝。一切等战事结束后再说。"

"可这次血的事实说明,赵胜绝不会坐以待毙。这厮反而抢先下手了!"

冉璞的心顿时揪了起来,沉默了一阵后,对天发誓:"如果真是这样,我一定亲手抓他归案!"

丁义也誓言道:"赵大人忠正不阿,是朝廷的中流砥柱。如果真有什么不测,丁某就算拼上这条性命,也要替他报仇。不过吉人自有天佑,冉捕头也不用太过忧心了。"

冉璞点头同意。

丁义问:"这是第一件事,还有别的事情吗?"

冉璞笑了:"自然是抓捕逃犯莫彬。"

"有他的消息吗?"

"最近得到一点线索,他可能藏身在中都,一个喇嘛寺庙里。"

丁义皱眉问道："这个人当真是个棘手人物，怎么会躲在那里？让我们怎么去抓？"

"我已经请邓冯派人传消息给兄长冉玭了。"

提到了冉玭，丁义很是尊重："尊兄现在在哪里？"

"他应该在金国了。"冉璞将楚州宋、金两军对峙缘由讲述了一遍，"我来临安之前，兄长跟我同时动身去了楚州，也不知道他现在情形如何。"冉璞对兄长的安全很是忧心。

丁义安慰他道："尊兄是有大智慧的人。我相信，就算颇有周折，他也一定能逢凶化吉，转危为安。"

冉璞不由得笑了，但心里有些沉重，为冉玭的处境忧心忡忡。而此刻，冉玭仍然在楚州城里。冉璞万万没有想到，冉玭和彭渊刚进楚州，就被完颜赛不和夏全扣押了。

更令人意外的是，金国另一员名将完颜合达也已经抵达楚州。现在赵葵面对的是金国最能征惯战的两位老将，是战还是和？一向自负的赵葵犹豫了……

第二十三章　宋金对峙（一）

赵葵率领 6 万水陆大军，在距离楚州城 30 里外的平珂桥驻扎了下来，跟楚州城里的几万金军互相对峙。他很快接到了赵善湘的紧急通报：原地驻守，等待命令。不料紧接着粮船就被劫了，两淮转运使赵汝谠也身受重伤。赵葵大为恼火，恨不能马上就去报复。但探马回来报说，完颜赛不与完颜合达两人都到了楚州。

他顿时犹豫了，自己能敌得过金国这两位最骁勇的老将吗？

赵葵叫来了几位心腹将领一起商议："各位将军，夏全那厮竟敢袭击我们，以致赵汝谠大人受了重伤。你们说，该怎样报复？"

彭什反对说："大帅，赵善湘大人让我们原地驻守，如果我们擅自出战，不是违反了他的命令吗？"

"将在外，君命尚且有所不受，何况是他？"说到这里，赵葵突然停住了，然后说道，"只要我们能打胜仗，什么都不要紧。"

彭什还是反对："原本完颜赛不没有进楚州城时，夏全那些人立足未稳，我们可以突击夺回城池。现在不但完颜赛不来了，完颜合达也到了，这两人可非同小可。大帅，我们不能轻敌冒进啊！"

旁边赵胜诡异地笑着。

赵葵看见，就问他道："你怎么想？"

"大帅，末将认为他们不足为惧。"

赵葵一向要求部将不得畏战，心里不由得很是赞赏："这是为什么？"

"他们只有马步军，没有水军，在淮东的战场就等于只有一条腿走路。

这里水网密布，他们的马军再强，也无法发挥。李全的重骑很勇猛吧？还不是陷在了新塘的烂泥里面，被我们射成了刺猬！"

"嗯，你是想把金军诱出城来打？"

"大帅英明。我们这几年来陆续装备了各种新型神臂弓和床子弩，金军还不知道我们的厉害，就让他们尝一尝滋味吧！只要把金军引诱到我们的埋伏圈里，他们就一定有来无回。"

赵葵转头问彭什："你觉得怎样？"

彭什还是摇头反对："完颜合达和完颜赛不这二人，绝非李全可比。完颜合达勇猛过人，完颜赛不机智多谋，他们不会轻易上当。"

赵葵问："那他们不出城作战，到楚州来干什么？虽说此地重要，却不需要这两人亲自来驻守吧？"

彭什回道："大人问得好，这也是我感到困惑的地方。我想，赵善湘大人一定也看出来了，他一定会派人去探查。所以，我们先守住要道，不让金军南下就行了。一切等待赵大人的通知。"

赵胜摇头说："不，就算是等，也不能只是一味守在营里，什么都不做。大帅，这几天我就带人在附近转转，寻找一个适合埋伏的地点，以备随时要用。"

赵葵点头："那就这么办。"

此刻楚州城北，有一队人马正急匆匆地向城门奔来。

守门的将官很远就望见，他们的大旗上写着巨大的两个字"兖王"。军官知道这是从徐州赶来的国用安援军，便吩咐士兵将城门立即打开。

穿门而过的这支队伍，首领正是刚刚被金主封作兖王的国用安以及国安平。

一天前，完颜赛不派人来见国用安，说有一个名叫冉琎的南朝使者到了楚州，要求他立即退兵。完颜赛不问他，这个冉琎是否就是前次在徐州跟他和白华一起打败宇鲁的那个人？国用安细问楚州的情形，这才知道冉琎和彭渊已被完颜赛不和夏全扣押，目前软禁了起来。国安平很是焦急，跟国用安商量一番，两人第二天就赶到楚州来了。

二人进了楚州官衙，完颜赛不迎上来，热情地问候道："前天派人到徐州去见兖王，没想到今天就到了。"

国用安虽然有了王爵，但他在完颜赛不跟前绝不敢托大，笑着上前叉手施礼，回答说："老将军，就算您不派人到徐州去，我自己也会来的。"

"哦，这是为什么？"

"因为我接到了枢密院派人传达的命令，要我到楚州帮老将军完成一个使命。"

"他们说了是什么差事吗？"

"没有明说。不过，我已经猜到了一二。"

"哦，兖王说说看。"

"是为了军粮的事情吧？"

完颜赛不一边领着二人走进议事厅，一边点头回答："正是。"

"怎么样老将军，目前有什么进展吗？"

完颜赛不摇头："现在我们对赵范、赵葵的军事布置还没完全掌握，所以没有轻易开战。"

这时，国用安才看到完颜合达正端坐在议事厅主位上。他立即满面笑容地走上去，向完颜合达叉手施礼："没想到将军您也在，真是太好了。"

完颜合达傲然踞坐，嘴上却客套地说道："兖王辛苦了，请坐。"

完颜赛不径直走到副位坐下，国用安和国安平自觉地在下首位找了两个位置坐下。

完颜赛不开口说道："夏全已经打听清楚了，宋军在泰州仓储存了大概20万石粮食，兴化仓至少也有10万石左右。兖王你看，我们怎么能把这些粮食弄到手呢？"

国用安知道目前金国极度缺粮，如果不能尽快地补充足够储备，今后蒙古大军打过来时，金军很可能面临断粮的危险，那后果不堪设想。他现在明白了，之所以金主让这两位统帅一齐到了楚州，就是让他们联手劫掠宋军设在淮东的粮仓。

国用安摇头回答:"这两个地方曾经被李全打劫过。赵范吸取了教训,一直都有重兵把守,防范得很严。这件事只怕很难得手。"

完颜合达瞪着眼睛说道:"叫你来,就是要你想办法的。"

完颜赛不赶紧向完颜合达使了一个眼色,轻轻摆了摆手,示意他对待国用安必须尊重些。然后转头笑着对国用安说:"就是因为很难,才把你请来了不是?"

国用安问:"那,夏全将军有什么计划呢?"

"金源郡王说,赵葵的军队是南朝淮东主力。如果我们重点出击,彻底打垮赵葵军,南朝自己就会把粮食送来求和。"

国用安和国安平同时在想,夏全为人心胸狭小,他是报私仇来了,恨不得整个淮东彻底打起来,才能称心遂愿。

完颜赛不见国用安没有接话,便问:"兖王觉得怎样?"

"老将军觉得有把握打败赵葵?"

"这还用怀疑吗!"完颜合达对他的质疑很是不满。

完颜赛不摇头说:"可问题是,打跑了赵葵,还有赵范,其余的宋军再源源不断地过来,我们很可能就被缠在这里了。"

国用安向完颜赛不竖起大拇指:"将军说到根本上了!我们如果陷在这里,徐州怎么办?蒙古军队渡黄河了怎么办?"

完颜合达没好气地问:"那你说,要怎样才能拿到军粮?"

"靠打肯定不行,只能另想办法。"

完颜赛不起身走到国用安跟前说道:"兖王你长期在这一带活动,对这里比我们熟悉得多,还请你无论如何,也要想办法弄到粮食啊。拜托了!"

"老将军放心,在下一定尽全力就是。冉琎先生现在在哪里?"

"金源郡王说他是一个说客,现在被关起来了。我故意一直没有见他。"

"那将军的意思是?"

"听说你们在徐州合作过,他对大金国是有功的,本帅不想为难他。你去将他策反过来,为大金效力,怎么样?"

"这……恐怕很难办到。"国用安苦笑了。

完颜赛不正色说道:"本帅不强人所难。但他至少得帮咱们把粮食弄到手,否则我绝不放他离开。"

国用安明白了,他这是将冉琎扣作人质,要挟赵善湘:"明白了,那我现在就去见他。"

完颜赛不吩咐侍卫给国用安带路去见冉琎。这时国用安想起了夏全,便问道:"老将军,夏全现在在哪里?"

"我让他跟郭恩他们率军到海州去了。"

海州?国用安很是疑惑,去那里干什么?

完颜赛不转头指着一个箱子,吩咐侍卫:"那位冉先生喜欢看书,过会儿你让人把这一箱书都抬给他。"

侍卫有些不满:"这个人很是麻烦,每天都要求换书。"

完颜赛不却似乎很是欣赏,吩咐侍卫道:"对于士人,我们必须礼敬才行。只要他有什么要求,你们都尽力满足。"

侍卫应诺,领着国用安和国安平离开了。

第二十四章　宋金对峙（二）

原来，冉琎和彭渊一行人虽然被软禁在一个独立的院落，但饮食起居却都受到了优待。完颜赛不从不接见他们，也不许他们走出院落。因此这些天来几人无事可做。好在看守他们的士兵基本上有求必应。冉琎不停地向他们要书以打发时间，而彭渊则跟其他人饮酒解闷。

国用安和国安平进了院门之后，彭渊立刻看到了他们，高兴地拉着国安平的手大说大笑起来。而冉琎仍旧坐在书房里，聚精会神地读着一本关于蒙古风俗的书籍。国用安走进书房，笑着说道："冉先生别来无恙？"

冉琎抬头一看是他们来了，便起身迎了上去，拱手笑道："没想到在这里能见到将军。"

两人寒暄了几句。国用安扫了一眼屋内的陈设，虽然并非上等，可也不是粗劣之物。可见完颜赛不说没有亏待冉琎他们并不是虚言。几个人入座后，国用安解释说："冉先生，是完颜赛不将军吩咐我来看你。"

"哦，他是让你来劝降的吧？"

国用安哈哈大笑："什么都瞒不过先生。"然后将刚才跟完颜赛不他们谈的话讲述了一遍。

冉琎皱了皱眉："既然想要招降，却又故意不见我们，究竟是什么意思？"

国用安凑近了轻声说道："他们一直忙着筹划粮草的事情。冉先生，他们想要袭击泰州和兴化两地粮仓。"

冉琎默想了一阵，问道："这一定是夏全的主意吧？"

"正是。"

"夏全现在在哪里，还在楚州吗？"

"不，他已经带兵去海州了。"

冉琎愣了一下后，笑着说："完颜赛不没有告诉将军全部实情，他们此行楚州，恐怕不仅仅只为了粮草。"

国安平问："哦，那他们还要干什么？"

"他们去攻打海州，应该是为了从徐州到海州的一条通道。"

国用安一拍脑门："原来他们在为将来准备退路，确保一个出海口。"

"很有可能。"

国安平点头赞成："自从杨妙真逃往山东后，海州已经没有什么像样的军队了。可大宋不去收复，蒙古军也不到那里去。所以夏全一定能够得手。"

"嗯，如果我所料不错，夏全那些人去海州，一定会尽快扫清李全、杨妙真的残余部众，然后征招工匠，建造海船。"

国安平问："既然这样，完颜赛不和完颜合达两人在楚州摆出这么大的阵仗，跟赵葵对峙，这又是为什么呢？"

冉琎笑了："因为他们根本就不想跟大宋开战。"

"那么他们待在这里做什么？"国安平很是疑惑。

"楚州一旦开打，只怕几个月都不能结束。可金国现在又耗不起。楚州，海州……"冉琎陷入了深思。

国安平继续问："冉先生，如果完颜合达他们真去袭击泰州、兴化的话，他们能得手吗？"

"绝无可能。"冉琎对国用安拱手说道，"现在烦请国将军去对完颜赛不说，如果他们冒险率军南下，只会惨败，有去无回。这是我对他们的良言相劝。"

"这样说话，不会刺激到他们吗？"国用安有些担心。

冉琎笑道："放心，听说完颜赛不老谋深算，他一定能听得懂我的意思。"

于是国用安就将冉琎的原话转述给了完颜赛不，一旁的完颜合达顿时大为恼怒，命人立即将冉琎一行人带来。

完颜赛不抚须想了一下，对侍卫说：“你去将他们请来。我们把人家关了那么久，也该见一见了。”说完，他起身走进书房，从书案上拿起一本书，翻到其中一页读了起来。

过了片刻，冉琎和彭渊被带进了官衙的议事厅。

只见有一人端坐主位，这人体态魁硕，肌腱雄伟，面色灰黄，虬髯蓬松，一双带有血丝的眼正瞪着他们；另外一人身穿灰袍，手拿一本书正认真地读着。走近时，冉琎注意到他们二人都是两鬓斑白，面带深深的皱纹，显然都已经不再年轻。

那侍卫上前向二人行礼，正要开口说话，灰袍人摆手示意，侍卫只好等在一旁。

只听他朗声念道："天会三年十月，太宗兴兵伐宋，军分两路，西路宗翰统领，东路宗望统领，宗弼任行军万户。东路军自平州出兵，十二月攻占燕京，连克中山、真定、信德……天会四年正月，宗弼攻取汤阴，破城之后，俘宋兵三千。后强渡黄河，宗弼率先锋三千骑，进逼东京汴梁。徽宗惊恐，出东京南逃。宗弼选骁骑百名追之，未及，获战马数万而还……翌年四月，宗望、宗弼再攻汴梁，徽宗、钦宗二帝降，宋亡。"

念到这里，他起身走到近前，上下打量着冉琎。冉琎也仔细观察着他的面孔，这人显然已经年过六旬，但双眼精光四射，如同刀剑一般盯着冉琎和彭渊，片刻之后他开口问冉琎道："你就是赵善湘派来的使者吗？"

"不错。您是金国尚书右相完颜赛不？"

"你认得本帅？"

"在下今日才有缘得见阁下。"

完颜赛不见他辨事敏捷，暗暗点头："知道我刚才念的是什么书吗？"

"应该是你们的《征南会编》吧？"

"你读过？"

"稍许读过。"

"读书不细观又有何用？"

冉琎回答："此书成时，金国如日中天。但现在衰败不堪，亡国有日。读它有什么用？"

这是毫不留情的讥讽反击，让一旁的完颜合达勃然大怒，猛拍桌案大喊："腐儒无礼，来人啊……"

完颜赛不摆了摆手，对冉琎说："你来楚州有什么事吗？"

"受江淮制置大使赵善湘大人之命，前来抗议：你方为什么违反两国和约，攻我楚州？"

"楚州本来是李全的地盘，怎么能说是你们的呢？"

"李全是大宋叛将，已经兵败被杀。楚州自然应该由大宋收回。本来我们已经夺回，可你们乘我方不备，不宣而战。这不是十足的小人行径吗？"

完颜赛不微微一笑："楚州城是夏全带人抢下来的。他本来就是你们的人，为了报仇才带兵攻打楚州。这是你们宋人之间的恩怨。"

冉琎听他有撇清的意思，便说道："既然如此，就请老将军把您的兵撤出去。夏全跟我们的事情，我们自己解决，就不劳将军您了。"

完颜合达喝道："楚州是我们大金的官兵血战得来的，你们想要拿回去，可以，你回去叫赵葵过来攻城。打得下来，那便是你们的。"

冉琎微笑着回答："我们无需攻城，只需围而不打，几个月后你们自己就会退出去。"

完颜赛不问："哦，你为什么如此自信？"

"老将军熟读兵法，自然知道鹬蚌相争，渔翁得利。我们两家军队在这里厮杀，你们的汴梁就会兵力空虚。蒙古军队一定会乘虚而入，渡河攻击潼关、汴梁。到那时候蒙、宋两军一起夹攻你们，金国的灭亡指日可待！"

完颜合达听罢，大声呵斥道："狂妄！刚才你听到啦，当年我们就像驱赶牛马一样，击垮大宋的军队，占领你们的都城，俘虏了你们两个皇帝、皇后和公主们。你有何脸面在这里大言不惭！"

冉琎冷笑了："难怪金国现在如此衰弱。因为你们永远活在过去当中，拒绝承认现在，更看不到将来！等待你们的，只能是更加悲惨的结局！"

这话引起了完颜赛不的深思，他正色说道："冉先生，我知道你是一个智者。可你刚才说，你们如果跟蒙古联手攻打我们，那却是饮鸩止渴的蠢事。"

"不错，灭了金国，我们很可能除狼而得虎，让蒙古更加壮大。我们当然不想出此下策，但你们千万不要逼迫我们走出这一步！"

完颜合达大声喊道："就是逼你们了，又能怎样？明天我就带着大军，南下踏平扬州，占领金陵。"

冉琎笑了："将军，只要你们出了楚州城，必定惨败。"

完颜合达此时狂怒至极，如果不是完颜赛不阻挡，他早就杀了面前这个让他出离愤怒的人。

完颜赛不却冷静地问道："冉先生如此托大，不嫌太过了吗？"

冉琎傲然回答："在下绝不是虚言恫吓，因为有三个理由，你们必败。"

"哦，请赐教。"

"第一，你们远道而来，粮草运输困难，注定了无法长期在楚州作战。第二，我军以逸待劳，士气高昂，有主场地利。而你们不知地理，城外沼泽遍布，如果强行出战，不但没法发挥马军的优势，而且一定会陷进泥沼当中，无法动弹。第三，你们面对的是大宋淮东精锐，他们训练日久，装备精良。而你们的军队，屡遭蒙军毁灭性的打击，士气低落，早已不复当年。有这三条，如果你们一定要出城交战，必定大败！"

完颜合达嘿嘿冷笑："你们的将领怯懦无能，大都依靠裙带关系，只想在军中熬个资历，然后转成文官。你们的军队不过是一群绵羊而已，怎么抵挡我们大金国虎豹之师？"

说完吩咐侍卫："将那几个俘虏带过来。"

侍卫领命，不一会儿，带了五个囚犯进来。几个人都身负重伤，为首的那人还戴着镣铐，怒目圆睁，瞪着完颜合达。

完颜合达目泛凶光，手指着这人："知道他是谁吗？"

冉琲摇头。

"他就是你刚才所说精锐之师的副先锋胡显。"

原来,楚州那夜的混战中,赵葵先锋军的主将王鉴力战阵亡,副将胡显力竭被俘。

完颜合达问这五人:"你们想回去吗?"

却是无人回答。

完颜合达突然大喝一声:"来人啊,把我的大斧抬来。"

第二十五章　恶斗楚州（一）

稍许工夫后，两名军校搬进来一把沉重的战斧。

完颜合达走上前，双手拿起大斧，然后抡动起来。当那斧撩过众人近前时，顿时劲风扑面，声势惊人。完颜合达将大斧舞开，转了几圈后猛然停下，手拄大斧对冉琎冷笑着说："刚才你大言不惭，今天就让你等见识一下女真猛士的威力。知道我是谁吗？"

冉琎摇头回答："不知道。"

完颜赛不笑了，走到冉琎身旁说："他就是闻名遐迩的大金国上将，完颜合达。"

这时胡显转过头去，啐了一口，表示不屑。

完颜赛不满怀崇敬地看着这柄大斧，说道："你们可知道，这就是金雀斧，当年所向无敌的大金国四太子完颜宗弼所用兵刃。哦，他就是你们南朝人说的完颜兀术，俘虏了你们的两个皇帝，又率兵攻破了你们的行在临安。你们的大英雄岳飞，不是他的对手！"这时，完颜赛不脸色充满了由衷的荣耀和自豪。

冉琎苦笑着摇摇头，却认真地观察起了这把战斧。他知道完颜兀术使用的兵刃，号称凤头金雀斧，当年的确是威名赫赫。只见那斧长约10寸，开刃宽约5寸，斧柄长达4尺。斧面上雕有金雀图样，斧刃隐隐地呈现青蓝色，稍一晃动立刻闪出耀眼的寒光。

完颜赛不见冉琎正在注视大斧，对冉琎说："你知道吗？他就是完颜宗弼的曾孙，比他的曾祖更加高大，所以斧柄加长了几寸，又添了10斤精钢，重新锻造了数次。没有千斤力气，谁都不要想使动这斧。它的威力比之当年，更加强大！"

冉琎问："据我所知，完颜宗弼的后人不是都被海陵王杀光了吗？"

完颜赛不轻叹了一口气："英雄岂能无后？他就出身于宗弼家族硕果仅存的一支！"

这时完颜合达冲胡显喝道："你们五个一起上，只要能胜了本帅，立即将你们释放。"说完使了一个眼色给一旁的侍卫。

那侍卫懂得他的意思，对五人说："你们跟我去挑选武器吧。"

胡显等人明白，这是要比武决定生死了。可完颜合达竟然让他们五对一，可见他的骄横和对自己这些人的藐视。五人顿时悲愤羞辱交加，跟着侍卫走出了议事厅。

门外空阔了许多，放了两排兵刃架，上面刀、枪、棍、戟各式兵刃俱全。胡显挑了一把长枪，另外四人也各自拿了武器。这时完颜赛不等人也出来了，都站在门旁观看他们比武。

完颜合达手执大斧，手指点了点胡显，又冲着冉琎身旁的彭渊招手："你们一起上吧。"说完，恶狠狠地瞪了冉琎一眼。

彭渊哪里能忍受，立即准备下场，冉琎一把拉住了他："先看看。"

只见完颜合达身高体壮，犹如一座黑塔般站在场地中央，块头明显要比其他人高大不少。他已将上衣脱去，胸脯和大臂上肌肉隆起，如同石块一样坚硬。引人注目的是他的背上伤痕累累，一看就知此人经历无数战阵，才留下了这么多的刀伤和箭创。他的右臂上居然也有一个黑虎纹身。冉琎心中一动，看来他也是当年术虎高琪那伙人的成员之一。

约20年前，金国宣宗皇帝在权臣术虎高琪的鼓动下，发动侵宋战争。完颜合达就担当了先锋元帅，跟完颜赛不一起领军，连战连捷，一路攻克光山、罗山、兴川等十数城，先后斩杀宋军数万人。直到孟宗政、扈再兴和李全等宋将横空出世，打退了各路金军。从这以后，宋军上下对金兵的畏惧心理一扫而空。

但完颜合达本人率军对宋作战极少失败,因此一直对宋军无比轻视和傲慢。

这时胡显等人各执武器,已将完颜合达团团围住。完颜合达突然大喝一声,执斧冲向领头的胡显,两人率先斗在一起。只听到斧声呼啸穿过,如同排山倒海一般,胡显一下子被完颜合达完全压制,连连后退。其他宋兵见状,各执刀枪一齐围攻完颜合达。

完颜合达力大无比,挥动大斧接连磕到两名宋兵的兵刃,两人顿时手臂酸麻,再无法握住兵刃,立即脱手而飞。其他人救援不及,两人先后被完颜合达的大斧劈倒。这时胡显长枪刺到,完颜合达侧身让过,左手顺手抓住枪杆,右手执斧顺着枪杆疾速削了过去。胡显为了避让,只得撒手扔枪,但臂膀仍被利斧划伤,顿时血流如注,倒在地上。剩余两人见势不妙,知道自己远不是对手,干脆弃械跪倒投降了。

完颜合达看了看他们,面带鄙夷地大声喝道:"你们南朝人都是宁愿跪着生,也不愿站着死吗?"

听到这话,胡显拄着长枪,极其费力地站了起来,然后挺起长枪,向完颜合达一步步走了过来。完颜合达露出赞许之色,缓缓向他竖起了拇指,却绝不留情,举起大斧猛劈了过去。好些人不忍观看,把头转了过去……

此刻楚州城外,悄悄地跑来一队骑兵。这批人马快速地穿过一片树林,跑到一个小山包之上,向楚州城的方向仔细观望。为首的将领是赵胜,他奉了赵葵将令,四处巡探。跟随他的只有200名士兵,人数虽少,却都是赵葵军的精锐士卒。窥探了一会儿,一个探马跑来报告说,有大队金军骑兵出城,正快速地向这里奔来。

难道被他们发现了?赵胜下令全队人马赶紧撤进树林里。又吩咐几十精骑迎上前去,将金军引过来。他要在那片树林附近伏击金军的骑兵队。

再说楚州官衙之内,观看比武的众人突然听到一声巨响,定睛一看,是一个大汉飞身而出,手挺朴刀抵住了完颜合达的大斧。原来是彭渊见胡显危急,便不顾一切地抡刀冲上去,救下了胡显。

完颜合达对彭渊点点头，说道："你很好。"然后撤回大斧，抡圆了向彭渊砸了过去。

彭渊知道他力大，不能跟他硬拼，于是挺起刀闪转腾挪，跟完颜合达周旋起来。这两人都很高大健壮，又出招飞快，正是恰逢敌手，一时不能分出高下。众人全都屏住了呼吸，看得万分紧张。

二人又斗了一阵，完颜合达暴喝一声，将大斧横扫了过去。彭渊见来势凶猛，急忙后退闪避。完颜合达占了上风，立即乘胜追击，接连猛劈过去。

国安平看得焦急万分，就要拔刀上去支援，却被国用安一把扯住。国用安轻声呵斥道："你不要命了吗？"

就在彭渊危急的时刻，一个灰色身影飞掠了过去，只见一把短刀上下翻飞，刀刀逼向完颜合达的要害之处。这是贴身短打，完颜合达的长斧无法还击，只得一边防守，一边后退，希望拉开距离后再反击过去。谁知这灰影竟像黏住了他一样，根本无法甩脱。

完颜合达恼火至极，厮斗中偷眼看了一下这人，顿时惊讶万分。这是一张黑漆漆的面孔，大红色的额头上，有几条白色纹路，虬髯偾张，豹头环眼。完颜合达愣住了，这副样貌有点熟悉，难道这是中原普通人家大门上挂的钟馗吗？正在猜疑的时候，这人的刀已经顺着斧柄削了过来，完颜合达急忙转动斧柄，将刀绞开。回头再细看此人时，不禁呆住了……

只见此人猛然低头，衣袖在脸上一卷，顿时换了一副面孔，变得极其惨白，只有嘴唇上有刺眼的猩红色，且又多出两道一尺多长的眉毛拖了下来。这不是无常鬼吗？

完颜合达一惊之下，大斧从手中滑落，目瞪口呆地站在原地。这时彭渊的朴刀刚好劈斩了过来，眼看就要将完颜合达当场斩杀。

那人却用自己的刀架住了朴刀，又将大斧踢到了一边。他回头时，众人此时才看清楚，原来这人是冉班。

一切只在片刻之间，因为冉班背对着众人，所以很多人只看到完颜合达突然落败，却不知道发生了什么。而完颜赛不等人的位置刚好可以看到冉班侧面，知道他在装神弄鬼，气得脸色铁青。

这时国安平见打赢了，兴奋地大声叫好。完颜赛不转身狠狠地瞪着他。国用安看到，赶紧止住了他。

冉琎向彭渊使了一个眼色，彭渊明白了，便走过去将大斧捡起，交给了完颜赛不身旁的侍卫。

完颜赛不冷笑一声："多谢冉先生手下留情了。想不到冉先生不但精通武艺，而且还会旁门左道。"

冉琎微笑着回道："老将军，你们趁人不备，偷袭楚州，这才是真正的旁门左道！"

"哦，再说一次，那是夏全干的，不是我们！"

冉琎听他再次推卸给夏全，心里明白了，向完颜赛不拱手说："好吧，既然如此，大家还是应该以和为贵，只要你们撤出楚州，我们对一切都不计前嫌。"

完颜赛不抚须说道："冉先生，我们比武输了。"然后手指着胡显说："本帅说到做到，这三位就交给你带回了。请冉先生回去稍事休息一下，过一会儿请你赴宴，本帅有话要讲。"

冉琎便拱手致谢，带着胡显等人回到那座小院。

进院之后，胡显等三人对着冉琎和彭渊纳头就拜，感谢二人的救命大恩。冉琎将三人扶起，请国安平拿来了药品。给三人清洗包扎伤口时，冉琎仔细询问了他们被俘的经过。

这时完颜合达与完颜赛不也回到了议事厅。完颜赛不笑着说道："景山兄的演技不错啊！"

完颜合达苦笑了："还说呢，刚才着实被他吓了一跳。不过，这冉琎的功夫是当真不错。他们二人联手，我要拿下他们，只怕并不容易。"

完颜赛不诡异地笑了："我本来就要你输给他们。"

第二十六章　恶斗楚州（二）

完颜合达瞪了完颜赛不一眼："真是个馊主意！你就那么怕跟南朝打仗吗？"

"景山啊，不是怕，是不能！跟他们小打一下可以，大仗我们打不起了。"

"还不都是那个夏全惹出来的麻烦？"

"刚才你看到了，这位冉珽先生绝不是凡人。我相信，只要有他在，这个麻烦一定可以解决，至于粮草的事也可以解决。"

"哦，你这么自信？"

"过一会儿宴请他，你就等我的好消息吧。"

过了一个时辰，完颜赛不的侍卫来请冉珽、彭渊赴宴。彭渊对胡显说："胡将军也一同去吧。"

胡显一口拒绝："他们刚才杀了我的人，我怎么能跟他们一起喝酒？"

冉珽摇头说道："胡将军，其实刚才完颜合达是有意输给我们的。"

彭渊和胡显两人听罢，非常吃惊，更无法相信。彭渊问："刚才这厮被先生吓得不知所措，连武器都失手丢了。怎么可能是假装的呢？"

"你们注意到没有？第一次变脸后，他曾向我原先站的地方偷看了几次。他早就确信是我了。退一步讲，就算他不知道究竟是谁在袭击他，一个多年率领千军万马的统帅，无数次在战场上出生入死，怎么可能被一个面具吓到呢？"

彭渊琢磨了一下说："有道理。不过，也许他就是天生怕鬼呢？"

冉琎笑着摇了摇头："此人经历过战场上残酷的杀戮，至今身上伤痕累累，连死都不怕，怎么可能怕鬼呢？但之所以我要戴上面具跟他厮斗，就是要分散他的注意，让他心神不宁，这样才能创造胜机。"

胡显怀疑地问："照先生所说，他们想要和谈，那不如直接放了我们，不是更有诚意吗？"

冉琎苦笑着摇了摇头："这就是他们的行事风格吧。"

说到这里，胡显仍是不愿同去。冉琎便不再勉强，彭渊和国安平陪着他一起赴宴去了。

那侍卫将几人引到了宴席上，这时完颜赛不已经坐在主位等待他们了，国用安坐在下首相陪。看见冉琎进来，完颜赛不起身相迎，客套地将众人领进酒席。彭渊看他一副殷勤的模样，不禁心想，这人前倨而后恭，葫芦里究竟卖的是什么药？

众人入座后，完颜赛不举杯说道："各位，今天大家是不打不相识。大动干戈一场之后，还能坐在一起宴饮，这就说明，我们是有缘分的！就让我们一起满饮了这杯酒吧。"说完，他一口气饮了满杯。

冉琎和彭渊也从容地饮了自己的满杯。完颜赛不吩咐侍者给众人倒酒，然后再次举杯。众人连饮了三次，完颜赛不感慨地说道："痛快！在座的诸位，都是真男儿、真豪杰。放下刀剑，仍可以金樽共饮！太好了！"

冉琎放下酒樽："完颜将军，您两次提到，是夏全偷袭了楚州。这样说来，攻击楚州并不是你们的本意，对吧？"

完颜赛不很肯定地回答："不错。当我得知夏全擅作主张带兵去袭击楚州后，来不及向我们大金皇帝奏报，就从徐州追了过来。为什么？因为我不愿意金、宋两家在楚州大打出手。"

"您在担心蒙古军队乘虚而入吧？"

完颜赛不点头："我喜欢跟有智慧的人谈话。"说完，他叹了一声："今天这个麻烦，完全是夏全惹出来的。就请你回去转告赵善湘大人，让我们和平解决楚州的事情吧。"

"那老将军有什么具体的提议？"

"我军全部撤出楚州，将城池移交你方。"

这当然不可能是无条件的，冉琎问："那需要我方做什么？"

"但我军这次的开销得由你方支付。"

"将军要多少？"

完颜赛不竖起两根指头："20万石米粮。"

冉琎心里暗暗冷笑，这就是公然的勒索！金国人这次深思熟虑，先劫持了楚州城，然后就来勒索；如果不给，他们就打算出兵抢劫屯在泰州和兴化两地的粮仓。

冉琎正色回答："完颜将军，那我现在就可以回复你：这绝无可能！"

完颜赛不板起了脸："冉先生，按照嘉定和议，我们大金国是南朝的伯国，你们每年都应当缴纳岁币银、绢各30万。这是白纸黑字的合约，无可抵赖！可是呢？你们违约了，已经多年不曾缴纳。这20万石粮草，难道你们不应该给吗？"

"当然不，恰恰相反，是金国违约在先！20年前，你们兵分几路，无故侵犯我们的川陕、荆湖地区，被我们一一打退。从那以后，嘉定合约当然就自动作废。今天老将军重提合约一事，未免太不合时宜了吧？"

这些都是确凿的事实，完颜赛不无从反驳，只好扯到更早的时候："冉先生，我们两国之间，边境纷争不断，打打停停，停停打打。从你们所谓的开禧北伐算起，一直如此，难道不是吗？"

冉琎便起身回答道："完颜将军，你们本只是在东北一隅的小小部落，发迹之后，就四处侵略，烧杀抢劫。直到今天，你们仍然侵占着我们的大片国土。作为大宋国民，对这些事情，在下一日都不曾忘却！"

一旁的彭渊和国安平听到这里，都在心里大声叫好，而国用安则面露尴尬之色。

完颜赛不听罢，大为恼怒，双拳紧紧地捏紧，竭力地克制自己的怒气。沉默了片刻后，完颜赛不示意冉琎坐下，说道："冉先生，咱们就不要再提旧事了吧，如何？"

冉琏坐下后，看着完颜赛不，并不回答。

"很遗憾，如果你方不肯提供这20万石粮草，本帅只好自己去拿了！"

"哦，将军要率兵进攻我方吗？"

"不错，我们在楚州已经集结了10万精兵强将，大军随时可以南下。一旦击败赵葵，就会包围扬州和建康府。"

冉琏哈哈笑道："老将军，刚才还说到过，如果这里开打，蒙古大军一定会乘机南下，袭击汴梁，抓走你们的皇帝！"

完颜赛不自信地回答："我们的大军，只需几天之内，就可以击溃赵葵，包围扬州。"

"老将军太自夸了吧？你们没有水军，就无法渡河，怎么跟赵葵大军作战？又如何包围扬州？"

"那我们可以抢走你们的所有船只。"

"老将军，你不觉得这毫无可能吗？"

"当然有可能！"

正说到这里，一个军校急匆匆地进来，跟完颜赛不耳语了几句。完颜赛不的脸稍许变色，然后吩咐了几句，小校领命，又急急地离开了。

原来，就在半个时辰之前，城外发生了一场激烈的厮杀。赵葵的部将赵胜，带着二百巡哨人马，伏击了完颜合达的部将完颜笡。赵胜军人数不多，又是步军为主，完颜笡的一千骑兵自然大占优势。完颜笡一心要全歼宋军，却没料到对方的弓箭极其密集，而且威力强大，完颜笡自己率先中箭身亡。没了主将指挥，士兵们顿时四散逃走。

完颜合达接到败报后，大为恼怒，立即点起三军，要进攻赵葵军的大营。完颜赛不急令小校前去制止，一切都要等他这里谈判之后，再行定夺。

冉琏虽然不知道楚州城外刚刚发生了一场战斗，而且金军吃了大亏，但他从完颜赛不不悦的脸色上，猜到他们一定发生了不利的事情。

完颜赛不看到冉琏正在观察自己的脸色，立即换作一副微笑面孔，说道:"冉先生,其实我一直是对南朝的主和一派。本帅听说,先生跟白华是好友。那么你一定知道,白大人一直希望金、宋能够联手,共同抵御我们共同的强敌蒙古,对不对?"

冉琎笑了:"完颜将军刚才还要带军去攻打我们,为什么现在突然又要跟我们联合?在下实在听不明白,您到底哪句话才是真的呢?"

完颜赛不略微有点尴尬,回道:"本帅当然想要跟南朝和好,即便是战,也是为了最终能实现我们两家彻底休战。"

冉琎点了点头,这话似乎就是他的真实想法了:"完颜将军,我们两军这一次在楚州对峙,完全是叛将夏全引起的。我们可不能像夏全那样心胸狭隘,为了一点私仇就置大局而不顾,对不对?"

"不错,本帅也是这个意思。"

"我看过确切的报告,李全、杨妙真在楚州时,库银至少有10万两,军粮不下10万石,大多数都是从盐城、泰州等地抢来的。盐城那里还有价值几百万贯的食盐,全都被李全运到了楚州。这批东西应该都在完颜将军的手里,是不是这样?"

"这个……冉先生是不是想说,这些东西都是你们的?"

冉琎拱手回答:"当然!"

完颜赛不立即摇头:"本帅对此无法苟同。"

"老将军,这些东西本就属于我们。再说如果不是夏全偷袭,楚州也不会被你们占了,是不是?"

完颜赛不一时无语。

"听说老将军此行的目的,就是为了征集粮饷,现在你们已经得到了不少钱粮,可以撤出楚州啦!只要你们撤出,我们将不追究此事。如何?"

完颜赛不听罢,很不满意。

冉琎看在眼里,说道:"如果对这些尚嫌不足,我还有一个两全其美的法子,老将军愿意听吗?"

完颜赛不立即问道:"请先生赐教。"

第二十七章　金宋议和（一）

冉琎见完颜赛不有些急切，微笑着说了四个字："以盐换粮。"

"哦，愿闻其详？"完颜赛不大感兴趣。

"老将军应该知道，北方食盐供应充足，价格比南方便宜不少，因此金国并不需要存在楚州的这批盐。如果我是您，绝不肯费力费时地将这批盐运走。不如就地将这批盐处理了。如果能换成急需的粮草，那是再好不过了。"

完颜赛不频频点头："先生所说很有道理，但是盐价怎么折算呢？就按你们的官价如何？"

冉琎笑了："完颜将军真是精明过人哪！"

"那先生想如何出价？"

"这件事我肯定不能做主，必须由赵善湘大人跟您商量。不过，我会建议赵大人，用这批盐的产地成本加运价来计算。"

完颜赛不立即摇头："绝无可能。"

冉琎见完颜赛不态度坚决，便转移话题问："还有一事，完颜将军可不可以告诉我，夏全现在在哪里呢？"

完颜赛不愣了一下，照实回答道："我派他到海州去了，先生突然问他做什么？"

"在下斗胆猜测一下，夏全他们去海州，一定是去剿灭李全和杨妙真的残部。他为什么要这么干呢？因为你们的皇帝要他们控制住海州，这样才能确保一个安全的出海口，以备将来需要。"

完颜赛不抚须不语。

"在下判断，你们有一件期盼已久的大事，那就是：用海船将你们的军队主力带回辽东去。"

"哦，先生为什么这么说？"

"十多年前，你们的叛将蒲鲜万奴割据了东北故土，占领上京，建立了东夏国。自从中都被蒙军占据后，你们跟故土已经彻底断绝了陆上的交通联系，大军到不了那里去讨伐蒲鲜万奴。如果能走通海路，你们不但可以跳出蒙古军对你们的包围，而且可以出其不意地收复龙兴之地。到了那时，故地的猛安谋克们势必云集归附，你们就能重建起跟当年一样强大的力量，一举扭转现在的颓废之势！"

这时完颜赛不依旧保持沉默。

冉珽继续说道："据我所知，前些日子，蒙古的监国拖雷以高丽杀害使者为由，派大将撒礼塔率领大军讨伐高丽。撒礼塔在高丽降将洪福源的引导下，先后攻下几十座城池，直逼高丽的王城。高丽王亡国在即，万般无奈之下，只好派遣其弟怀安公王乞求投降。撒礼塔在勒索得到巨额财物后才肯退军。前不久，不甘心投降的高丽王再次举兵造反，杀死蒙古全部守将。为了避免蒙古军队的血腥报复，现在他们已经迁都到江华岛上。有蒙古这个共同的敌人，你们完全可以跟高丽王结盟。有了高丽军的配合，你们就可以陆海联手，一起对抗蒙古军。顺利的话甚至可以反攻蒙军，打回中都去。"

此时完颜赛不一边认真听着，一边频频点头。

"这可以说是你们现在的上上之选。"

完颜赛不终于开口说道："先生您真是大才！"

旁边的彭渊和国安平两人都钦佩地看着冉珽。

冉珽继续说道："可是按照这个策略执行的话，你们将需要训练士兵以适应水战，更需要大量的海船。海州常年战乱，大部分熟练工匠早就逃往南方了。因此你们一定会发现，根本找不到足够的人手造船。"

听到这里完颜赛不起身向冉珽施礼："先生既然想到了这一层，就一定有办法帮到我们！"

冉珙回答道："老将军请坐。不是我有办法，而是赵善湘大人有办法。"

"难道赵大人肯为我们聘请工匠？"

"这当然不可能。不过，赵大人可以对你们到辖地各处招募工匠的事情，睁一只眼，闭一只眼。"

"你们赵大人会答应吗？"

"这就要看老将军如何跟赵大人谈判了。"

"好，就请先生辛苦一趟，回扬州去向赵大人报告这些事。请先生无论如何，都要促成这场和谈成功举行。"

"老将军放心。其实冉某的本心，也是希望金、宋两家能保持和平，这样你们可以专心抵御北方蒙古的进攻。"

"冉先生不愧是有大智慧的人物！依先生看，谈判的地点定在哪里合适？"

"就在平珂桥如何？"

这是赵葵驻军的地点，距离楚州并不远。完颜赛不当即就同意了冉珙的提议。之后，完颜赛不心情大好，殷切地陪着冉珙和彭渊宴饮了一场。酒宴散后，亲自将冉珙他们送出了官衙。

冉珙一行人离开后，一直在等待的完颜合达立即走了出来，向完颜赛不质问道："下午我的部将被赵葵的手下暗算阵亡，这个仇怎能不报？你为什么拦着我？"

"景山哪，赵葵的正印先锋都已经被我们打死了！楚州也在我们手里，比较起来的话，我们目前才是得利的一方。"

"那你下面究竟做什么打算？"

完颜赛不就把刚才跟冉珙酒席上的对话，详细地讲述了一遍："这个冉珙刚才短短一席话，就把我策划许久的绝密计划全部道破。真是人外有人，天外有天啊！景山，我们一直小瞧了南朝。别看他们虽然现在军力不济，但他们只要有一批这样的人物在，迟早可以翻过身来。南朝是我们应该联合的力量，而不能再跟他们敌对了。"

"他们能同意吗？我们两家的世代仇隙，难道你可以化解掉？"

"如果化解不掉，就只能两国都被蒙古吞并！他们应该明白。"

完颜合达点了点头："现在北面形势吃紧，我们必须离开楚州，和谈能尽快开始吗？"

"和谈应该可以很快进行了。我们多让些利给他们就是，南朝人特别看重面子，这次就给足了他们面子。最后皇上那边能不能同意，我还没有太大的把握。就怕皇上意气用事哪！我们两个要好好劝一劝他。"

"如今国家多难。为国分忧，我们这些人都带兵出来了。可我听说皇上周围聚集了一些小人，特别是蒲察官奴，根本就是个两面三刀的奸佞小人。我担心这些人会坏大事。"

完颜赛不想了想说道："不用太担心吧，有张行信和白华两个在皇上跟前。"

"可他们两个都是汉官，毕竟还是隔了一层，只怕皇上……"

完颜赛不长叹了一口气："同在一条破船上面，风高浪急，且行且沉。船上还有人猜忌拆台，是嫌船沉得还不够快啊！"

正谈到这里，差役送来了一份急递。完颜赛不打开看过，顿时眉头紧锁。

完颜合达见状，知道一定是出事了，上前拿过这份急递快速读过，不由得失声说道："张行信病逝了！"

完颜赛不抚须说道："张行信和其兄长张行简，都是朝廷的重臣，为官清廉，声誉卓著。兄弟二人一直是本朝汉官首领。如今他去世了，汉官里再没有这样的重量级领袖人物。只怕朝里就要出大事了！"

"你在担心汉官们人心不稳？"

"哦不，像白华、李蹊和元好问等，这些人中多数都是忠心的。我担心的是，有人会借机兴风作浪，整肃汉官们。"

完颜合达向来敬佩完颜赛不，知道他为官老到谨慎，既然他这样说，一定不是空穴来风："那我们能做什么呢？"

147

"因为和谈的事情，我暂时离不开楚州。景山兄你辛苦下，赶紧返回汴梁。只要有了你坐镇京师，我在外面也放心些。"

"可是如果和谈不成功，赵葵进攻楚州怎么办？你一个人行吗？"

完颜赛不笑着摇了摇头："你是不相信那位冉珃先生，还是在怀疑我的判断？"

"我只是不想你在这里冒太大风险，大金国可不能失去你啊！"完颜合达有些动情了。

完颜赛不听罢，突然很是感伤："景山，大金国更不能失去你啊！我们大金国的将领当中，就数你的威望最高，能镇得住京城。至于我这里，你大可放心，有那位冉先生在，南朝跟我们议和之事应该可以谈成。"

这夜，冉珃写下一封详细的密信，交给了国安平，请他安排明尊教楚州分堂的人手，尽快出城送给在扬州的赵汝谠和赵善湘两位大人。

第二十八章　金宋议和（二）

第二天清早，冉琎、彭渊和胡显等人匆匆用完早膳，正准备动身离开楚州，完颜赛不来了。

冉琎迎了过去，见完颜赛不的神色紧绷，不禁心想，难道有什么事发生了吗？冉琎拱手问候，完颜赛不还了礼，然后问道："冉先生这就要赶回扬州是吗？"

"是啊。"

完颜赛不将手上的邸报递给冉琎："有一个不好的消息，先生的友人白华被人弹劾，现在被关押进了刑部监牢。"

冉琎和彭渊大吃了一惊。冉琎立即接过了邸报仔细阅读起来。原来是王世安，不知用了什么办法，竟然从徐州逃脱了。他跑到蒲察官奴那里告发了白华和国用安，说他们勾结一个名叫冉琎的南朝小吏，竟然在大金国境内抓捕金国官员。王世安还一口咬定：国用安并非真心归顺金国；而白华就是潜伏在金国朝廷的南朝奸细，向宋廷出卖大金国的军政秘密。

蒲察官奴当然不会完全相信王世安的一面之词，对他仔细查问了一番。而王世安却拿不出有力的证据来。由于蒲察官奴一向不喜欢汉官，特别是新近封王的国用安和张惠等人，于是他就派人监视了白华，又派手下到徐州去秘密调查国用安和国安平。

最后发现王世安的指控大都似是而非，可国用安和白华也脱不了与南朝官吏往来的嫌疑。恰好此时张行信病逝，白华势单，蒲察官奴打定主意要用这个借口，扳倒一批汉官。

于是他上奏金主，参劾白华和国用安等人。蒲察官奴在他的奏章里面写道："陛下史无前例地恩待国用安，开府仪同三司、兼都元帅、京东山东等路行尚书省事；特封他兖王，又赐号'英烈戡难保节忠臣'；赐姓完颜，附属籍，改名用安，赐金镀银印、驼纽金印、金虎符，等等。然而重赏之下，国用安真就是'保节忠臣'吗？据报，陛下的使者前往徐州赐官时，国用安的部下曾经建议他杀掉使者，重归南朝。据说他一度犹豫不决。由此可见，他绝不是真心投奔陛下，只是一个首鼠两端、两边渔利的小人罢了。我尤其听说白华、武仙等人跟他来往密切，陛下对这些人千万不可不防……"

这些话正好点中金主完颜守绪最大的忌讳：唯恐臣下不忠，尤其是带兵的大将。他想起了史天泽和张柔，这二人曾经都是金国大将，现在却率领兵马围攻卫州。就是这些叛将，给朝廷、给自己带来莫大的威胁！完颜守绪恨恨地捏紧了奏章。独自琢磨了一阵后，他拿定了主意，下令暂时免去白华一切官职，交出刑部讯问王世安一事。

冉琎看完邸报后，拱手说道："多谢完颜将军的信赖，将如此机密交给在下阅看。"

"这件事既然跟先生有关，能否请先生向我将事实澄清一下？"

冉琎坦然回答："这件事其实是我一人之事，跟白华和国将军无关。"说完，将王世安在临安涉嫌命案的事情讲述了一遍："我受赵汝谈大人差使，特地前往徐州，希望能将他带回审问。由于各种缘由，此事并未成功。"

完颜赛不点了点头："各为其主，可以理解。不过你甘冒风险，竟然到徐州来抓人，这份胆量倒也不同寻常啊！"

冉琎听他的话里藏着机锋，便回答说："不瞒老将军，当初在下并没有奢望能将他带回临安受审。"

完颜赛不心想，既然白华和国用安并没有将人交给他带走，可见王世安的指控也有不实之处。更何况他并没有任何证据，来证实白华出卖朝廷的机密。但王世安为什么要如此狠毒地诋毁、攀扯他们呢？

完颜赛不让人叫来国用安和国安平。二人到了后，完颜赛不将邸报交给国用安。

国用安看罢，嘿嘿冷笑了起来。

完颜赛不问："兖王为什么发笑啊？"

"我笑这厮毕竟只是一个无赖小人罢了。"

"哦，兖王为何这般说他？"

"这厮唆使夏全冒充我的名义，偷袭了从楚州出来的田福军。致使杨妙真信以为真，杀了我全家老少。这血海深仇我怎能不报？所以在徐州我就抓了他，准备杀他血祭。"

女真人的传统就是恩仇必报，完颜赛不点了点头："我完全理解兖王。那后来为什么又放了他呢？"

"我并没有释放他，可也没杀他。因为这厮对我说，几年来他从临安陆续运回了几十万两白银，都藏在了几个秘密地点。他乞求我放了他，愿意把这批银子全部拿出来，送给我作军饷用。"

冉琎这才明白，为什么那次国用安改变了主意，没有将王世安交给自己带走。

听到有几十万两白银，完颜赛不的两眼顿时放出了光："这事确实吗？"

"无法确认。不过，他的确让人给我送来了一万两银子。所以我才没有立即杀了他。可后来竟然让他逃掉了。"

一万两银子不是一个小数目，完颜赛不想了想，认为王世安说的银子这事比较可信，便说道："这些银子本是大金国的公财，可他王世安竟敢据为己有？是可忍，孰不可忍！兖王能不能辛苦一趟，到汴梁去，找到王世安，将这笔银子拿到手交给朝廷，怎么样？你们也正好洗脱这厮莫须有的诬陷。"

国用安有些为难："那么楚州的事情怎么办？"

"兖王放心去吧，这里有我在，不会有事。"完颜赛不转头对冉琎说，"请冉先生也一同前去，向皇上澄清白华跟你之间的事情，怎么样？"

这时彭渊急了，急忙向冉琎摇头使眼色。

冉琎问："如果我去汴梁，这里的谈判怎么办？"

"请先生写一封书信，交给你们的胡将军带回去，呈给赵善湘大人。我想，你们赵大人读信之后，自然会权衡利弊跟我们谈判的。"

冉琎明白了，完颜赛不行事果然老辣，他这是将自己扣作人质了。另外，他还盯上了王世安所说的几十万两银子，让国用安跟自己一起去跟他对质，这就是一石数鸟。就在刚才说话时的片刻之间，完颜赛不很快权衡作出了决定。此人城府之深，行事之果断，名不虚传。不过白华受自己连累，因而身处险境，自己的确也应该前去。

再者跟王琬分开，已经颇有一段时间了。一日不见，如隔三秋，自己也着实想念。于是冉琎拿定主意，点头答应了完颜赛不。

一个时辰之后，冉琎写好了书信，交给胡显，又仔细嘱咐了他一番。胡显连连点头，收下书信后，跟冉琎、彭渊互道珍重，离开楚州，直向扬州奔去。

此刻扬州城里，赵善湘和赵范二人正在为楚州战和之事一筹莫展。赵汝谠遭人暗算中箭，更是他们始料未及。赵汝谠已经昏迷几天了，脸色惨白，嘴唇和手指发黑。这是典型的中毒症状，本地找来的郎中只能清理箭创，却无法驱毒。眼看赵汝谠如此伤重，自己却做不了什么，赵善湘生出了从来没有过的挫败无力之感。

更让赵善湘心烦意乱的是，有军官向他通报，赵葵的军中流传一个消息，是赵胜在乱军中向赵汝谠放的箭。这个消息太过惊悚，赵善湘派人通知赵葵，要严令不准任何人在军中散布谣言。然而赵善湘自己也在疑惑，如果这个消息是真的呢？

蒋奇这些日子一直在看护昏迷中的赵汝谠，心里充满悔恨内疚。他已经认定了，暗算者就是赵胜。但他不能轻举妄动，在没有找到直接的证据之前，他甚至不能对赵善湘说出自己的怀疑。他悄悄地安排自己信任的属下，到赵葵军中四处探听消息。

就在蒋奇每日痛苦地煎熬时，冉璞和丁义终于赶到了。跟他们几乎同时到达的，还有几位宫中的御医。他们都是郑清之亲自挑选，前来医治赵汝谠箭伤的。

冉璞和丁义这两位强援赶到，蒋奇顿时精神大振。他向二人详细讲述了事情发生的经过，冉璞问蒋奇："赵胜军里有没有什么传言？"

"据说赵葵在军中下了严令，不准捕风捉影，散布谣传。现在很难直接从那里打听到什么。"

丁义问："那箭现在在哪里？"

蒋奇将那支箭取出交给二人查看。丁义曾跟金军多年作战，立即认出了箭镞："这是金军使用的箭支。"

蒋奇提醒道："箭头上有毒，丁捕头小心。"

丁义小心地拿着箭，一边看，一边说："袭击粮船的虽然是夏全，可他犯不着做这种事情。"

"赵胜身为统领，搞到几支金军箭支，应该不是难事。"冉璞若有所思，"关键是要找出直接的目睹证人，来指证赵胜。"

蒋奇回答："已经派人打探了，目前还没有消息传回来。"

丁义极为肯定地说："还得继续派人打探，世上没有不透风的墙，一定会有知情人的。"

冉班想了一阵，问蒋奇："新任转运使还没有到，现在粮草发运正常吗？"

"赵大人跟淮东几位主将，就粮草转运事宜多次商讨，转运流程都是确定好的。现在由主簿周平主持，一切都还正常。"

"周平应该认得赵葵军里的文职官员吧？"

"自然的。"

丁义立即明白了："冉捕头，你是不是想从文官那里打开缺口？"

"不错。一般说来，文官们喜欢打听，又比武人精明，赵葵军中的文官一定知道不少内情。周平跟他们公事来往多年，自然会有默契。也许他去的话，能探听出什么来。"

丁义摇头："文官贪财，找他们打听事情，必定要花费银钱。况且又是这样敏感的大事！"

　　蒋奇一拍大腿："只要能得到真相，银子的事不算什么，就让周平去查。"

　　冉璞同意，又说道："但绝不能动用官银。这次离开临安前，赵汝谈大人交给我一些银两，就先拿出来支用吧。"

　　蒋奇笑了："暂时用不着的，办这种事情，周平有的是办法。"

第二十九章　桃源酒馆（一）

冉璞对蒋奇说："那我跟丁义就带上周平一起到平坷桥去，赵大人这里就一切拜托蒋兄了。"

蒋奇点头答应："你们一切小心！"

冉璞、丁义二人随后找到了周平说明来意。转运司主官遭人暗算，司里上下同仁全都憋了一口气。所以当冉璞提出此事后，周平便一口允诺。

第二天，三人到了平坷桥，周平就去见他的多年好友，那人是赵葵军中的钱粮账房，名叫陆正。周平约了他寻了一个酒馆一起小酌。酒酣耳热之时，周平便打听起赵胜的情况。

陆正说："赵胜这人不好讲，怪得很。"

"哦，这是怎么说？"

"这个人乍看上去，挺和气，总眯着眼挂着笑。"陆正苦笑了一下，"但他从不跟我们这些人打交道，也许我们还入不了他的法眼吧。"

周平暗想，这人莫非有什么见不得人的事？"赵胜难道不去领钱粮吗？"

陆正笑着说："不领钱粮，他吃什么？他手下的兵吃什么？"

"那他又从不找你们，怎么弄呢？"

"他有几个心腹，通常都是他们来办理的。"

"最近这些人有没有什么反常？"

陆正啜了一口酒，诡异地笑了："赵胜有一个马夫亲随，名叫钱旺，酷好赌钱。按说这样的人本不应该收在身边，只因为钱旺干活不惜力，打仗又肯拼命，所以赵胜一直把他收作护卫。"

听到这里，周平来了精神，知道陆正一定下面有话要说。

"这钱旺每每发了饷银，很快就会赌博挥霍掉。因此欠了不少赌债，常常手头很紧，跟人喝酒从来不掏银子的。可是最近不知怎么变阔了，请人喝酒时吹嘘，说得了一大笔钱财。"

"那他这钱是怎么得来的？"

"他从不肯说。别人一旦问起，马上就闭口不答。"

周平疑窦大起，问道："这钱自然是别人给他的，可为什么呢？钱旺最近立过大功吗？"

陆正摇头："没听说过。"

"那他遇到什么贵人了？"

陆正笑了："他能遇到什么'贵人'？对了，赵胜就是他的贵人吧。"

周平点头，这钱极有可能就是赵胜赏给他的。下面再问具体情形，陆正就摇头不知了。周平心想，钱旺既然是赵胜身边的贴身亲随，当然应该知道粮船被劫那日究竟发生了什么。他就是关键证人了。

两人散酒之后，周平立即赶回去向冉璞和蒋奇报告。

冉璞和丁义听罢，一致认为这里一定大有蹊跷。如果真是赵胜给了钱旺大笔钱财，很可能就是封口费。

丁义对冉璞说："我们得找个由头，尽快将钱旺带回来问话。"

冉璞点头同意："事不宜迟，现在就去办。"

随后，三人立即分头行动，周平继续去打探消息，冉璞、丁义二人则去赵胜的军营附近查访钱旺。据陆正所说，钱旺常去一个叫桃源的酒馆里面跟人赌博。二人颇费了一番功夫才找到这个酒馆。

这桃源酒馆的确有些奇怪，它既不在人来车往的街道旁，也不在人群居住的周围，却选在了一片桃树林后面的水塘边，倒是应了"桃源"二字。

冉璞心想，这酒馆选址如此偏僻，想必来的酒客基本都是熟客，且多半都是赌客吧？

二人进去之后，发觉里面冷冷清清，并没有什么客人。小二见他们面生，小心地上前招呼。二人随便点了几样酒菜。等待的时候，小二给端来了茶水。上茶时冉璞试着跟他聊几句，那小二明显敷衍着应付了几句。

丁义见小二警觉，心想倒不如开门见山罢了。于是往小二手里塞了几个大钱，说道："我们两个是衙门里的人，有些事想向你打听一下。不知你是不是方便？"

小二见丁义很是爽利，一边收了钱，一边笑着问："二位是不是要打听钱旺？"

二人听了很是惊讶。丁义问："你如何知道？"

"不瞒二位了，昨天有几位公人来过，向我问了不少关于钱旺的事情。"

冉璞和丁义对视了一眼，冉璞问："那你知道钱旺现在在哪里吗？"

"不知为什么，这厮已经好几日不曾来了。二位公差，他是不是犯了什么事？"

丁义回道："你最好不要打听，这是为了你好。"

小二咂舌连连赔笑。

冉璞问："知道那几位公差是哪个衙门来的吗？"

"这个小的没问。不过他们都不是本地人。"

"哦，你如何知道？"

"听口音，他们像是临安那一片地方来的。"这小二觉得丁义的口音跟本地颇为相似，便认定丁义是本地的官差，倒是亲热了一些。

丁义问："他们一共几位，知道他们都住在哪个客栈吗？"

"一行三人，好像就住在附近，具体哪家他们没说。"

冉璞问："钱旺有没有什么朋友？"

这时，小二笑着并不回答。丁义明白了，于是又给了他一次钱。小二这才回答，钱旺有一个死党，名叫麻四，也经常来这里的。

丁义立即问："麻四今天来了没有？"

"今天还没过来。"小二然后补了一句，"他昨天来的。"

冉璞立刻警觉起来，向小二要了麻四的住址，随后两人立即赶往麻四那里。不到一炷香工夫，两人赶到。

两人先观察了一下麻四的房子和四周情形。只见这麻四家无比破败，想来应该是麻四整日好赌，游手好闲，自然不会将自己的家好好收拾一下。

二人敲了敲门，里面并无任何响动。丁义说："难道他不在家？"

冉璞皱眉说道："动静不对。"

随后两人破门而入，里面顿时散发出浓重的血腥味道。搜索了一番后，二人在墙角发现了一个男人的尸身，这应该就是麻四了。

二人仔细检验了一番，在尸身上发现了几处致命刀伤，血痕比较新鲜。两人判断，凶杀应该就发生在几个时辰之前。

丁义说道："凶手绝不止一人。"

冉璞点头同意："不错，是几个人一起围攻。"

"会不会是赵胜派来灭口的？"

"很有可能。看他们用刀的痕迹，不像是专门训练的杀手所为。"

正说到这里，门外传来一声响动。

虽然这响动很轻，但冉璞和丁义何等精干，立即察觉出来。两人互相对了个眼色，突然暴冲出去。只见一个身穿皂衣的精壮男子，正向屋里张望，见有人向他冲了过来，这人丝毫不见慌张，居然迎了上来以一敌二。于是三人便斗在一处。

三人都是以快打快，一时之间那人不落下风。

冉璞和丁义只想擒拿此人，所以并不使出杀招。那人见招拆招，因见二人明显是要擒拿自己，而且用的是捕快拿人的手法，便大声喊道："别打了。"

于是三人停手，这人问道："你们是什么人？"

丁义反问："你是什么人？"

这人从腰间掏出一个铜牌，冉璞和丁义看得清楚，上面竟然写着"临安府"三个字。这人说："我是官府公差，来此公干。你们到底是什么人，光天化日之下，竟敢袭击公差？"

冉璞和丁义对视了一眼，都觉得很是疑惑。

丁义冷冷地问："你既是临安府来的，怎么会不认得我们？"

这人听丁义说话的语气不像是在打诳语，便解释道："在下吴康，刚刚奉调临安府，受上司差遣，来这里执行公干。请问你们二位是？"

冉璞点头回答："这就难怪了。我是冉璞，这位是丁义。"

吴康听罢，立即施礼说道："原来二位是我们前任捕头，在下刚才失礼了。"

丁义便问："你到这里来有什么差事？"

"在下等奉余天锡大人差遣，到这里来调查一个人。"

冉璞问："是不是赵胜？"

"正是。冉捕头，您二位也在调查他？"

"是的。就你一个人来的吗？"

"还有刘威和宋力，他们两个正在客栈。"

"你来找麻四有事？"

"嗯，其实我们昨天已经找过他了。我此次前来是通知他最近出去躲一躲，因为我们觉得可能有人对他不利。"

冉璞摇头："你来晚了！他已经被人杀了。"

吴康吃了一惊，立即进屋察看了一番，然后非常肯定地对二人说："这应该是赵胜派人干的。"

丁义问："为什么这么肯定？莫非你们有证据了吗？"

"昨天麻四对我们说，赵胜的亲随钱旺曾经亲口告诉他，就是赵胜在乱军里放冷箭射伤了赵汝谠大人，钱旺当时就在跟前，看得很清楚。事后赵胜给了钱旺不少银子封口。"

冉璞和丁义顿时大喜。冉璞问："你们记录下证词没有？"

"当然，麻四也按了手印。"

丁义情不自禁地说："太好了！能给我们看一下吗？"

第三十章　桃源酒馆（二）

吴康爽快地答应了："可以，不过证词在刘威手里。那我们这就到客栈去吧。"

冉璞说道："等下，这里的情形必须先向本地的地保通报一下。"

于是，三人先去找了地保，让他到本地县衙去报案，再派去几个人手看住命案现场。

随后二人由吴康领路，赶往他们所住的客栈去找刘威他们。

不料还没到达客栈，三人就远远地看见很多人围在了那里，似乎都在瞧热闹。

三人走近之后，冉璞向一个正在观望的老者询问究竟。老者回答说，刚才来了一队官军，说得到通报，这客栈里住进来几个金国细作，于是就过来搜捕他们了。

正说着话，看见一个军官从客栈走出来，后面的士兵押着两个五花大绑的人。吴康定睛一看，顿时恼怒起来："这厮们竟然抓了刘威和宋力！"说完，就要冲上去理论。

冉璞和丁义赶紧拉住了他。冉璞轻声说："寡不敌众，这里不是说理的地方。"

吴康心里极其恼火，恨恨地说："肯定是赵胜在捣鬼！"

丁义若有所思，说道："这里两军对峙。赵胜的军队一旦发现金国细作，有权就地处决。即使杀错了，事后他们也不用承担太大责任。"

吴康有些不信："刘威和宋力身上有临安府的腰牌、文书，难道赵胜敢杀公差？"

冉璞苦笑："在潭州时，他就敢带人围攻转运使官衙。还有什么他不敢干的呢？"

吴康听罢很是紧张，向二人作揖求助道："二位捕头，我们来此都是为朝廷效力的。想不到赵胜如此狠毒，如此张狂，竟然这样诬陷我们！能不能请二位看在临安府的面上，出手相助一下？"

冉璞想了想，回答说："恐怕现在能救出他们的，只有赵善湘赵大人了。"

吴康担心地问："赵胜会不会丧心病狂，马上就杀了刘威、宋力？那样的话，赵善湘大人也来不及施救哪。"

冉璞回道："如果那份麻四的证词还没有被赵胜搜到，他可能暂时不会杀人。"

丁义说道："赵胜这种人，难说得很。这样吧，你们二人赶紧去扬州面见赵善湘大人。我留在这里，监视他们，也防止赵胜再滥杀无辜。"

冉璞摇头："这太危险了。"

"不，只能我留下，赵胜认得你。如果你留在这里，只会更加危险。而赵胜并不认得我。你放心，我知道如何保全自己。"

三人仔细商量之后，冉璞就带上吴康（周平此时去了别处），急速奔回扬州去了。

这夜，扬州官衙一如往日，看起来非常的平静。

灯火通明的官厅里，赵善湘和赵范秘密会见了从楚州归来的胡显。赵善湘已经看了冉璘的书信，又听胡显把经过详细报告了一遍，心里不觉有些惊心动魄。

赵善湘抚须叹道："冉先生身处惊涛骇浪之中，无所畏惧，更谋划出上好之策，能让我们不战而取回楚州城。有这样的大才为朝廷效力，天佑我大宋哪！"

赵范说道："制置使大人，只怕您高兴得有些早了。"

"哦，你在担心什么？"

"金军要跟我们以盐换粮,这实在匪夷所思。临安的宰辅们能答应吗?"

胡显插话说:"不战而屈人之兵,这难道不是上策吗?史相和宰辅们应该会接受吧。"

赵范狠狠瞪了胡显一眼,呵斥道:"还不住嘴!"

赵范的厌恶神情,隐藏了他的潜台词:你不过是一个败军之将,有什么资格在官长们跟前插嘴军机大事呢?

胡显当然听懂了,顿时满脸通红。

赵善湘转头吩咐当值差事,将胡显领下去好好招待一下,明日就送他回到赵葵军中去。胡显向二人叉手施礼,转身跟随差事离开了。

赵善湘盯着胡显远去的背影,若有所思,回答赵范道:"武仲,依我看这件事倒也未尝不可。理由有三点:第一,的确是不用打仗就能收复楚州;第二,给金军一些急缺的军粮,可以让他们专心抵御蒙古,做好我们的北方屏障,这对大宋有利;第二,怎么交换军粮,换多少,这难道不是我们说了算吗?这样的谈判对我们有利,越拖下去,就越对他们不利。所以,我赞成跟完颜赛不谈判。史相那里,我自会去信解释。不过我们两人必须先达成一致,才好实施啊。"

赵范点头:"大人所说的这些,我都赞成。只是这位冉先生建议的另外一事,绝不可施行。"

"是默许金国招募工匠,建造海船这件事吗?"

"是的。我们愿意给他们军粮,不过是希望他们能在北方挡住蒙军。可如果他们有了退路,一旦从海路北撤辽东,那我们就直接面对蒙军了,我们所做的岂不是白费功夫了吗?"

赵善湘抚须不语,陷入了沉思。

"再有,金军上了船,就一定会北上辽东吗?谁能保证,他们不会乘船南下攻击我们?"

这个说法让赵善湘顿时犹豫了。他想了一阵,说道:"建造大批海船,可不是一件简单的事情,需要大量的人力、物力和财力。我认为,金国现在没有这样的巨额财力。所以他们要很快地造出足够海船，南下攻击我们，可能性非常小。"

"即使这样，金国军队如果真从海路逃走了，我们将跟蒙军直接对峙，是战还是和呢？我们将失去战略的主动，直接面对比金国更加危险的敌人！"

"武仲，如果金军被堵截在中原，一点点地消灭光了，我们迟早还是得面对蒙古军队。"

"那大人的意思是，放他们到辽东去，总比他们毫无希望地待在中原要强？"

"是啊。"

"那将来后世会不会有人认为，今天大人是放虎归山了？"

赵善湘摇了摇头："武仲，以金国现在的实力，哪里还能称得上是虎呢？他们不过是被逼进墙角的惶惶之犬罢了！也许他们只有回到白山黑水的故地，才可能重新成为昔日的东北猛虎。"

"可就是这些丧家之犬，还想强占我们的楚州，勒索我们的粮食！"赵范忽然非常义愤填膺。

大宋跟金国，有多少旧恨新仇！赵善湘完全理解赵范的心情，劝道："武仲，我们可不能意气用事哪。即便是最冷酷、最无耻的选择，只要是为了大宋的长治久安，你我即使冒着骂名，也得去做啊！"

这句话让赵范冷静了下来："以盐换粮，也就罢了，大家各取所需，宰辅们应该可以被说服。但允许金军到大宋境内聘请工匠一事，大臣们会有非议。"

"那就不要让他们知道。知道的人越多，是非也就越多。"

赵范捻着胡须琢磨了一阵："大人，那我们也不能任由他们得意。"

"武仲有什么想法？"

"我们可以为他们准备几批特殊的工匠。他们将为了大宋，身怀使命到海州去，时刻监视那里的一举一动。如果金人居心不良，他们就破坏海船，

163

或者干脆把船弄到大宋来，这样的话，他们不就是为我们造船吗？"

赵善湘仰头大笑："人们都说南仲精明，武仲忠厚。可就凭这条计策，我看南仲远远不如武仲思虑深远哪！"

赵范也笑了："这件事情，就不要通知枢密院和兵部了。制置使大人，劳烦您辛苦去信给史相，把这件事详细解释一下。"

赵善湘点点头。这时两个人关门议事，已经一个多时辰了，二人不禁都觉得有些疲累。赵善湘便吩咐差事，准备一些茶点，随后两人继续商议。

正在这时，有差事进来报说，赵汝谠大人的部下冉璞正在外面，有紧急事情要求面见。

这时，赵善湘想起了，刚才听胡显所说，冉琎被完颜赛不挟持到汴州去了。他的心头突然涌上一点愧意。冉琎身处危机当中，就是奉了他的命令到楚州去的。他被扣之事，该如何告诉他的兄弟冉璞呢？

赵善湘点头吩咐从事，将冉璞请进来。

冉璞和吴康两人跟着从事，来到了官厅。赵善湘没有想到，跟随冉璞进来的还有一个面生的人。赵善湘用询问的目光看向冉璞。

冉璞上前礼毕，介绍说道："这位是临安府派来的捕头，名叫吴康。"

吴康上前施礼，掏出了腰牌，出示给赵善湘。

赵善湘点头，问道："你有什么事情吗？"

吴康正要开口叙说事情的经过，冉璞轻轻拉了一下他，然后使了一个眼色。吴康不知他何意，一时愣住了。

冉璞有些为难地说："赵大人，此事牵涉重大，是否可以……"他暗示请一旁的赵范回避。

赵善湘做官极为看重上下尊卑，听了这话顿时有些不悦，一个下级官吏要求高位的官长回避，这是十分失礼之举，便问冉璞："这有必要吗？"

"大人，此事涉及机密，很是敏感。"

赵范心里冷笑了一下，凭你们几个差役，能有什么敏感大事？不过他还是主动站了起来，说道："制置使大人，下官还有事情，就先行告退了。"

赵善湘笑着对他说："那也好，武仲你辛苦了。"

赵范走后，赵善湘对二人说："好了，你们有什么事，说吧。"

冉璞说道："赵大人，经我们查实，赵葵将军的部下赵胜，涉嫌谋害转运使大人。"

听了这话，赵善湘皱起了眉头："你们查到确凿证据了没有？"

"有的。"吴康便将他们三人受余天锡命令，到赵胜军中查访此事的经过讲了一遍。

当赵善湘听说宰辅余天锡已经过问此事了，惊讶之余，顿时大感烦恼。

第三十一章　金篆道场（一）

其实，赵葵军中早就曾有零星传言说，赵胜放箭射伤了赵汝说。因为并没有任何人出来指证，赵善湘考虑到大战在即，不想捕风捉影地去调查一位带兵作战的将领，更何况赵胜是赵葵的一员爱将，所以就搁置了这件事。现在听吴康所说，余天锡派他们来调查赵胜，赵善湘立刻猜到，这是史弥远的决定。看来，宰辅们一定知道了某些事情，而自己还并不了解。

吴康接着说道，赵胜以金国细作的名义抓了他两个同僚，这让赵善湘顿时更加恼火，问吴康："你亲眼见到是赵胜抓了人吗？"

"回大人，我们虽然没有见到赵胜本人，但那些军士应该是他派的。"

"那份证词在哪里？"

"在刘威那里。现在证人麻四被杀，刘威、宋力被抓，在下担心，赵胜会搜走证词，毁灭证据。"

吴康显然已经认定了是赵胜杀人灭口，赵善湘深感麻烦。该如何处理这件事呢？因为牵涉赵葵这个前线的作战主官，赵善湘觉得必须慎重、再慎重。一时间他犹豫了。

冉璞接着说："大人，刘威和宋力处境十分危险。赵胜很有可能铤而走险，用金国细作名义处决他们。真是这样的话，他就给赵葵将军惹下了大祸！"

这话提醒了赵善湘："你说得对。"他立即手写了一道命令，盖上自己的官印，吩咐随从带上吴康即刻出发赶到赵葵那里，务必将二人救下。然后对冉璞说："去看望一下你家大人吧。宫里来了两个御医，看过赵大人的伤势后给开了药，似乎有了一点起色。"

冉璞听罢大喜，拱手施礼就离去了。

赵善湘等冉璞离开，吩咐随从将赵范请回来，有要事商议。

赵范进来后，赵善湘语带责备地问："武仲，前几天兵部发来调函，要调赵胜去临安任职，南仲为什么拒不执行？"

进来之前，赵范已经有了一点心理准备，知道冉璞要自己回避，事情可能跟赵葵有关。现在看到赵善湘有些恼怒的样子，便问："大人，是不是南仲惹出了什么麻烦？"

赵善湘气恼地回答："岂止是麻烦！"随后将冉璞、吴康他们正在调查赵胜的事情告诉了他。

赵范听罢，跺脚骂道："赵胜这个混账东西，真是无法无天！"

"还不是你那个兄弟宠坏了，当真是一帮骄兵悍将！"

这句话说得有些重，连赵范都被扫到了，顿时脸上有些挂不住。他知道赵善湘正在气头上，不敢回话，只好面带惭色，默然无语。

赵善湘见状，反倒有些过意不去，解释道："武仲，我说的不是你，不要多想啊！"

赵范拱手回答："大人对我兄弟一片爱护之心，下官怎能不知？请大人放心，我明天就带人到他那里去，一定把这件事情查得水落石出。该怎样做，我绝不会袒护。"

赵善湘见他这个态度，心情顿时好了起来："武仲，你有这个态度，我就放心了。"他对赵范笑了笑，接着说道："到目前为止，这件事情还没有公开。但如果赵胜真的杀了那两个余天锡的人，那就捂不住了。"

"多谢大人及时出手，制止这个胆大妄为的赵胜。"

"今晚我们两个就把和谈的内容写成奏章，连夜送往枢密院和兵部去。顺利的话，三五天就回来了。再派人到楚州去，通知完颜赛不可以和谈，从现在起两家军队脱离接触，不要再动刀兵了。"

赵范点头同意。

"南仲那里不知道还会出什么事情。武仲辛苦下，明天就去一趟他那里，要他约束住手下，不准胡来！"

"一切听从大人安排。"

"马上就要和谈了，武仲，这个时候他们不能生事添乱！"

"大人放心，下官都明白的。"

赵善湘满意地点了点头。

此时转运使官衙里，冉璞见到了仍在昏迷中的赵汝谠。他的脸色红润了很多，唇色已经不再发黑。看来御医出手治疗，的确好转了不少。

冉璞向御医作揖道谢，御医说道："虽说赵大人暂时转危为安，但余毒还在体内。我们这次用的解毒草药分量颇重，只怕会有反噬副作用。这段时间必须得静心调养才行。"

"请教了，我们下面该怎么做？"

"有我们照顾赵大人，你们不要打扰他就行。预计明后天，赵大人就能慢慢苏醒。不过那时赵大人体内余毒未消，千万不能受到什么刺激，防止箭创迸裂。"

冉璞连声答应，又嘱咐了衙里的差事，严格按照御医的一切吩咐行事。

正说着话，蒋奇进来了。

他刚刚得到消息，钱旺正在赵胜的军营。赵葵下了严令，所有的士兵都不准擅自离开军营。所以尽管知道钱旺正在军营，二人却没有办法把他带出来讯问。

冉璞宽慰他说："蒋兄放心，赵善湘大人已经承诺，会过问此事。我们就听从他的安排吧。"

蒋奇摇头道："听说这位制置使大人最是倚重赵范、赵葵兄弟，说不定会偏袒包庇他们。"

"可是赵胜抓了余天锡派来的公差。赵葵就算想要隐瞒，也已经是纸包不住火了。更何况吴康他们亲手录下了麻四的证词，他怎么抵赖？"

蒋奇仍然担心地问："但如果证词被毁，怎么办？"

"他如果毁了证词,更说明他心里有鬼。再说还有吴康他们作证,除非……"

"怎样？"

"除非他将钱旺等知情人全都灭了口。赵善湘大人马上就要去了,他敢这样疯狂地杀人吗？"

蒋奇默然,过了一会儿说道:"如果赵葵真要死保,他也许就不用杀人了。"

冉璞点了点头:"那我们就跟着赵善湘大人一起去调查,我倒想看看,赵葵会不会公然地包庇这个罪人！"

蒋奇点了点头,随后拿出一封书信递给冉璞:"这是你兄长让人送来的书信。"

冉璞打开信笺快速读了一遍,不禁对冉琎的处境更加担心了起来。

这些天来,冉琎和彭渊跟着完颜合达的队伍一道赶往汴梁。令人意外的是,完颜合达现在对他礼敬有加,这跟原先的倨傲态度截然相反。

彭渊认定了完颜合达十分惧怕冉琎的变脸之术,说道:"先生,看来完颜合达已经把你当成神人敬奉了。"

冉琎微笑着摇头否认。

一旁的国安平问:"那他为什么要前倨而后恭呢？"

国用安嘿嘿笑道:"因为他们现在有求于冉先生。"

冉琎点了点头:"不错。不过他们更希望国将军帮忙,从王世安那里把银子追出来。"

国用安恭恭敬敬地问道:"冉先生,这件事情该怎么办,还望您指点一下！"

"如果能推掉的话,国将军还是推掉的好。"

"如果实在推不掉呢？"

"那就推一个人挑头,让他当主办官。"

国用安挠挠头:"先生的意思是？"

169

"解铃还须系铃人。"

"哦，先生指的是蒲察官奴？"

"国将军机智，正是此人。"冉琎觉得白华入狱这些事，既然是蒲察官奴在背后捣的鬼，如果不将他裹进来，下面白华、国用安等人还会有无尽麻烦。

国安平愤愤不平，对国用安抱怨道："当初我们离开楚州，就是因为受不了赵葵这些恶官的气。可现在金国这边，我们不是一样挨整受气吗？"

国用安摇头说："那不一样的。"

彭渊笑道："当然不一样。国将军在楚州时，不过是一个统领。现在，他可是大金国的王爷了！"

彭渊这话，众人都听出了嘲讽意味。

国用安却笑眯眯的，很是坦然："不错，本将军现在的身价就是王爷。将来再回到大宋，官位须得比赵葵至少高上一级。真有那天，我会坚决地向大宋朝廷申请，要做他赵葵的顶头上司！"

众人听他戏谑地调侃赵葵，不由得都笑了。

行了几日，众人终于到达汴梁城。冉琎想到马上就可以见到王琬，不禁一阵喜悦涌上了心头。

完颜合达一马当先就要进城时，从城门里跑出了一队骑兵。众人远远地看见，这些士兵全都顶盔掼甲，全副武装。为首的正是蒲察官奴。

完颜合达见这些人向自己直奔过来，便停下了马。只见蒲察官奴手执黄绢圣旨，到了跟前喊道："圣旨到，完颜合达接旨。"

完颜合达下马半跪接旨。蒲察官奴将旨意念了一遍，大意是全体将士们出征辛苦，皇帝特意下令犒赏三军，准许人马休整三日。完颜合达正要谢恩领旨，蒲察官奴接着说："老将军，还有一事。本官奉皇上口谕，要将兖王完颜用安以及南朝奸细冉琎等人即刻拿下，等待审讯。"

完颜合达回道："且慢。这件事情我已经知道，只怕中间有一些误会。不管怎样，冉琎先生是我们请来的客人，必须以礼待之。"

蒲察官奴皱着眉头："老将军您要抗旨吗？"

完颜合达不卑不亢地顶了回来："当然不会。不过请你先等我一刻，我进宫去见圣上。在这之前，人不能交给你带走。"

"你！"蒲察官奴觉得自己在众人面前被扫了面子，很是恼怒，喝道，"来啊，将完颜用安和冉琎等人拿下。胆敢反抗的，立斩！"

他身后的士兵齐声应答，端着兵刃上前就要拿人。

第三十二章　金篆道场（二）

完颜合达见状，大喝一声："谁敢？"随即下令手下部众，将冉琎等人团团护住。两支人马顿时剑拔弩张，对峙起来。

蒲察官奴因为自己这边的人少，犹豫了起来。完颜合达下令大军暂时退到城外，然后对冉琎说："冉先生，对不住了。请你们先在城外休息，我现在进宫面见圣上，说清缘由后，再来接先生进城。"

冉琎拱手道谢："一切听将军安排。"

然而，完颜合达进宫之后，并没有见到金主完颜守绪。宫人告诉他，皇帝住到玉清宫去了，在那里举行"金篆斋"斋醮三天，以期上消天灾，下弭战乱，保镇大金帝王之业。明日礼成后，由太一道掌教真人萧辅道举办盛大道场，为大金祈福。

完颜合达赶到了玉清宫，还是没法觐见金主。但皇帝身边侍候的宫人可以代为转奏，完颜合达只好将完颜赛不跟他合写的奏章以及完颜赛不写给皇帝的一封密信交给了执事宫人。当夜，冉琎等人就跟随大军驻扎在汴梁城外，等候金主的旨意。

第二天清早，天光微亮时分，果然有宫人到军营传旨，宣完颜合达、完颜用安与冉琎等人到玉清宫觐见。

骑马赶往玉清宫的路上，完颜合达让冉琎跟自己并辔而行，突然问："冉先生可曾见过你们的大宋皇帝？"

冉琎摇头："至今未曾有幸得见天颜。"

完颜合达笑着点了一下头，向宫观方向拱了一下手说道："我大金皇帝陛下，英明果绝，体恤百姓，不愧是天下英主。"

说到这里，他特意看了看冉珏和国用安，两人都是毫无表情。

完颜合达心里顿时不悦，忍着怒气说："皇帝陛下乃是真龙天子，现在暂时蛰伏中原而已。只需假以时日，一定会龙跃升天，建功立业，让天下震惊！冉先生，你们可以拭目以待。"

冉珏这才微笑着点了点头，并不答话。

说话间，马队行到玉清宫的殿宇周围。这玉清宫果然规模浩大，从山门外的照壁开始，依次建有牌楼、华表、山门、风桥、灵官殿、钟楼，随后是三官殿、财神殿、玉皇殿、药王殿等正殿依次排开。虽然是清早，上百道人已经开始各执法事。他们全都身穿崭新的道袍，手持各色法器，诵唱经文，还有道人登上灵坛张贴表文，诵念符咒，为大金祝祷祈福。

有宫人引导众人，众人进入一个大殿。那宫人对完颜合达说，皇帝昨夜斋醮已毕，已经看过了奏章。又说皇帝阅后很是高兴，连声称赞了几个好。

这时金主完颜守续正在大殿等着他们，见完颜合达他们依次进来，就主动走下阶迎了过来："老将军此行功不可没，辛苦了。"

完颜合达领着几人跪拜叩礼，只有冉珏只是弯腰作了一个揖。有宫人喝道："大胆，还不跪拜行礼？"

不想金主居然并不动怒，走到冉珏跟前问："足下就是冉珏先生吧？"

冉珏拱手说道："回皇帝陛下，正是在下。"

金主上下打量了一下冉珏："冉先生，虽然这是第一回见面，朕却是几次听说阁下大名了。来，跟朕进去叙话。"金主竟然上前拉住了冉珏的手，两人携手走进里面的书房，却将其他人留在了外面。

国用安见金主如此赏识厚待冉珏，顿时大感意外，心里立即生出无限的羡慕，甚至觉得有些泛酸发苦。

两人进了书房后，金主指着书案旁边的凳子说："先生请坐。"然后自己坐在了书案正位。

冉珏拱手致谢然后坐下，这才仔细端详了一下金主完颜守续。见他很是

173

年轻，脸形瘦削，鼻梁坚挺，眼皮和嘴唇都很单薄。虽然眯缝着眼，却黑黝黝地射出精光，只是有些忽泛着飘移不定。

完颜守续说道："上次徐州一战，孛鲁大军被一举击溃，先生足智多谋，实在是难得的人才哪！"

"在下不敢，陛下谬赞了。"

"先生身为南朝之人，却为我大金立下了大功，朕理应表示感谢。"说完，吩咐宫人端来了一盘金锭，"请先生不要推辞。"

冉琎起身施了一个礼，却是坚辞不受。

完颜守续接着问道："先生在南朝现任何职？"

"现在两淮转运使赵汝说大人处担任幕宾。"

完颜守续看着冉琎说道："哦，先生还没有出仕。可惜了……"却从他的脸上看不出任何反应来，于是，完颜守续拿起一封书信："朕的右相已经都汇报给朕了。如果这次金、宋和谈成功，先生将又一次为大金国立下大功，而且当记首功。"

"皇帝陛下，在下万万不敢当。我本来是受淮东制置大使赵善湘大人委托，去楚州向贵方抗议的。"

"右相说了，他跟先生长谈过，很是投契，在很多事情上你们持相同观点。所以才有了和谈解决两家纠纷的可能。"

"在下是为了大宋的长远利益考虑，认为此时两国不能战，必须和。不知陛下您如何看待？"

"朕当然希望金、宋和好，如果两国能共同抵御蒙古鞑子，那就更好了。只可惜你们南朝官员中间，很多人目光短浅，看不清形势，一定要两国敌对。这才让鞑子从中渔利了！"

冉琎拱手回道："如果陛下能主动放弃两国之间的一切不平等条约，不以伯国自称，再对以往发动的入侵战争表示道歉，那大宋君臣官民就都能感受到陛下的真诚。如此两国结盟大有可能。"

听到冉琎这样说法，完颜守续心里顿时不悦，脸上的笑容瞬间收敛了起来。

这都被冉琎看在了眼里，不禁暗暗叹息。

金主默然了一阵，问道："依先生所见，海州招募工匠营造海船之事，能有几分把握？"

"此事能成。不过，那里毕竟战乱已久，人口流散太多。恐怕未必能很快招募到足够的熟练工匠，所以急不得。"

金主点了点头："听右相所言，你智慧过人，还望先生不吝赐教啊。"

"哪里，陛下但有所问，在下一定知无不言就是。"

"好！朕有一事，还望先生能出手相助。"

"陛下请讲。"

这时，有宫人进来报说，掌教真人开始登坛，准备最后的法事。金主便对冉琎说："先生且随我去观礼。回来后，我们再谈。"

于是冉琎跟随金主，来到了玉清宫的中央灵宝玄坛。此时太一道掌教真人萧辅道已经登坛，开始盛大的金箓道场。坛上三法师高功、监斋、都讲一齐唱赞导引，趋步玄坛。其他醮坛执事，包括侍经、侍香、知磬、知钟等在旁配合赞礼。

此刻是启坛礼仪，掌教真人萧辅道上坛敬香，向天跪奏祝告，执事道人点燃全坛的灯火，醮坛瞬间被幻化成瑶坛仙境，传出了金玉之声；随后众道人礼拜，奉安五方神圣，真人开始拜表，奉请仙人相助降临坛场，默念"薰香咒"，行祭礼于司表仙官，递送表文上达天庭；之后封表，真人萧辅道在文表上画符，以示封缄；再行送表礼，焚表化行，罡步踏斗，以示元神飞升天庭；其后众道人齐声念祝表文，禀告上苍，真人踏表后，收敛元神。

最后萧辅道率领所有执事道人致谢众神，献供，上表结束，开始退坛。

法事结束后，金主命人将萧辅道请到书房，表示谢意道："萧真人不辞辛苦，赶到汴梁举办这一盛事，朕深表感激。"

萧辅道稽首回道："承蒙陛下所托，老道不敢不用心。上回陛下命人所传之事，老道已经向天祈问了。"

"哦，道长请赐教。"完颜守续有些急不可待。

"老道一直夜观天象，曾经看到北方出了五颗煞星。古人说：'凡煞星所出，必为灾殃。其出不过一年，若三年，必有破国屠城。'虽然其中三煞已经式微，但余下两煞，如日中天。"

完颜守续听罢，顿觉心惊肉跳，头上冒出了冷汗，问道："真人，这真是我大金凶兆吗？"

"老道向天卜问了一下，这五煞应指的是蒙古成吉思汗铁木真和他的四个儿子：术赤、察合台、窝阔台和拖雷。如今成吉思汗和术赤已死，察合台退居封地不出，这正应了三煞式微。现在蒙古暂由拖雷监国，窝阔台将继任大汗。这二人就是余下的二煞。对大金而言，这二人将是无比凶险。"

一旁的冉珽不禁心想，这还需要上天警示吗？

完颜守续急问："真人可有办法破解凶相？"

萧辅道抚摸着长长的胡须，沉吟片刻回答说："刚才的法事中贫道向天祈告，得到了四个字，'以煞制煞'。"

完颜守续顿时眼睛一亮，这是上天在提示自己，争取利用蒙古最高层内部的冲突，从中渔利。不是恰好跟自己不谋而合吗？

但他叹了一口气："可是这谈何容易啊？朕时时刻刻都在念想当年的太祖皇帝，他一辈子英雄盖世。记得他老人家年轻时朝觐辽道宗，曾经跟一位辽国贵人下棋，那权贵走错一着，就要强行悔棋。太祖坚决不让。那权贵无理再三纠缠，甚至要责打太祖。太祖怒而拔刀，跟那权贵决斗。辽道宗知道后，竟然十分敬佩他老人家的英雄豪气。可见要想不受蒙古鞑子欺侮，只有自己武力强大才行！"

冉珽听了暗暗点头。

萧辅道接着说："陛下勿忧，老道夜观天象时，还发现了太白星君已经降世，就在中原！"

"哦，真人说说这是何意？"

"太白星君，白帝之子，又称启明星君，大将军之像，主刀兵肃杀之威，掌管一切战事。只要有他在，陛下还担心那些蒙古鞑子吗？"

完颜守续听罢，不由得大喜。

第三十三章　岐国公主（一）

完颜守续急忙地问萧辅道："请问真人，太白星君现在在哪里？他究竟是什么人？朕要登坛拜将，重用此人。"

萧辅道轻叹一声："天道难测，人海茫茫，自然是很难寻找。"

完颜守续很是失望。

萧辅道接着说："不过，虽然中原人物甚多，但星君毕竟不是凡人，此人应当智谋与口才俱佳。而且……"

"而且怎样？"

"唐代的诗仙李白，其母孕时梦太白金星入怀，他就是太白星君的化身。老道以为，现在星君转世，名字极可能也带有一个'白'字。"

完颜守续立刻开始思索，在自己知道的文武众臣姓名当中一一查找。

冉班忽然心中一动，萧辅道莫非说的是白华？

正在这时，宫人进来通报，完颜合达和完颜用安仍在外面等候觐见。完颜守续便吩咐宫人，在宫里摆开宴席，请真人先去休息，稍后他要亲自陪真人赴宴。

萧辅道稽首施礼，随宫人先行离去。

随后完颜守续对冉班说："冉先生，有一件事情，朕要拜托先生。"

冉班觉得纳闷，金国皇帝怎么会如此客套地向自己求助？"陛下请讲。"

"那就先谢过先生了。朕想请先生同王琬姑娘一起去一趟燕京。"

冉班顿时万分惊讶，金国皇帝竟然跟他提到了王琬，居然还要他们一起去燕京。这里一定大有蹊跷，便问道："陛下如何会知道王琬姑娘认得在下？"

完颜守绪笑着回答说："先生在楚州时，王鄂和王琬兄妹进宫向朕求情，叫完颜赛不他们不要难为你。"

原来如此。怪不得完颜赛不和完颜合达对自己忽然礼敬有加，原只以为他们有求于自己，其实是王琬向金国皇帝求了情，冉琎的心头不由得涌上一阵暖意。

完颜守绪继续说道："刚好前些日子，多年前嫁到蒙古去的岐国公主，派人送给朕一封书信。她要王琬带人去一趟燕京万安寺，到那里去接应一个人，将此人送到西京大同府。可是这两个地方都被鞑子占着呢。"这时他的脸上愤恨不平。

冉琎心想，要接应的人身份一定非常特殊，不然岐国公主怎么会要王琬一个女子去接应护送呢？

完颜守绪见冉琎若有所思，知道他有疑惑，便解释道："要论起来的话，岐国公主是朕的姑姑辈。她若有事，朕绝不能坐视不管。朕的本意是选一位将军，带着一些精干的卫士护送王琬到燕京去。可王琬对朕说，冉先生机智多谋，又兼通文武，一定要你陪她同去。"

说完，完颜守绪看冉琎没有任何表示，便问："冉先生是不愿意去吗？"

"哦不，请问陛下，去燕京接什么人呢？"

"你如果愿去，王琬姑娘自然会跟你细说。"

"可在下听说现在卫州、滑州等处，有大军正在交战，只怕通往燕京的道路已经封锁了。"

"先生放心，朕会派出一支军队护送你们通过那里。"

冉琎想了想，答道："陛下，能否让我先见一下王琬姑娘？"

完颜守绪有些不悦，但冉琎说得合乎情理，便点头说："可以。"然后他让宫人将完颜合达等人叫了进来。

金主问国用安："兖王，王世安对你所说的那批银两一事，到底有几分可信？"

国用安叩了头，然后起身回答："回陛下，臣觉得可信。陛下只需抓了他讯问即可。"

"朕打算把这个事交给你去办，怎么样？"

国用安迟疑地问："王世安现在在蒲察官奴那里，微臣去，恐怕未必有用。"

"你是我派去办差的，不要有什么顾虑。"

"臣只是怕耽误了陛下的差事。除非……"

"说下去。"

"臣请陛下任命蒲察大人为主审，让我们一道去审他。"

金主想了一下，这两人分属截然不同的派系，一起办这个差可以互相牵制，于是便同意了："也好，你就做他的副手。如果真能起出这笔银子，你们就为朝廷立下了大功！朕期待着你们传来喜报。"

"陛下放心，臣这就去办。"国用安领旨离去。

冉琎原本还要当面向金主澄清白华一事，可金主丝毫没有谈及白华的意思。他觉得不能造次，只好不提此事。于是向金主施礼，跟着国用安一道出宫了。

他们走后，金主对完颜合达说："当初老将军曾经率领亲卫军，护送岐国公主到蒙古去和亲。朕印象深刻，好似昨日啊。现在公主皇后有事，需要老将军率军打通前往燕京的官道。你回去准备一下，明后两天就出发吧。"

"是，陛下。对了，楚州和谈之事，宜早不宜迟。老臣担心拖延下去，蒙古军会乘虚而入，在西北袭击我们。"

"和谈的事情，朕已经授权完颜赛不全力去办了，老将军就放心吧。"随后，金主将完颜合达叫到近前，对他讲了一番秘密的话语。完颜合达听罢，点了点头。

冉琎出宫之后，出城跟彭渊碰齐，两人随即打马奔向王鄂府邸。冉琎跟王琬分别几个月，却像是已过几年一样，如今近在咫尺，不由得越发地想念，恨不得飞到王府才好。

而此刻，王琬正坐在自家后花园的凉阁里，拿了一本苏轼的书闲读："记得画屏初会遇，好梦惊回，望断高唐路。燕子双飞来又去，纱窗几度春光暮……"

读到此处，不由得痴了。兄长王鄂告诉过她，冉珺就快到汴梁了。可是她的心里反而多了一分焦灼和期待。

就在这时，家人进来报说冉珺先生来了。

王琬顿时惊喜交加，急忙迎出来，一把拉住了冉珺的手，两人笑着对望。冉珺见王琬清秀白皙的脸庞，似乎有些憔悴。因为太过高兴，她的眼角竟泛着一点泪光。冉珺心头涌上一阵爱怜，紧紧握着她的手再不放开。

一旁的彭渊呵呵地笑着，咳嗽了几声。

王琬突然醒悟过来，一时害羞，满脸通红，耳根都有些发热。她瞪了彭渊一眼，问道："彭大哥，你怎么也来了？"

彭渊笑着回道："大小姐不欢迎我吗？实话告诉你，你的冉先生忙得很，如果不是我死活把他拉到汴梁，他还在整日为大宋操劳着国家大事哪！"

听他这样说话，王琬瞪大了眼看着冉珺问："他说的是真的吗？"

冉珺只有苦笑："琬妹，彭大哥这张嘴，你怎么会不知道？"

王琬莞尔一笑，扭头对彭渊说："彭大哥，不准你胡说八道，不然没有酒给你喝。"

彭渊做了一个鬼脸："千万别，咱们可是顿顿离不开酒的。"

这时一个爽朗的声音传了过来："当然有酒的。"原来是王鄂出来了。

众人再次见面，都是兴高采烈。王鄂吩咐家人立即准备安排宴席，又派人赶紧去请元好问到府里来。随后众人就在府里的花园一边饮茶，一边叙谈。

王鄂问起楚州的战况如何。

冉珺回答说："和谈在即，两国之间暂时不至于大动刀兵了。"

王鄂点点头："完颜赛不这人精明得很，怎么会跟大宋开战呢？他带这么多军队去楚州，只是去施压南朝，勒索军资罢了。"

彭渊有些不屑："都穷到了这步田地，金国还能不能抵抗住蒙古军队呢？"

王鄂抚须说道："如果有充足的军粮支持，让金国军队没有后顾之忧，安心打仗，就一定能抵抗蒙古军队的进攻。毕竟还有一些名将在。"

"名将，你说的是谁？完颜合达、完颜赛不他们两个吗？"

"不错，还有完颜陈和尚、武仙等人，特别是陈和尚，年轻有为，大有希望。"

这让冉琎想起了刚才在宫里，太一道掌教真人萧辅道对金主说的那番话，不由得心里一动。于是将金箓道场前后的见闻讲给了众人。

当王鄂听到萧辅道对金主说太白星君降世中原的时候，不由得抚须沉吟："太白星君，白帝之子。"

王琬咯咯地笑了："他说的应该是白大哥吧？"

这时有人从园子外面走了进来，接话说："王大小姐真是聪慧过人，当然是白华。"

众人一看，这是元好问到了。

冉琎和彭渊起身迎了过去，几个人互相拱手致礼。冉琎问："元兄如何这般肯定？莫非……"

元好问呵呵笑道："不错，这话其实是我教给真人去讲的。"

"这是怎么回事？"

"也罢，这里没有外人，我就告诉几位了。"于是元好问将事情的原委讲了出来。

第三十四章　岐国公主（二）

原来，白华入狱后，明尊教汴梁的堂主想营救白华。他们找到了白华的密友元好问。因为白华曾经对太一道有过恩惠，恰好真人萧辅道受邀到汴梁来做法事，元好问便让他们联络了萧辅道，并且编出了这番话，让萧辅道讲给金主听。

王琬问："元大哥，你怎么就肯定皇帝会想到白华，并且会放他出狱呢？"

元好问笑道："你们不了解这位皇帝，他有一个特别的地方，就是疑心病很重，不相信人，但极信鬼神。他只要信了有太白星君这个武神在，就一定会千方百计地去找。所以他不但不会杀了白华，说不定还要重用他呢。"

王鄂和王琬都笑了，彭渊更是哈哈大笑。

冉班笑了笑，然后却皱眉不语。

元好问便问："冉兄觉得有什么不妥吗？"

"哦不，元兄此计的确高明。我只是有些担心。"

"你在担心什么？"

"我担心这个办法只能瞒住金主一时。时间久了，说不定有人会告诉他一句话，汉书里说过：'太白经天，乃天下革，民更王。'"

元好问的脸色就变了。

彭渊听了不解："这句话什么意思？"

王琬告诉他："就是天下即将大变，要换皇帝了。"

元好问顿时很是懊悔："当时我急不择计，实在是没有办法了。日后如果皇帝知道这句话，只怕当真会有麻烦。"

冉琎仔细琢磨了一阵："不过，这一次白兄很有可能会过关。只要皇帝从王世安那里弄到了银子，他应该会释放白华。"

王鄂问："这是为什么，冉先生？"

冉琎便将王世安诬陷白华和国用安等人的经过讲述了一遍。

王鄂和元好问都默然无语，自从张行信去世之后，金国朝廷汉官处境的确艰难了很多。所以才有蒲察官奴这种人，利用王世安疯狂攻讦，兴风作浪。

彭渊恨恨地说："王世安这厮，当真不是善类。无论到了哪里都要害人！"

元好问有些担心："冉兄，你觉得王世安肯交出银子吗？"

冉琎点头说："应该会。我相信，蒲察官奴也在打这批银子的主意。有国用安跟他联手，王世安不交出银子来，要想过关是绝无可能的。"

"那我们就静候佳音了。"元好问心情好了起来。

众人于是说说笑笑地开宴畅饮，直至夜深。

第二天清早，元好问再次来到了王府。他放心不下白华的事情，来找冉琎和彭渊商议。

这时王琬带着丫鬟正端着亲手做的早点，送给冉琎他们。元好问抱怨道："我跟王鄂相识了这么多年，这里也算是常来，却从未尝过王大小姐做的点心。"

王琬点头笑而不答。

彭渊接话说："元兄今天高兴，第一次尝到王大小姐亲自做的点心，是不是应该赋诗一首，给大家助兴才对。"

王琬赶紧打住了他："千万别。他是会给你写一首的，但一定会让你读了后郁闷上大半天。"

彭渊听不明白，一时愣住了。

冉琎和王鄂深知元好问写诗的风格，便笑呵呵地看着他。

184

而元好问不但没有恼，甚至有些自得起来。

几个人一边用着点心，一边品茶细谈。冉珤谈到了金主要他陪同王琬前往燕京之事，便问王琬："皇帝要我们到中都去，是见一个女子吧？她是什么人？"

王琬回答道："这个人叫贞达卓玛，是一个觉姆，就是吐蕃那里的女喇嘛，我们汉人称为尼姑。她的真实身份究竟是什么，我也不知道。"

"既然是岐国公主亲自拜托你，她一定不是常人。对了，这位岐国公主为什么要指定你帮她做这件事？"

王琬就将她年幼时经常到公主府里玩耍的经历告诉了他。

岐国公主锦瑢，当年在所有公主当中，最是秀慧娴静，宫里都昵称她是"小姐姐"。那年蒙军围攻中都城，已故的宣宗皇帝为了解围，决定向成吉思汗献出一位公主和亲。而成吉思汗居然接受了这个请求，派使者进城挑选新娘。使者仔细挑选后，就看中了岐国公主。其后宣宗皇帝派出了最有名的将军完颜合达，领了一支军队进入蒙古，来回几千里为岐国公主送嫁。再后来，听说铁木真因为她身份高贵，对她很是尊敬宠爱，命所有人都得尊称她为公主皇后，名列第四斡儿朵之首。

"如今成吉思汗已死，岐国公主在那里依然尊贵。她要我到中都圣寿万安寺去，接应这位贞达卓玛，再护送她去西京大同府。这个人的身份，特殊而且神秘，以至于锦瑢她不能跟我明说。"

冉珤点了点头："看来这个人，也许跟蒙古的上层人物有着某种特殊的关系。既然不能公开，这里面必定有不便之处。"

王琬笑道："说不定我认得她呢。不然为什么锦瑢一定要我去呢？"

"有可能。"

王鄂突然有些担心："妹妹，看起来皇帝陛下对此事极为重视，我觉得他可能要交给你一些别的特殊使命。"

冉珤赞成："不错，我认为皇帝一定知道一些内幕，他只是现在不告诉你。估计出发之前，他会再次召见你，那时就知道底细了。"

王琬苦笑道:"你们这样说,弄得我这一趟行程就跟荆轲赴秦国一样,何其悲壮!"

元好问接话说:"昔日秦国,就是虎狼之国。今天的蒙古,不就是当年的暴秦吗?到处烧杀抢掠,亡国灭种之祸比秦国,更有过之而无不及!"

彭渊忽然失声问道:"不好,他该不会要王大小姐去杀人吧?"

王琬瞪了他一眼:"那我可不会。"

彭渊笑道:"自古以来,女刺客虽然不多,但名气都非常大。其中首推红拂女,然后是聂隐娘。依我看,我们的王大小姐跟红拂女最像。"

元好问奇怪地问:"这是为什么?"

"因为红拂女不但是个绝色女子,而且胆识过人,跟雄才大略的李靖双栖双飞,羡煞神仙!"

王琬本以为彭渊的嘴里说不出好听话来,但说她像红拂女,又有大才子李靖跟她出入成双,心里不由得很是满意。

元好问乐了,却故意问道:"那谁是李靖?"

彭渊正色回答:"一定不是我。"然后看着元好问摇头,用手指了指冉琏,做出古怪的表情。

元好问似乎恍然大悟,笑了起来。

王琬羞恼地瞪眼看着他们。一旁冉琏只笑着并不应答。

这时,王鄂心情沉重地叹了一声:"小妹这一去,不知能不能平安回来。"

王琬理解兄长的心情,安慰道:"大哥不要担心,有锦瑢在,蒙古人不会对我怎样。再说我还认得耶律楚材他们几个人,需要时他们可能会帮助我。"

听到这里,冉琏不由得在想,岐国公主挑选王琬去,自然是深思熟虑的选择。只是燕京此行的真正目的,实在是令人难以捉摸。

随后几天,率先传来了国用安的消息。他跟蒲察官奴这一次居然合作得非常融洽。两人都切齿痛恨王世安欺骗了自己,便凶神恶煞一般地抓了他。几次用刑之后,王世安实在熬刑不过,哪里敢再有隐瞒,一一交代了自己的事情。

过去几年，他跟上官镕每年都在金国各处偷藏了大批银两，其中一部分是向金国和蒙古走私茶叶丝绸的利钱，另一部分则是从南朝偷运过来的。其中最大的存放地点是一个叫幽兰轩的豪宅别院。

于是蒲察官奴和国用安亲自带人，查抄了幽兰轩。果然大有收获，共抄得白银20余万两，铜钱无数。二人都很贪财，脾气相投。这次的密切合作，竟然让他们惺惺相惜，大有相见恨晚之意。一番秘密商议后，两人决定将幽兰轩所抄财物悉数上交皇帝，而其他各处的十几万两存银，就都被两人瓜分殆尽。

二人随即各自上奏章，互相大赞对方精忠体国，廉洁奉公。

金主收到了查抄的银钱，又看了他们的奏章，大为高兴，下旨将二人着实褒奖了一番。

可世上哪里有不透风的墙？有文官听说二人办案时贪污了不少钱财，便上奏章参劾了他们。可金主看后却说："都是些捕风捉影的事，没有证据就攀诬大臣，朕要是听信了谗言，岂不令忠臣寒心？"于是严词斥责了上书的官员。

完颜合达看不下去，进宫力劝金主，不要轻信蒲察官奴和国用安两个小人。

金主叹气说道："老将军，你以为朕真是一个昏君吗？朕难道看不出这两人手脚不干净？"

完颜合达不解："那陛下为什么不查处他们？"

金主起身，拉着完颜合达的手说："水至清则无鱼。朕对他们不能逼迫太过。更何况他们二人，一个掌管忠孝军，一个手里有2万兵马。现在国家多难，朕得笼络住他们。你要理解朕的苦心啊！"

完颜合达顿时无比悲愤，半跪下说道："陛下不要忧心，请给老臣一年时间，我一定再给陛下训练出10万精兵来。"

金主听了这话，大感安慰，抚摸着完颜合达的后背说："如果这次从楚州搞到了军粮，就全部交给你募军使用。"

"多谢陛下。"

"你和完颜赛不，加上移剌蒲阿几个，才是朕真正信任的自己人，是大金真正的股肱之臣！"

完颜合达听罢，大为感动，哭泣着说道："臣虽然已老，但此心从不曾变。为了陛下，为了大金国，一定鞠躬尽瘁，死而后已！"

金主看着完颜合达的身影逐渐出宫，长长地叹了一口气，吩咐宫人到刑部监牢下旨，立即将白华释放，官复原职，所有嫌疑的罪名一概洗清。

然后又吩咐人，宣召王鄂、王琬兄妹即刻入宫觐见。

第三十五章　大力尊使（一）

此刻在王鄂府里，冉琠刚刚得到一个坏消息：赵汝谠大人受了重伤。

明尊教汴梁分堂的堂主何忍，清早派人给他送来了冉璞的几封书信。冉璞在信里说，赵胜涉嫌谋害赵汝谠大人，目前他正跟蒋奇和丁义搜集证据；另外，上官镕可能藏身燕京中都府的一个喇嘛寺里，很大可能就是万安寺；最后，一个叫作索南坚赞的吐蕃高僧，知道莫彬的具体行踪，他正赶往燕京，将在那里会见莫彬。

冉琠看罢，抚着短须，陷入了沉思。如果赵汝谠大人当真遭遇不测，下面该怎么办？据冉璞信中所说，两名御医从临安赶来医治，目前来看效果不错。这让冉琠稍微心安了一些。他相信冉璞有足够的能力处理那里的事情，何况还有丁义和蒋奇两个有力的帮手。

王琬见冉琠担心，便劝道："吉人自有天相！赵大人是大宋的股肱之臣，大宋皇帝应该会爱惜忠臣，把他接到临安去养伤。你就放心好了。"

冉琠摇头："只怕树欲静，而风不止啊！"

"难道还会有事吗？"

冉琠点了点头，便将赵胜的来龙去脉告诉了她。

王琬扬起眉头，愤愤不平："那个赵葵，怎么可能不知道赵胜的真实身份呢？而他却无所顾忌，强行庇护，哪怕赵胜本来就是一个朝廷通缉要犯！"

冉琠微微一笑："赵葵这样庇护赵胜，其实是在养狼为患。赵胜这只狼，总有一天会反噬他的。"然后将话题岔开："不讲此人也罢。我猜白华兄就要回来了，今夜我们为他接风，办一场压惊宴如何？"

"好啊。"王琬顿时高兴起来了。

正说着，家人进来报说，皇帝派人来宣王鄂和王琬入宫觐见，宫里派来车马，已经在外等候了。

于是冉琎、彭渊跟他们一道出了府，到明尊教汴梁分堂找堂主何忍去了。

二人顺利地见到了堂主何忍，互相致礼寒暄已毕，冉琎便直截了当地问："何堂主，你能不能联络上本教的大力尊使张柔将军？"

何忍有些诧异："尊使，您有急事找他吗？"

"嗯。我将要去一趟燕京，听说他正带着军队围攻卫州、滑州。我想请何堂主派人联系一下，问他能不能开一条通道放行我们？"

何忍一口应承："尊使放心，今晚我就派人将消息传给他。不过……"何忍有些犹豫。

"怎么，会有麻烦吗？"

"哦不，张柔将军一向极少跟我们联络。这么多年来，也只是宗主到中原来的时候，我们跟着他老人家，才见过几次张将军。"

冉琎很是好奇："据堂主所知，他为人怎样，行事又如何？"

何忍摇头："几乎没有打过交道，所以具体怎样很不好说。不过此人豪侠仗义的名声，在河北一带非常响亮。"

"怎么讲？"

"长期以来金蒙战争不断，整个河北遍地盗贼，治安极差。张柔是世家大族出身，出头组织民军，护卫当地。他有一个部下，名叫张信，借着张柔的名义，强娶了一户人家的女儿为妻。张柔知道后大怒，命士兵抽了他100鞭，然后将这家女儿送还。因此张信惧怕恼恨张柔，几次想要加害他。后来张信在军中获罪，应该被斩。张柔却反而为他说情，才得以幸免。于是张信感激涕零，誓死报答。之后张柔仁义豪侠的名声渐渐传开了。河北各地骁勇善战的武士，都纷纷投奔到他的帐下。"

"这么说来，此人还是义气为先的。"

"嗯。不过现在河北，金、蒙两军正在对峙当中。他作为领军大将，带兵首要在于军纪森严。他是否会同意给您通融一下，只怕还不好说啊。"

彭渊问："冉先生跟他都是本门的尊使，他难道当真不顾及同门之谊吗？"

何忍点头："料想他还不至于如此绝情。"

冉珏思忖了一会儿说道："先去问问吧，探个路数。实在不行就另想办法。对了何堂主，再烦请你争取机会，见一下太一道真人萧辅道。一来，表示本门对真人出手援助的感谢。二来，我们得提个醒，他这次对金国皇帝说的话，恐怕事后会引起猜疑。以后还是小心些好。"

何忍点头答应。

正在这时，国安平也来了。他告诉冉珏，他跟国用安即将返回徐州。这一次国用安春风得意，满载而归，可是国安平却有些快快不乐。他问冉珏："先生，我有一个问题，想请教一下。"

"国将军不要客套，请讲。"

"这次我大哥跟蒲察官奴，把王世安的银子全都抄了，得了个大彩头。虽说金国皇帝下旨褒奖了，可我总觉得有什么不对。到底为什么，我也说不清。"

彭渊笑了："你大哥发了一笔横财，是不是有些后怕了？"

国安平听罢，很是尴尬。

冉珏看着他的模样，心想，国安平到底是个实在的人，便回答说："你的担心是对的。若想人不知，除非己莫为。你大哥跟蒲察官奴做的事，金主应该都知道了。即使现在不知，将来也一定会知道。他之所以默认了这件事，是因为他还得继续用你大哥。"

彭渊接话道："不是不报，时候未到啊。"

这话让国安平很不舒服，白了彭渊一眼。

冉珏替彭渊描补说道："可能还不至于那样，但不得不防。我刚刚见过这位皇帝,多少了解点他的心思。汉官、汉将,绝不会在他最信任的核心圈里。"

国安平起身冲冉珽叉手施礼:"多谢先生指教了。"

这时天色渐晚,冉珽和彭渊便起身离开,赶回王鄂府里。

路上,彭渊问:"先生,你还是希望国用安能够回归大宋吗?要不然,刚才你不会说那些话的。"

冉珽点头笑道:"那都是实情,国用安何等精明,他怎么会想不到呢?我觉得今后他还会在金、宋、蒙三家之间来回地折腾。"

彭渊皱眉说:"常在河边走,哪有不湿鞋?他这样反复无常,总有一天会万劫不复的。"

冉珽轻叹一声:"可能他已经惯于这样了。安平挺好的,如果可能的话,将来我们一定得拉他一把。"

彭渊点头答应。

二人回到王府,还没有进大门,就听到府里面很是热闹。原来王鄂与王琬从宫里出来后,便邀了刚刚出狱的白华和元好问一起到府里。管家已经排开了宴席,众人一边饮茶谈天,一边等待冉珽和彭渊回来。

元好问远远地看见冉珽他们进来了,对白华说:"你看,咱们说曹操,曹操就到了。"

王琬不乐意了:"冉兄怎么会是奸雄曹操呢?元大哥应该讲:'说孔明,孔明就到了。'"

白华笑了,问王琬:"诸葛孔明毕生的心愿,就是兴复汉室,铲除曹魏。现在的大宋、蒙古和金国,刚好也是三国。大小姐,你说谁是汉室,谁是曹魏,谁又是东吴呢?"

王琬从未考虑过这样的问题,愣了一下就回道:"冉兄是孔明,他效力的当然就是汉室。"

元好问对王鄂说:"你这个当大哥的听听,都说女生外向,果然是吧?"

王鄂笑笑并不回答。王琬瞪了元好问一眼后,向冉珽、彭渊迎了过去。

冉玼、彭渊进来后，跟白华互相问候一阵寒暄，众人入席。

王鄂率先举杯向白华祝贺道："白兄得脱牢狱，可喜可贺，大家共祝一杯吧。"

于是众人纷纷举杯，向白华表示慰问之意。

众人饮毕，白华放下酒杯说："我这次的牢狱之灾，亏得有各位出手相助，才得以幸免。都说大难之后，必有后福，可是细想之下，总是不免令人心凉啊。"

元好问劝慰道："皇帝知道你被冤枉了，没有那些事情，自然就放你出来了。"

白华轻轻摆手："皇上计较的是什么，我心里清楚得很。只因为他现在需要我和冉兄做事，所以王世安攻击我的那些罪名，就都不是事情了。"说完，不等众人就自己斟酒，自饮了一杯。

王琬见他心情有些低落，便笑着说："元大哥请太一真人在皇帝那里说，太白星君下凡中原了。白兄，您现在就是星君的候选人物之一哪，皇帝绝不会动你的！"

白华点了点头："我已经听说了这件事。可惜这只能一时奏效，以后一定会有人告诉他：'太白经天，乃天下革，民更王。'到那时，只怕大麻烦就来了。"

第三十六章　大力尊使（二）

众人听他说的跟冉珌所说完全一样，可见智者所虑，大致相同。

彭渊一拍酒桌："这个皇帝如此荒唐，还值得你再保他吗？真到了那一天，回大宋就是。您还是我们的光明尊使，宗主可一直在等您回去哪！"说完举杯向白华敬酒。

白华举杯跟彭渊对饮，然后轻叹一声："是啊，恩师张行信已去，金国对我来说，已无留恋之处。再等一事完成，就是我回归本门的时候。"

冉珌好奇问道："白兄还有何事未了？"

白华苦笑了一下："就是你跟王琬要去做的事。"

王琬愣住了："白大哥，皇上让你也去燕京吗？"

"那倒没有。不过他已免去我在枢密院所有的任职，让我下面专心辅助你们完成一个秘密使命。他在给我的旨意里，对你们去燕京的目的只字不提。直到现在，我仍是一无所知。"

王琬跟王鄂对视了一眼，因为绝不能在酒桌上谈及此事，所以无法回答他的话。

冉珌看到他们兄妹的神情，便说："白兄，我刚刚见过你们这位皇帝，他请我陪同琬妹一起去燕京。究竟为了什么事情，他也没有说。"

众人都在猜测，这肯定是一件极为敏感之事，便无人再追问此事了。

随后白华问及王世安现在情形如何，王鄂笑道："王世安真是遇到了两个活阎王，不但赔掉了所有的银子，恐怕性命也未必能保。"

"哦，这是怎么回事？"

王鄂就将国用安和蒲察官奴两人联手抄没了他所有藏银的事情讲述了一遍，当白华听说二人大捞了一笔横财时，摇头叹道："他们的麻烦可能比我的还大。"

王琬好奇："白大哥为什么这么肯定？"

"你们还不完全了解这位皇帝，他心细如发，你们都知道这件事情，他怎么会不知道？皇上现在急缺军饷，却并没有处置这二人，那是因为他们还有可用之处。可皇帝迟早要他们双倍偿还。一旦还不出，他们的好日子也就到头了。"

元好问对这二人很是鄙夷，不屑地说："不谈他们也罢，谈他们岂不是坏了我们的酒兴。"

于是众人不再谈论那些不高兴的事情，专心饮酒，倒也畅快了许多。

酒散之后，元好问先行离去了。彭渊很是知趣，跟着推说很是疲倦，就回屋休息去了。

此时已是夜深，王琬让管家端来茶点，又点上香篆，然后支开了管家，说道："白大哥，皇上要我到燕京，去接应一个叫贞达卓玛的觉姆，你们知道她究竟是什么人吗？"

白华笑了："难不成她不是尼姑，竟是个皇妃？"

王琬很是惊讶："白大哥你神了，不愧是太白星君下凡！"

白华苦笑："我瞎猜的。大小姐，你以后不能再提太白星君几个字了。"

冉琎笑道："也许皇帝当真信你就是战神，把金国所有兵马都交给你指挥，也未可知。"

白华哈哈大笑："即便是完颜赛不和完颜合达，他都不肯这样做，更何况是我！大小姐，你刚才说的贞达卓玛，是谁的皇妃？"

"她其实是成吉思汗的西夏皇妃，名叫李嵬名，又称香妃。不过她也是窝阔台最宠幸的美人！"

一听到窝阔台这三个字，冉琎和白华陡然精神一振。

随后，王琬将皇帝刚刚告诉她的详细情况叙说了一遍。"这些消息都是岐国公主锦瑢传回来的，她跟皇帝提出要求，希望我能带人去燕京接应贞达卓玛。这位香妃处境危险，而且有难言之隐，必须隐匿身份。锦瑢希望我带人将她护送到大同府，锦瑢将在那里跟我们会合。"

冉班说道："我明白了，皇帝一定是要你利用香妃李鬼名还有岐国公主跟窝阔台的关系，打进蒙古上层亲贵圈子，将来为金国做个眼线，递回蒙古绝密的军政消息。"

王琬敬佩地看着冉班，点了点头。

冉班接着说："他可能还要你跟岐国公主一起，争取离间、分化，甚至暗杀他们的上层人物，实现萧真人所说的'以煞制煞'。"

王琬惊讶地看着冉班："真是什么都瞒不过你！"

白华严肃地说："冉兄的推测，太符合皇帝的性格了。萧真人对他说窝阔台和拖雷二人就是危害金国的两大煞星。他极有可能对此深信不疑，认为只要除掉这两个人，大金国就一定能转危为安。"

王鄂摇头，对王琬说："如果真要你去刺杀他们二人，千万不能答应。"

冉班紧锁眉头，不屑地说道："战场上打不过就在背后捣鬼，还要利用无辜的女子们为自己效力？"冉班真想说出无耻二字，却又收了回去："琬妹从没有经历过这种事情，这是何等的危险？你们这位年轻的皇帝，只怕想都不曾想过！"

白华点了点头："不错，只能他负天下人，不能天下人负他！"

王琬听罢默然无语。

冉班拉着她的手："琬妹，那你答应了他没有？"

王琬轻叹一声："我能有选择吗？大哥还在大金朝廷为官，锦瑢跟我又是好姐妹，于情于理，我无法拒绝。"

王鄂断然摇头："小妹你不用考虑我，皇帝陛下不会对我怎么样的。"

这时白华笑道："大小姐，你的确不用拒绝他。"

"白大哥，这是为什么？"

"你不妨先答应下来，至于去蒙古以后，哪些事能做，哪些事不能做，该怎么做，一切都由你自己决定。他虽是金国皇帝，但再不能控制你了。"

王琬、王鄂听他这样说，心情逐渐轻松了起来。

冉琎问白华："皇帝免了你所有职位，又命你专门辅助琬妹，到底是什么用意？"

"可能他认为，我跟他们兄妹的关系一向很好，彼此信任容易合作。再有，他已经不再信任我们这些汉官了。我估计从我开始，朝中掌握实权的汉官一定会被逐渐清除出去。"

王琬很是同情他："白大哥，你受屈了！"

白华却哈哈笑道："哪里，即便没有这些事，我也打算急流勇退了。现在的大金朝廷，就是一艘底下漏水的大船，可船上的人还在互相拆台、内讧。这样的朝廷，不亡就没有天理了！"

冉琎看着白华，忽然问道："白兄，晚宴时候，你说要等琬妹的事情完成，才肯回到宗主那里去。这是什么意思？"

白华立即回答："我虽然不喜欢现在的大金国，但我更不喜欢嗜血好杀的蒙古，所以才愿意暂时留在金国，甚至愿意到蒙古去，协助王琬完成使命。"然后轻叹一声："或许我还能帮大宋做一些事情。"

王琬听他这样讲，担心地问道："白大哥，冉兄，你们知道，我只会读书，略懂得几种语言，其余一概不知。怎么会做这些大事呢？"

白华笑了："我倒觉得，也许这就是你最大的掩护。放心吧，有你的冉兄在，还有我们，断不会让你身陷危险境地。"

冉琎想了想说道："燕京之行的第一个拦路虎，恐怕就是张柔。"

王琬问："这个名字听起来好熟悉，他是你们明尊教的大力尊使吧？"

"正是。"冉琎问白华，"我已经拜托何堂主去联络张柔了，请他放我们过去。白兄觉得他会答应吗？"

"这很难说，我至今未曾见过张柔本人。但听宗主说过，此人精通文武，是一个罕见的大将之才。只可惜他现在为蒙古所用。"

王琬觉得奇怪："你们宗主既然不喜欢他为蒙古效力，为什么要他继续担任大力尊使呢？"

白华抚须不语。

冉班回答道："可能当初宗主也没有想到，蒙古势力横空出世，扩张如此迅猛，20年不到，就把金军赶出了河北。"

白华同意他的说法："是啊，中原的形势变化实在太大。"

"看起来，张柔对蒙古很是忠心，一心带兵攻打金国。可是这样的话，他还能忠实履行大力尊使的职责吗？"

"冉兄问得好。他率军攻打金国倒还罢了，如果有一天他带着军队攻打大宋，宗主一定会被他生生气死了。"

冉班叹息道："真有那一天，我们就要同室操戈了！不过，他作为汉人，会愿意替蒙古出兵攻打自己人吗？"

王琬回答："为什么不会？山东严实，河北史天泽，他们不是联手攻杀了大宋的大名府总管彭义斌吗？还有武仙，他不是几次领军到枣阳那里跟宋军交战吗？在我看来，张柔跟他们没有什么分别。"

白华赞成："大小姐说得对。自从大宋朝廷丢失了黄河以北大片国土，已经长达百年。大多北方的汉人，渐渐地不再以南朝作为正朔了。这真是可悲、可叹！"

冉班摇头说道："白兄，不可一概而论啊，我最钦佩的稼轩先生就是北方士人。他一生立志北伐中原而不得，晚年慷慨悲壮地写道：'千古江山，英雄无觅孙仲谋处。舞榭歌台，风流总被雨打风吹去。斜阳草树，寻常巷陌，人道寄奴曾住。想当年，金戈铁马，气吞万里如虎。'"

王琬赞道："真是好词！"

"稼轩先生出生的时候，北方就已经陷于金人之手。他的祖父辛赞，在皇室南渡后因为家族庞大而无法南迁，为保家族平安，万般无奈之下出仕金国。尽管如此，辛赞的毕生心愿就是加入大宋军队，跟金军决战。他常常带着年幼的辛弃疾，登高望远，指画山河。因而稼轩先生少年时就深得燕赵慷慨之风，立下了恢复中原的宏愿。"

白华叹道："只可惜张柔虽然号称豪侠，却远非稼轩先生，从没有为南朝恢复中原的志向。"

众人默然。过了一会儿，王琬说："也许我们这样责问张柔，对他并不公平。白大哥，大宋、金国跟蒙古这三家，你们明尊教到底是哪一边的？"

白华笑了："大小姐为什么有此一问？"

"你看，四大尊使中，白兄做了金国高官，张柔担当蒙古一路元帅。而冉兄和苟先生，虽然人在大宋，却又都只是个小吏。你们的宗主如此选人用人，到底图的什么呢？"

这个问题让冉琎和白华无从回答。

冉琎只好笑了笑："琬妹，我答应了宗主两件事，这才暂代三年智慧尊使之位。第一件，基本实现了，就是见到白兄，请他回归本教，白兄已经答应了。"

"那第二件是什么？"

"就是抓住上官镕。"

第三十七章　危机重重（一）

白华问冉珽："上官镕不是已经逃走了吗？到哪里去抓他？"

"刚刚得到消息，他逃到了燕京，应该藏身在一个喇嘛寺里。"

白华眼睛一亮："那你们去中都府正好一举两得！这消息可靠吗？"

"这是我兄弟冉璞在临安查案时发现的线索，可信度很高。"

"真是太好了！"

而王琬忽然有些不高兴了，她问冉珽："如果你不知道这件事，是不是就不陪我去了？"

冉珽愣住了，不知道该如何作答。

白华赶紧解围说："大小姐，你们这次去中都府，就是天意。你想，上天安排的，他怎么敢不去？"

王琬看冉珽的脸变得有些红，不禁有些生气。不过她念头转得飞快，想到冉珽去找何忍联络张柔，不就是为了去燕京的事情吗？可见他已经在未雨绸缪了。于是她的怨气突然就消失了，笑着对冉珽说："其实，我本不想要你去的……"

白华看着她问："大小姐当真吗？"

"当真。"

白华呵呵直笑："真的是吗？"

冉珽也听得笑了，然后若有所思地自言自语道："天意难违啊。"

几个人谈谈笑笑，不知不觉，天光开始亮了起来。

第二天传来了最新消息，完颜赛不与赵善湘将要在楚州平珂桥开始会面了。王琬摇头对冉琎说:"和谈的事情进展如此迅速,实在出人意料。"

冉琎笑了:"因为双方朝廷中枢和主帅都不想开战。"

"嗯。两边真要以盐换粮的话,赵善湘愿给多少粮草呢?"

"只怕最多10万石。"

"冉兄为什么这么肯定?不是说那些盐在大宋,至少价值20万石粮食以上吗?"

"账不能那么算的。不过完颜赛不精明得很,绝不会做吃亏的买卖。"

"看来还有其他事情,是吧?"

冉琎笑了笑,将海州造船的事情告诉了王琬。

王琬一时愣住了:"大金国至少还有20多万兵力,这得需要多少大船才够用?他们来得及造吗?"

冉琎点头回答:"只有赵善湘愿意配合,金主这个算盘才能打响。"

王琬摇头:"这事多半难成,让我们等着瞧吧。"

正如王琬所料,默许金国在辖地招募工匠,去海州造船的议案,首先就遭到了大宋宰辅们的一致反对。这是史弥远始料未及的,就连他最亲密的盟友郑清之也坚决反对。久病在床的史弥远觉得,自己的精力无法判断这个事情。不过他们一致反对自己的亲家赵善湘,这让他有些恼火。

他吩咐万昕把郑清之、乔行简和余天锡都请到了府里,却唯独忽略了赵汝谈。史弥远拖着沉重的病体,反复劝说三人。

最后三人终于表态不再反对,但也都不愿署名支持。史弥远无奈,叹了一口气说:"做事难啊,尤其这个事,万一传了出去,是一定要背骂名的。"

郑清之说:"以盐换粮的事情,我们可以同意。但另外那件事,我们就权当不知道也罢。赵善湘大人可以去做做看。可一旦出了事情,这个锅他是背不起的。"

余天锡点头道:"那就让他找一个人,全权负责这个事吧。"

这是要赵善湘找一个人背锅的意思。史弥远点点头:"不是说,这个主意是赵汝谈的手下出的吗?那就是他赵汝谈吧。"

乔行简很不忍心，说道："史相，赵汝谈大人的伤还未痊愈，这么做，不合适吧？"

"没什么不合适，这件事本就是他的人弄出来的，不用再说了。"史弥远斩钉截铁地说。

余天锡说："这样吧，如果出了事，就把那个手下抓了，理由是他私通金国。赵汝谈大人就是个失察之过。"

"这个办法好，两全其美。"史弥远和郑清之立即赞同。

乔行简心知肚明，这是官场一贯推诿的做法。因为真德秀的缘故，他心里对冉琎暗暗生出了一些同情。

这时余天锡对郑清之说："德源，你该好好管教一下赵葵了！"

郑清之问："淳父，这是怎么说？"

"他手下的那个赵胜，狂妄至极，竟然把我派去的人都抓了！"

"不会吧？是不是有什么误会？"

"误会？他们连我临安府的腰牌都收走了，还诬称我的人是金国奸细！"余天锡已经收到了吴康的急报，看到手下人被赵胜抓了，不由气得两手发颤，坚信赵胜就是一个危险的狂徒。余天锡就把吴康的报告递给了郑清之。

郑清之看完之后，眉头紧锁，一言不发，把报告递给史弥远。

但史弥远对这件事丝毫没有兴趣，只轻哼了一声说："淳父，你的人这么不中用？"

这话让余天锡有些受不住，解释道："他们也没有料到……"

"没料到什么？人家竟这般厉害是吗？"

余天锡无语。

史弥远有些欣赏赵胜了："赵葵是强将。强将手下自然没有弱兵，果然有手段，有胆量！"

郑清之坐不住了，起身致歉："史相，余相，我没有管教好赵葵，他太纵容手下了。"

乔行简拿过信看了之后，抚须说道："骄兵悍将哪！"

这话顿时将郑清之震了一下："史相，乔相，余相，我马上通知赵葵，赶紧放人，道歉！"

史弥远眯眼看着郑清之："看起来这赵胜是个狠角色，说不定要杀人灭口！"

三人的心陡然紧张了起来，真这样的话，那就是朝廷一件耸人听闻的丑闻了。

余天锡向史弥远解释道："史相放心，从这报告看来，赵善湘已经介入了。我相信他能控制住赵胜。"

史弥远点了点头："好吧。不管怎样，和谈才是大事。所有这些事都不要外传，不要让任何无关的事情搅了大局。"

三人点头领命。

那边赵范跟赵善湘商定以后，第二天带了一队人，火急火燎地赶到了赵葵大营。远远地望见大营的辕门紧闭，里面并无一丝动静。赵范一马当先到了辕门。营门前守卫的士兵上前拦问，赵范身后的护卫立即将手里的令牌举了起来。

值守的军官看见，知道是赵范来了，不敢怠慢，赶紧命令士兵将大门打开。

赵范就带着人直接闯进了大帐里面。然而赵葵却并不在大营，赵范便叫来值日官询问。这军官回答说赵葵带了一队人马出去了，也不知现在在哪里。赵范不禁猜疑，难道又有事发生了？不过说不定是赵葵下了封口令，所以这些人不敢告诉自己实情。

赵范问值日官："吴康在哪里？"

值日官回话："请问赵大人，是哪个吴康？"

"临安府过来的公差吴康，他应该带着赵善湘大人的手令到过这里。"

值日官旁边的副官恍然大悟："对对，是有一个吴康，他现在应该在医馆里。"

"医馆？"赵范有些疑惑，"他受伤了吗？带我去见他。"

203

副官连声答应，领着赵范一行人赶往那里。

路上，赵范询问刘威和宋力二人的情形，得知他们二人已经无事，赵胜接到手令后就放了他们。赵范悬着的心这才放了下来。

不一会儿，赵范一行人赶到那个医馆，很快就见到了吴康。赵范问："你那两位同僚现在在哪里？"

吴康一脸的悲愤，向赵范行礼说："赵大人，您得为我们做主啊！"

赵范问："他们二人出事了？"

吴康点了点头，又摇摇头，随即领着赵范进了里面的房间，终于见到了躺在床上的刘威和宋力。原来，这二人被赵胜严刑拷打，整整一日，未曾稍停片刻。现在两人浑身上下，犹如血葫芦一样，几乎没有一块完好的皮肤。

吴康红着眼睛对赵范说："赵大人，您都看到了，像这般模样，连上药都极困难。我如果迟一步，他们就被活活打死了。"

赵胜如此凶残，这让赵范很是震惊，问道："他为什么要对二人下这样的狠手？"

"因为他要那份证词。"吴康就把麻四被害前后的事情讲述了一遍。

赵范听完大怒，用力拍击桌面喝道："狂妄！还有王法吗？那证词是不是被他抢走了？"

"没有，就是因为刘威他们抵死不从，所以才被严刑逼问。"

"这么说，证词不在他们身上？"

"是的。刘威告诉我，那证词就藏在原来的客栈，我还没有得空去取。"

"那好，你现在就跟我去拿。"赵范随即又吩咐部下，赶紧去请本地最好的郎中，用最好的药来医治刘威、宋力。

第三十八章　危机重重（二）

于是，吴康领着赵范一行人赶往那间客栈。谁知，很远就望见那里到处断壁残垣，一片狼藉。原来昨夜客栈着了大火，整座院落已经被烧得精光。

赵范手捋胡须沉思。旁边吴康一脸悲愤，却是无可奈何。赵范轻叹一声："看来不用再找了。"

众人再转回大营，还是不见赵葵回来。赵范心里万分狐疑，只好坐在中军大帐里等待赵葵。

约过了一个时辰，赵葵终于回来了。

其实他早就接到通报，兄长赵范来了。但他一直无法脱身前来，因为赵胜又出事了。

清早，他吩咐赵胜带人出去巡哨。过了两个时辰，没有赵胜任何消息传回。赵葵便派人出去接应，不久后传回了消息：赵胜他们遭到了金军的伏击。赵葵大惊，立即带了人马前去救援。等他们赶到的时候，赵胜的护卫，包括钱旺等人都被射杀了。只有赵胜一人幸存，但也是身受重伤。

赵葵命人将赵胜抬回了大营，下令军医赶紧医治。等安排妥当，这才赶回中军大帐，会见兄长赵范。

赵范听赵葵叙说了经过后问："来袭的金兵有多少？"

"据说有上百人。"

赵范很是疑惑："完颜赛不已经提出和谈了，怎么会又派兵袭击我们呢？"

"也许他是为被杀的完颜笪报仇来了。"然后把前些日子赵胜击毙完颜笪的事情告诉了赵范。

赵范点了点头，心想也难怪赵胜很是骄横，原来他确实是有功的，不由得对他产生了一点好感，便吩咐军医为赵胜好好医治。

一天后，赵善湘即将出发，赶往平珂桥与完颜赛不和谈。出发前，他特地来探望一下仍在养伤的赵汝谠。

此时赵汝谠已经逐渐恢复神志，只是说话仍然费力。

赵善湘坐在病榻前，握着他的手说："蹈中，你在这里安心养伤。下面就要和谈了，我亲自去谈，武仲也去。如果谈判成功的话，我们不用再动刀兵就能收回楚州。蹈中啊，这次我要给冉琎记下首功！"

赵汝谠笑了笑，张了张嘴唇，慢慢说道："一切……小心。"

"蹈中尽管放心。这些大事离不开你的！宰辅们的意见是，谈判由我去；等你伤好之后，由你来负责海州造船募人的事情。"

赵汝谠愣了一下，点了点头。

赵善湘又说了好些宽慰的话，希望回来的时候，能看到赵汝谠伤口痊愈。又谈了一阵便起身告辞了。他刚走出转运使官衙的大门，冉璞从后面追出来，施礼说道："制置使大人，在下有个不情之请。"

"嗯，你说。"

"在下想跟大人您一道去，不知是否可以？"

赵善湘犹豫了，知道他想去查赵胜的事情。可现在谈判是头等大事，这时不能节外生枝。

于是他正要拒绝，却又转念一想，这次和谈是他兄长冉琎一手促成的，他现在被金国扣作了人质，冉璞请求要去，这是合理的。而且他的出现，说不定能有什么用处，也未可知。于是他问道："你们赵大人同意吗？"

"大人放心，转运使衙门运作一切如常，不会因为冉某不在而受到影响。"

"那也罢了，你就收拾一下，跟我们走吧。"

冉璞拱手作揖，就去牵上自己的马，准备跟着他们出发。

蒋奇对他说："我跟你一起去吧，也好互相有个帮手。"

冉璞想了一下说："这里需要人手，蒋兄还是留下来照顾大人。我一个人应该可以，再说还有丁义在那里了。"说完跟蒋奇拱手作别。

赵善湘的队伍行了半天之后，在距离平珂桥20里处停了下来，赵范和赵葵正带着人迎候在这里。随后赵葵将众人引进了中军大帐，命手下摆开宴席，为赵善湘接风。

冉璞既不参加他们的宴席，就独自来到了镇上，去寻吴康他们。

当他看到那客栈已经烧毁后，立刻意识到又出事了。随后他在附近打听吴康一行人的下落，经人指点找到了他们居住的医馆，顺利地见到了吴康。

冉璞的突然出现，并没有让吴康感到意外。当冉璞看到深受刑伤的刘威、宋力时，不由得叹了一声说："如果当年在潭州我就抓住了他，就没有今天这些祸事了！"

吴康苦笑："冉捕头，我们马上要回临安去了。"

"为什么？你们的差事结束了吗？"

"刚刚接到余大人的手令，让我们立即回去，不要再查这个案子了。"

对余天锡这道命令，冉璞很是无语。案子查了一半，自己的手下被赵胜残害，居然下令部下丢开手，不准再查了。

冉璞笑了笑："也好，这里太危险了。"

这话让吴康觉得有些受不了，他想辩解，可话到嘴边，又说不出口。

沉默了一阵，冉璞起身离开。吴康从怀里掏出了一个信封，追上交给了冉璞："冉捕头，对不住了，我们都只是办差的，上边不让查，我们就只能回去。但这个东西，就交给你了。"

冉璞接过信封，疑惑地问："这是那份证词吗？"

"正是。就是为了它，刘威、宋力差点送了性命。我们商量过了，不能把这份证词交给赵善湘和赵范。说实话，我们已经等了两天，就是要把它交给冉捕头你。"

原来，刘威他们将这份证词藏在了那间客栈门口的石头台阶下面，所以赵胜的人总也搜不到。甚至后来他们放火烧了那间客栈，这个信封仍是完好无损。吴康已经取回了证词，却因为信不过赵范，自然无论如何都不会交给他的。

冉璞很是感动，向吴康深深一揖："几位的大仁大义，冉璞没齿难忘。多谢了！"

吴康赶紧扶住他，然后回礼说道："冉捕头的大名，我们早就听说了。有幸在这里相识，果然是名不虚传！"

"阁下过奖了。"

"冉捕头，我们还想劝您一句话：这个案子，就不要查下去了吧。"

"这是为什么？"

"这里已经危机重重。您一定比我更了解，赵胜心狠手辣，下面还不知道会干出什么样的事情。"

冉璞笑了："我跟他从潭州起就开始斗了，从来就没有怕过他！"

"不，冉捕头。真正可怕的不是赵胜……而是站在他背后，那些为了各种原因庇护他的人。"

"你是说赵葵？"

吴康犹豫了，沉默了一会儿说道："只凭赵葵还做不到一手遮天。冉捕头您想，能让余天锡大人收回成命的，会是谁呢？"

宰相史弥远？参知政事郑清之？冉璞的脑中立即响起了这两个名字。

吴康接着说："好在赵汝谠大人已经没有大碍了。冉捕头，听我们一句劝，就放开手吧。等以后机会来了，一并跟赵胜算账就是。"

冉璞冲吴康拱手说道："多谢了。你们几位保重！说不定我们会在临安再次见面。"

"那好，说定了。到了临安，我们请冉捕头喝酒。"

"一言为定。"

跟吴康他们告别后，冉璞心情很难再平静下来。他想起了很多事情，在临安抓捕上官镕、王世安时，虽然无比艰难，最后不是都揪出了他们吗？连户部尚书莫泽都被掀翻落马，可现在轮到这个赵胜，似乎竟比抓那些人还要困难！

这时已近黄昏，天色渐黑，冉璞独自骑马向赵善湘大营奔去。前面就是一片小树林，穿过去后就是大营的所在。忽然，冉璞觉得前面有些不对，实在太安静了。昏黑的树林里充满了一种杀气。冉璞停住马，心里突然涌上一股寒意，现在自己落单了，前面会不会有人埋伏？

犹豫片刻后，冉璞果断地踢马，向前冲了过去。军营就在前面不远之处，他们难道敢在这里公然袭击自己吗？

然而，刚跑了没多久，前面一阵弓弦响动，利箭像雨点般朝冉璞射来。冉璞反应极快，立即跳下了马趴在地上，可坐骑顿时身中十数箭，哀鸣着倒在地上。幸亏有马遮蔽，冉璞赶紧匍匐贴地向一棵大树背后爬了过去。几个杀手见状，全都抽出了刀，一齐向大树围了过来。冉璞快速数了一下，七个杀手已经现身，昏暗中还会有其他杀手埋伏吗？他的额头不禁冒出了冷汗……

突然，不远处传来一阵迅疾的马蹄声。

杀手们回头看过去，只见一人手执一把明晃晃的长刀，狂飙着马，杀气腾腾地冲向他们。

冉璞认得，这把刀正是丁义那柄斩马刀！

原来，这几日丁义一直在军营附近监视赵胜的动静，刚才恰好看到这群杀手埋伏到树林里，他也就隐蔽在附近察看究竟，不想却救了冉璞。

冉璞看丁义赶到，顿时大喜，信心倍增。

然而，这些杀手显然训练有素，立刻分作两拨：一拨保持队形继续围攻冉璞，另一拨则上马拦住了丁义。随即两边马上、马下厮斗在一起。冉璞和丁义知道己方人少，必须速战速决，所以出刀比往日更加迅猛果决，片刻之间便接连斩杀几名杀手。

杀手们见遇到如此强硬的对手，不由得渐渐心生惧意，再斗了一阵便呼哨一声四散奔逃了。

冉璞上前对丁义拱手行礼："多谢丁兄相助！"

丁义点头回答："此地不能久留，我们必须赶紧离开。"

"大营就在前面，我们一起进去吧。"说完冉璞骑上一匹杀手们留下的马，两人快马加鞭冲到了大营附近，这才放下了心。

此刻大营的辕门外，点了无数火把灯笼，火光照耀犹如白昼一般。

丁义忽然说："冉捕头你看。"

第三十九章　桥头对峙（一）

丁义突然指着冉璞的坐骑马掌说道："你看这蹄铁。"

冉璞下马察看，见这马蹄铁呈椭圆状，底部比常见的蹄铁更大些、薄些，两侧小铁枝上都钉了防滑钉。这是淮东主力宋军专门定制的马蹄铁，让马可以在水网湿地无阻疾奔，尤其在结冰季不易滑倒。冉璞笑了："是军马。看来，自打我到了这里，就被'老朋友'盯上了。"

"我们刚刚杀了他们的人，现在进他们的军营，会不会自找麻烦？"

"随机应变吧。对了，请丁兄明天就赶回去，我有要事拜托。"

"那你在这里的安全怎么办？"

"放心，我心里有数。"

这时守门军士拦住了二人问道："你们是干什么的？"

冉璞并不答话，只出示了赵善湘给他的通行腰牌，军士检查后给二人放行。

随后这一夜倒也太平，赵胜他们并没有来找冉璞的麻烦。第二天清早，来了一个护卫，请冉璞到赵善湘的中军大帐。

丁义紧张地问冉璞："是不是为了昨晚的事情？"

冉璞摇头："不一定。"说完，从怀里掏出了封好的证词，交给丁义说："丁兄，这份证词非常重要，赵胜暗算赵大人的事情，就靠它来揭露了。请丁兄今天就带着它返回扬州。"

丁义问："交给赵大人吗？"

"不，大人现在伤口未愈，绝不能受到刺激。你先好好保管，等我回去后再仔细商议。"

"万一出了变故怎么办？"

"可以去找苟先生帮忙，以他的睿智，一定可以应对。"

丁义点头答应。

随后冉璞进了中军大帐，赵善湘却并不在那里。主簿过来通知冉璞，过一会儿跟他们一道前往平珂桥，去参加与完颜赛不的谈判。冉璞有些纳闷，问，为什么要他同去呢？主簿摇头推说不知。

冉璞略一思索，立即猜到了一定是因为兄长冉琎还在金国那里的缘故。随后他向值日军官索借了一套盔甲，送给丁义穿上。就在大军开拔向平珂桥移动时，更换了衣甲的丁义，趁机悄悄地离开大营，快马加鞭向扬州驰去……

这平珂桥修建于苏河之上，是一座多孔敞肩石拱桥，苏河在前方汇进隋运河。这桥的南北，各建有一个精致的亭子，供行路之人暂停歇脚。由于南来北往行商很多，这里慢慢聚集了很多店铺，形成了一个小镇。只是因为大军即将厮杀，人们纷纷外出躲避战乱，这里显得有些萧疏。

赵善湘命大军在平珂桥南展开阵势。完颜赛不已经带着军队在桥北等候。两边军队沿河排开，都是最高大健壮的士兵站在最前。此刻军旗猎猎，刀枪耀眼，却是静寂无声，更显出肃杀的气氛。

赵善湘看了一阵对面的金军，派人将冉璞叫来说："你去将完颜赛不请过来，就说我在这个亭子里等他饮茶。"说完，命人开始煮水，他要以茶会一会完颜赛不。

冉璞接令，从容地走过桥去。

一个金军士卒将他领到完颜赛不坐驾前。听完冉璞的邀请后，完颜赛不说："今日和谈乃是本帅的提议，所以我是主，你家大人是客。你回去，请赵大人到我这边的亭子来吧。"

冉璞拱手说道："完颜将军错了。"

完颜赛不见来人口气不小，不禁上下打量了一下冉璞："你说说看，我如何错了？"

"完颜将军，既然是您提议和谈，要将楚州还给我们，那就是说：您认可楚州本就是我大宋的。所以我们才是这里的主人，对不对？"

完颜赛不抚须想了一下，回答道："可楚州现在在我们的手里，此刻我是此地的主人，邀请你家大人过来谈判。"

冉璞笑了："不错，完颜将军的确强占了城池。但是盗亦有道，所以您才会主动邀请我家大人前来谈判，和平解决。如果您连这点诚意都没有，不如我们两家各自回去，再动刀兵！"

完颜赛不听见一个"盗"字，立即紧紧握住了刀把。但他随即压制住怒气，知道一旦动怒，自己就输了对话。于是他怒极反笑，说道："好一个'盗亦有道'！有点意思，你叫什么名字？"

"在下冉璞。"

完颜赛不愣住了："那冉琎是你什么人？"

"他是家兄。"

完颜赛不听罢站起身，走近了再次上下打量着冉璞："好，好，贤昆仲果然都是人中龙凤！"这时，他的语气变得有些亲热。

"请问将军，我家兄长现在在哪里？"

"他……"完颜赛不一时语塞，"他受我们皇帝陛下的召见，去汴京了。"

冉璞看他的模样不像是在诓骗，便说："完颜将军，我们赵大人正在煮水烹茶，他邀请您一道尝尝今年的新茗。"

完颜赛不抚须笑道："好，以茶待友，是你们南朝士人的礼节。我岂有不去的道理？"

随后，他只带了一个书童，就跟着冉璞走过了平珂桥，来到了亭子里。

赵善湘和赵范远远地望见冉璞陪着完颜赛不过来了，而且他们似乎很是亲热。二人便起身走到亭下迎接。冉璞为完颜赛不介绍了二人，赵善湘和赵范跟完颜赛不互相施礼，寒暄已毕，三人一起走上亭子饮茶叙话。

入座后，完颜赛不见石桌上放着几个纯黑兔毫盏，研钵和茶筅等茶具整齐地摆放在旁边，一个上等绸缎裹着的盒子刚刚被打开，稍一凑近，里面的茶香扑鼻而来。他不由得赞道："好，好茶！这是什么茶？"

赵善湘心想，听说很多金国贵族人物酷爱饮茶，不如试一下他："我也不知这茶为何，盒子上面倒有一个名字。"说完，将盒子递给了他。

完颜赛不接过盒子一看，上面用篆字写着"启沃承恩"。他点了点头说："这是市面上能得到的上好贡茶吧。用小芽，十二水，十宿火。茶力既强，则不必火候太多。"

赵善湘和赵范对视一眼，知道他讲的是《茶经》里面的话。心里都在想，一个女真贵族，竟会如此深谙汉人的茶道。赵善湘说："想不到，完颜将军也如此熟悉茶道？"

完颜赛不诡异地笑了一下："我也觉得纳闷，只要是你们市面上的东西，我们金国肯定都有。但你们买不到的好茶、新茶，我们往往能比你们先一步品尝到。"

赵范揶揄道："只怕你们的花费，十倍于我们吧？"

完颜赛不摇头："我从来不花钱买茶。比如现在，有人就请我喝呢！"说完，拿起一块茶饼递给赵范："请。"

这是邀战了。

赵范自信地接过茶饼放在钵里，熟练地开始研磨。不一会儿，全都磨成了细粉，倒入了茶盏后递给完颜赛不，然后看着他。完颜赛不拿过沸水，徐徐倒入茶盏，拿了茶筅开始挑茶。不一会儿又倒了些沸水，再挑了一阵，然后说："二位请。"

赵善湘和赵范仔细观看，兔毫盏里，纯净的茶色鲜亮乳白，盏壁没有丝毫水痕。两人都点头称赞。赵善湘说道："想不到完颜将军文武双全，如此精通茶艺。"

完颜赛不回答："我也没有想到，今日二位竟会在两军阵前，考校我的茶艺！事后大金皇帝问我，你阵前斩将了没有？我该如何回答呢？"

赵善湘说："那你就说没空，因为要茶战哪！"

三人一齐发笑，随后分茶，三人边饮边谈。

完颜赛不说道："其实我跟二位一样，也中过进士。"

赵善湘、赵范心想，文官从武，难怪此人打仗如此狡猾。赵范说："虽然分属宋、金两国，但大家都是士子，想必会有很多共同想法了。那我就开门见山吧。"

"请教了。"

"完颜将军觉得，你们能抵抗住蒙古军队吗？"

这个问题如此直白，完颜赛不没有料到。他立即答道："能，当然能。"

赵范摇头："将军是不是有些太过自信了？"

"前次大昌原大战，我们以一千不到的兵力，就打垮了蒙古上万主力。这就是明证。"

"一次作战胜利，说明不了什么吧？"

"下面你们还会看到，我们将连续大胜。"

为什么他这么自信呢？赵善湘和赵范有些疑惑，但能明显地感受到完颜赛不乐观向上的情绪。这说明金国君臣斗志旺盛，求胜欲望高涨。

二人点了点头，赵善湘说："完颜将军足智多谋，提议以盐换粮，这是常人想都不敢想之事。不知将军打算如何实施？"

"其实很简单，我们两边先谈好交换的价格和数量，然后各自去对方检验库存。再约定地点和时间，就可以交换了。"

赵范点头："嗯，听起来这件事容易做些。只是你们要招募造船工匠，这有些难办。"

"哦，怎么说？"

"这事如果传扬出去，你们将一个人也招募不到。"

"赵大人你的意思是，我们秘密进行？"

"是的，不过这还不够。我的建议是，我们出人，专门为你们做这件事。"

完颜赛不皱了皱眉头："赵大人说具体些呢？"

"我们打算把这件事交给赵汝谠大人,他掌管淮东一切转运事宜,正好能对上。由他专门为你们招募人手,不是更好吗?"

完颜赛不看到过密报,知道赵汝谠是个诚实的谦谦君子,在南朝官场上口碑很好。况且冉琎就是他的属下,因此有些心动了:"那好。只要你们能把粮食运到,然后为我们招募500名熟练工匠,我军立即交接,撤出楚州城。"

赵善湘摇了摇头:"但500名熟练工匠,只怕短时间里找不到。"

完颜赛不有些失望:"那能招多少呢?"

赵范接过话:"这很难说。不过一二百人,应该可以招到。"

完颜赛不心想,有一两百个熟练工匠,可以让他们把技艺传授给其他人,海州造船的事情就可以开工了。这似乎也可以接受。于是点头说:"那明后两天,我们就各自派人清点盐、粮,然后确定交换价格等各项细节,怎么样?"

赵善湘看他爽直,心里不由得很是高兴:"那就说定了,三天后此时,我们在这里再谈细节。"

"不。"完颜赛不摇头,"三天后到那边去。"他指着自己那侧的亭子。

第四十章　桥头对峙（二）

赵善湘和赵范都笑着答应了。三人第一次谈判，进展得非常顺利。赵善湘吩咐冉璞代表他将完颜赛不送过桥去。

走在桥上时，冉璞问："完颜将军，在下有一件事情，实在不明白。"

"哦，你说。"

"听说你们前天出兵，袭击了赵葵的部将赵胜。和谈在即，你们为什么要这样做呢？"

完颜赛不连连摇头："前天我们没有一兵一卒跟你们发生冲突，更不要说去袭击谁了。"

"您确定吗？"

"当然。"

冉璞想了一下请求道："完颜将军，在下有个不情之请，您能否写一封证词给在下，正式地声明一下，前天你们没有派出任何士兵去袭击赵葵将军的军队。"

完颜赛不笑了："你确信这证词有必要吗？"

冉璞点头。

完颜赛不突然有些狐疑，难道宋军又发生内讧了不成？不过他对此毫无兴趣，回答道："好，那我写给你就是。"

"如此多谢了。"

远处的赵葵，把桥上冉璞跟完颜赛不说话的场景都看在了眼里。他一直就不喜欢冉琎兄弟，皱着眉头自言自语说道："不对，这兄弟二人有通金的嫌疑。"

赵胜虽然身上带着伤，今天也来了，就站在赵葵身边。他经常琢磨赵葵的心思，所以熟知他的脾气，听了这话立即对赵葵说："大帅，楚州这个地方怪得很，专出反叛的贼人，比如李全、张林，这次袭击楚州的夏全，等等。"

赵葵哼了一声，没有回应。

"刚才那人名叫冉璞，大帅看他跟完颜赛不说话时，两人非常亲热。这绝对不正常。"

赵葵知道他跟冉璞兄弟有私仇，瞪了他一眼说道："告诫你多少回了，一个男人，不管他是普通庶民，还是统兵大将，必须要有肚量。可你呢？为什么总把在潭州的恩怨时时放在心上？"

赵胜赶紧叉手施礼："不，大帅，末将怎么敢因为私怨而废公义？那个冉琏和刚才的冉璞，都有明显的通金嫌疑！"

"你有证据吗？"

赵胜指着正在往回走的冉璞："大帅你看，他手里拿的是什么？刚才他可是空手走过去的。"

赵葵这才注意到，冉璞的手里确实拿了一封信函。"会不会是完颜赛不给制置使大人的公文？"他有些疑惑。

"大帅，制置使大人和赵范将军都已经离开了。既然那个东西可能有问题，不如我们……"

没等他说完，赵葵就点头说道："那好，你现在带人去，把东西截下来，看看究竟是什么。"

"遵令。"

于是赵胜带着十几个军士，恶煞一般地冲了过去，将冉璞堵在桥头。赵胜大声喊道："大帅有令，有人通金，来啊，搜他的身上。"

几个士兵得令，立即围了上来。

冉璞笑着对赵胜说："赵奎，多年不见了，别来无恙？"

一个士兵喝道:"大胆,我们大帅的名讳也是你能叫的吗?"

冉璞回答:"我说的不是你们大帅,而是面前这位赵胜。各位,他的本名不是赵胜,叫赵奎,是一个朝廷通缉要犯!"

几个士兵听罢,面面相觑,都迟疑了起来。

赵胜阴恻恻地大笑:"狂徒,你竟敢污蔑本将军,来啊,将他拿下。"

他身边的护卫立即拿着武器冲了上来。

冉璞来不及思索如何应对,只好先举刀抵抗来袭的士兵,片刻之间就打倒了几人。因为刀没有出鞘,所以那几个士兵并没有性命危险。

这时平珂桥的另一侧,几个零散的守桥金兵瞧见了,他们刚刚看过完颜赛不跟冉璞很亲热的样子,又见现在这么多人围攻冉璞一人,不由得都为他打抱不平,于是自发地冲了上来,将冉璞护住。一时间,两拨士兵剑拔弩张,对峙了起来。

赵胜被这突然的变故弄得愣住了,随即哈哈大笑:"冉璞,还说你没有通金?这就是铁证了!来啊,大家一起上,将他和金狗一起拿了。"

众士兵得令,全都逼了上来。眼看一场大厮斗就要爆发。

这时已经离开的赵善湘得到紧急通报,桥上有士兵在火拼。

赵善湘听罢大惊,赶紧带着护卫们又折返回来。到了平珂桥,赵善湘一声令下,所有护卫一齐拔刀出鞘,将赵胜他们和那几个金兵分隔开来。然后他走到冉璞跟前问:"怎么回事?"

赵胜恶人先告状道:"制置使大人,这个人是金国的细作。"

赵善湘觉得一阵嫌恶,扭头问赵胜:"我问你话了吗?"

赵胜低头,不敢顶撞赵善湘。

这时,赵葵走了上来:"制置使大人,是我让抓人的。"

赵善湘疑惑地问:"南仲,你这是为什么?"

赵葵指着冉璞说:"此人的确有通金的嫌疑,大人,他怀里揣着一份信函,就是通金的证据。"

赵善湘立即问冉璞:"那是什么东西?"

219

冉璞犹豫了一下，从怀里掏出了信函，交给了赵善湘。这信封并没有封口，赵善湘立即掏出信纸仔细阅读，原来上面只有几行字，署名是完颜赛不。

赵善湘皱了皱眉头，将信递给赵葵："你看看吧。"

赵葵看后，面露不解之色，质问冉璞："完颜赛不写下这个东西，到底是什么意思？"

冉璞笑了笑："是在下请完颜赛不证明了一个事实。"

"什么事实？"

冉璞手指着赵胜："听说前天赵胜将军带人巡查时，受到金兵袭击，他的护卫全部阵亡。在下认为此事有假，所以今天特地询问了完颜赛不。"

"这就是他的回答？"赵善湘明白了。

"不错。因此在下认为，赵胜将军遇袭一事，必须彻查。它很可能是一起故意杀人……"

"杀人灭口"几个字还未说完，便被赵善湘打断："我曾经对你说过，谈判期间不要节外生枝，你怎么又擅自查起案来？"

冉璞拱手施礼："大人，请恕在下鲁莽，在下实在是没有办法了。"然后要将客栈大火以及昨夜遇袭的事情通报给赵善湘。

谁知赵善湘已经变了脸，冷冷地说道："没有办法？你的忍耐呢？"然后扭头看了看赵葵，再对冉璞说："这个东西，我现在收了。今后要多学着点，不能置大局于不顾！"然后吩咐左右："将他拿下单独关押，没有我的命令，不准任何人擅自见他。"

侍卫领命，将冉璞的刀拿走，带着他离开了。

赵葵愣住了，他觉得赵善湘的话，好像是讲给他听的。可是他一时辨不清赵善湘的真正目的，只好小心翼翼地陪着一起处置了善后事宜。

赵善湘回到大帐后，赵范已经在等着他了。看到赵善湘脸色很是难看，赵范小心地问："大人，是不是出了什么事？"

"当然是出事了！你拿去看看吧。"说完，赵善湘把完颜赛不写的书证递给赵范。

赵范看完后，疑惑地问："完颜赛不为什么要写这个东西？"

"为什么？起初我也不明白，现在我是看清楚了，是你那兄弟的手下又惹祸了！"

赵范想了想，问道："难道赵胜那天遇袭，竟然是他的苦肉计？"

"什么苦肉计？他就是在杀人灭口！"

赵范的脸色顿时白了："这个畜生，难道真是他暗算了赵汝谈大人？"

赵善湘点了点头，抚须说道："昭然若揭啊！我一直睁一只眼，闭一只眼，希望他们能收敛。大敌当前，以大局为重，一致对外。后来赵胜把余天锡派来的人抓了，打了，连这我也忍了。可是他现在为掩盖真相，竟然杀了自己的同袍，他怎么就下得了手呢？"

赵范知道，这里的"他们"当然包含赵葵了，他的头上不禁开始冒出汗来。

赵善湘叹了一口气："为了掩盖一个谎言，他们必须说更多的谎言，甚至不惜杀人！"

赵范沉默了一阵，坚决地说："不，大人，南仲一定不知情的。他的错就是，太信任自己的部下了。"

赵善湘见赵范还在为赵葵辩护，不由得更加生气："武仲，我听说扬州一战之后，南仲认为朝廷封赏不公，对我颇有些怨气？"

赵范听他突然提起这件事，赶紧解释道："大人哪，赵葵断然不敢对大人有任何怨气。再者说，他就算气量不大，可也不至于为了泄私愤，而纵容手下杀人灭口，何况还是同袍？"

他看赵善湘继续板着脸，只好拱手对赵善湘一鞠到底："过去他对大人有任何不周的地方，我一定好好训斥他。这里，我就代他向大人赔罪了。"

赵善湘点了点头，要的就是他这个表态，于是上前扶起赵范。两人重新坐下后，他拿起完颜赛不的证词，若有所思地说："赵胜这个麻烦，必须解决掉。"

赵范一时吃不准这话的含义，便小心翼翼地说："大人放心，我这就去找南仲商议此事。"这时赵善湘脸色已经缓和了很多，赵范趁势说道："我就是担心南仲舍不得，毕竟赵胜立过大功，李全就是他带着部下击毙的；上回他又射杀了金国大将完颜笪，替王鉴报了仇。"

赵善湘摸着胡须盘算着，过了好一会儿说道："人才难得哪。"然后盯着赵范："让赵葵暂时先看住他。如果发现了确凿证据，证实就是他暗算了赵汝谠大人，而后又杀死自己的部下灭口，那就立刻拿下正法了他。到时赵葵再要护短，就不要怪本官不讲情面了！"

赵范心里顿时轻松了一些，指着完颜赛不的证词说："那这个东西怎么办？"

赵善湘拿着信封来回地掂量："金人惯于挑拨离间。"他把证词放在桌上，轻轻拍了拍："我先收着，以后再说吧。"

"多谢大人！"赵范恭恭敬敬地向赵善湘作了一揖。但心里却冷笑道，就算你一直捏着这东西，又能拿我们兄弟怎样？

赵范回到自己的营帐时，赵葵正在等他。赵范便将刚才的情形讲述了一遍："南仲，制置使大人给了我们很大的面子，这事就算暂时压下来了。不过，你也不要再说那个冉璞通金了。"

赵葵冷笑一声，随即担心地问："兄长，如果赵胜真的有罪，赵善湘会不会向朝廷参我？"

赵范摇头："暂时不会。"随即压低声音说："因为有一个朝廷中枢的人，令他非常忌惮。"赵葵知道，赵范说的是郑清之。

"之所以他还没有去抓赵胜，反而抓了那个冉璞，是因为他不愿意这事情闹到不可收拾，以致令宰辅们撕破面皮，大家难堪。这就是他的维护大局。"说到这里，赵范忽然有些佩服起赵善湘了。

赵葵点了点头，皱眉说道："赵胜这厮，看我怎么收拾他！"

第四十一章　砼石陨落（一）

这夜二更时分，赵胜带着几个亲兵正在大营四周巡哨。一个掉队的士兵突然停住，向不远处喊道："什么人？口令？"

"大名府。是我。"

赵葵军中的口令，很多时候就是金国占领大宋的州府名称，以示他对收复故土的雄心和期盼。士兵听着这声音非常熟悉，走近了细看，原来是统帅赵葵在这里，赶紧上来施礼说道："大帅，小的不知道是您，该死。"

赵葵摆摆手："你去把赵胜叫来。"

"小人这就去。"士兵这才发现，还有几个护卫，三三两两地站在不远处正在警戒。

士兵赶紧跑过去追上赵胜，将他叫了回来。

赵胜奔过来看到赵葵在这里，下马施礼道："大帅，有事吗？"

赵葵向赵胜身后的几个士兵挥了挥手，士兵们很是知趣，立即走到了旁边不远处等着。

不料，赵葵拽出了马鞭，向赵胜恶狠狠地抽打了过去。士兵们都极其吃惊地望着他们，没有人敢上前为赵胜求情。赵葵接连抽了二十多鞭后，看赵胜仍然丝毫不动地站在那里，这才停了手。赵葵盯着他问道："知道为什么打你吗？"

"回大帅，不知道。"

"如果不是看在你已经受伤的分儿上，我会一直抽下去！"

"大帅这么生气，总有个原因吧？"

赵葵冷笑："你背着我干的好事，东窗事发了！"

"我不明白您的意思，大帅。"

"还在装？完颜赛不亲笔写了一封信给制置使大人，前天他们根本没有人袭击你。"

赵胜连声叫屈："不，大帅，他在撒谎，他们怎么会承认呢？大帅您想想，我杀了完颜笪，他们怎么肯善罢甘休？"

赵葵又冷笑着说："若要人不知，除非己莫为。为什么余天锡派来的人，还有赵汝谠的人全都盯上你了？"

赵胜立即跪下说："大帅，我冤枉。他们要是有真凭实据，为什么不当面呈交给您，却只在背后搞了那么多事？"

"这话什么意思？说清楚。"

"大帅，我们在前线流血拼命。可他们呢？只知道在背后搞我们，抓我们的不是。二哥，你太心善了！他们分明是冲着您来的啊！"

赵葵愣了一下，呵斥道："不要扯那么多。放箭射赵汝谠的人是不是你？你必须说实话，不然我没法救你！"

"当然不是。他们如果有我杀人的证据，就拿出来；如果没有，就是恶毒的诬陷！"

赵葵猜测也许赵胜的手脚做得真是很干净，便问："你就这么自信没有任何把柄？"

"大帅，不是我干的，我害怕什么把柄？如果他们真能拿出证据，我甘愿抵罪，绝无怨言。"

赵葵点点头："那行，有你这句话就好。但是，以后你被人爆出什么铁证，就不要怪我翻脸不认人了。"

"明白，大帅。"赵胜的脸上充满了自信。

赵葵看他说得如此坚决，心里不禁闪过一丝疑惑。他知道凭赵胜的本事，完全可以做到连续射杀自己那几个毫无防备的护卫。不过就算他会心狠至此，杀死同袍，但他真有胆量在战场上，放箭暗杀两淮转运使这么高阶的朝廷官员吗？赵葵不信，于是生性多疑的他犹豫了，或许这次真是别人借故来整肃自己吧？

他叹了一口气说："赵善湘他们不知道，你就是我的堂弟。但赵汝谠手下那个叫冉璞的人，应该知道你的真实身份。也许就是因为这一点，他们才盯上你了。"

赵胜狠狠地咬着牙："不错，就是他。"

"当初你们在潭州就结了仇，如果这次真是你放冷箭射伤了赵汝谠，那你们的仇怨，便今生今世都化解不开了。"

赵胜手紧攥着刀把，两眼像狼一样射出了阴冷的光。

赵葵立刻察觉出他眼神里的杀机。他忽然心里全明白了，赵胜这厮肯定大有问题，便问："你要去杀他吗？"

赵胜立即摇头："不。"

赵葵担心他干出无法收拾的事情，便警告他说："他有赵善湘看着，你真要去干，便是痴心妄想！"

赵胜嗫嚅了一下："不，大帅。不只是我，还有别人……都想杀他。"

"谁？"

"赵汝述，还有梁成大。"

赵葵顿时愣住了。

他知道，这两位高官都是宰相史弥远的心腹，还是已经落马的户部尚书莫泽的死党。从潭州盐案起，这些人就跟赵汝谠、真德秀及其部下冉琎、冉璞兄弟等结下了很深的仇隙。赵胜当年从潭州流落到临安时，就是莫彬和莫泽等人收留的。精明的赵葵立即猜到，这三年来，赵胜一定继续跟赵汝述他们保持了某种联络。

但赵汝述和梁成大这些人在官场上的名声很不好，赵葵不喜欢他们。

于是他严厉地警告赵胜："你给我记住了，我禁止你跟他们来往。下面你必须消停一段时间，哪里都不许去，也不要见任何外人。不然的话，如果你哪一天失了脚，掉进河里，是死是活，我绝不会管。"

赵胜无奈，叉手回答："是，大帅。"

警告过赵胜后，赵葵回到了中军大帐。赵范正在这里等他，一见他回来了，立即问道："南仲，赵胜跟你说实话了没有？"

赵葵摇头："我们这个堂弟啊，嘴巴太紧了，在我跟前都不肯说实话。"

赵范嘘了一口气："这样也好，我们只作不知情。将来真有事的话，咱们也可以撇清。"

"可那个冉璞肯定知道赵胜的真实身份，也应该知道我们之间的关系。"

赵范抚须想了一阵："赵善湘把他关了，就是不要他乱说话。等这场风波结束之后，他再怎么讲，人们也都没有兴趣了。不去管他也罢。"

"那赵善湘会不会已经知道了这些事情？"

赵范想了想："看起来不像。"然后思索了一阵，说道："不管怎样，在没有确凿的证据出现前，他是不愿意得罪我们的。"

"确凿的证据？完颜赛不那份证词不是吗？"

赵范笑了："他是金人，哪怕说的就是真话，也不能用。"

"既然如此，它就是冉璞通金的证据？"

赵范听了这话，立即盯着赵葵："南仲，那冉璞是赵胜的眼中钉、肉中刺。可他跟你有什么关系？"

赵葵笑了："那当然。这个人的死活，关我什么事？不过赵善湘这个老滑头，拿个由头抓了他，就不怕得罪赵汝说吗？"

赵范幽幽地说道："蹈中是个忠厚人哪，而且他兄长赵汝谈也在中枢……"然后摇了摇头："今后，这件事只怕很难了结。"

赵葵又笑了："我们这位制置大使大人，宁愿得罪赵汝谈，也不愿意得罪我们的郑师父吧？"

赵范瞪了他一眼："他要掌控淮东大局，当然要维护我们这些人之间的和睦。从现在起，你必须把赵胜看好了，千万不要再出任何事端！"

"放心吧，兄长。刚才我已经给了他最后警告。"赵葵叹了口气，"对这个堂弟，我们也算是仁至义尽了……"

再说扬州那边，丁义回去后，立即跟蒋奇商量下一步该怎么做。

蒋奇看完证词后大喜："太好了！有了这份证词，我们现在就可以抓赵胜了。"

丁义摇了摇头："赵胜是带兵的将领，抓他可不是一件简单的事情。"

"如果我们抓不了他，就把这份证词交给制置大使大人，他一定会秉公处置这件事情。"

丁义反对："不行，这份东西绝不能轻易交出去。"

"那我们先给大人看一下？"

"临行前冉捕头说，暂时不能给大人看证词。因为他箭伤未愈，看到证词后受到刺激，伤口容易复发。"

蒋奇皱眉道："那就一直瞒着大人，不报此事吗？"

"我们还是一切等冉捕头回来再说，怎么样？"

蒋奇一时也没了主张，点头说："也只能这样了。"

谁知第二天主簿周平送来了一个坏消息，江淮制置大使赵善湘以通金的罪名把冉璞抓了。

蒋奇大为愤怒："冉兄弟怎么可能通金？这些人罗织莫须有的罪名，冤枉好人！"

丁义冷笑着说："不用猜都知道，一定是赵范、赵葵两兄弟在捣鬼。"

"都说官官相护，可我们大人也是官，赵善湘为什么就这么偏袒？"蒋奇也认定了，赵善湘和赵范他们这一次联手陷害冉璞。

周平劝他们："二位，这件事可能没有这么简单，还是先派人打探清楚再说，如何？"

蒋奇怒道："事情再清楚不过了，那赵葵平时就飞扬跋扈，一味袒护部下，哪怕他们做下杀人放火的恶事！一定是他撺掇赵善湘抓了冉兄弟。赵善湘就是一个糊涂的狗官！"

周平摇头："赵葵有没有撺掇，这我不知道。但赵善湘绝不是一个糊涂的官。恰恰相反，这个人是个极精明的老官僚。他既然这么做了，就一定有他的考虑。"

丁义又冷笑一声："什么精明世故，说穿了，就是看人下菜碟而已。"

这句话顿时让蒋奇怒不可遏。他不顾众人的阻拦，来到内室向赵汝谠禀告了冉璞的事情。

赵汝谠听罢，这些天稍许恢复红润的脸色，立时变得有些惨白。他挣扎着要从病榻上起来，一旁看顾的郎中赶紧劝阻。赵汝谠冲郎中摆了摆手，吩咐蒋奇道："拿笔来，我要……写信。"

郎中眼见拗不过他，只好跟周平两个人架着他，将他扶到桌案旁的太师椅上面。赵汝谠刚写下几个字，由于背伤疼痛难忍，头上都冒出了汗来。

郎中赶紧去端来了一碗药。喂服了药后，赵汝谠稍好了一点，陆陆续续地将信写完，交给周平。

周平按他的吩咐，将信封好后，又书写了信封套上，递给蒋奇。这是一封公函。

蒋奇接过一看，是写给赵善湘的。于是他跟丁义二人立刻骑马出发，向平珂桥疾驰而去。两人到了赵善湘的大营辕门外，向值守的士兵要求通报：两淮转运使赵汝谠派人前来，有要事相告。

赵善湘接了通报，本想不见他们，又实在却不过赵汝谠的情面，便吩咐值日官把二人带了进来。二人进来施礼已毕，蒋奇呈上公函。

赵善湘打开细读，这是赵汝谠的求情书信。他请赵善湘无论如何，不要难为冉璞。至于通金的事由，他委派蒋奇和丁义二人核实此事；并且表态，如果此事确凿，他绝不会徇私包庇。

赵善湘抚须说道："二位请回，转告赵大人，本官会照看好冉璞，不会难为他的。我暂时扣住了他，其实也是为了他好。另外本官也有为难之处，待回到扬州后，我自会登门拜访赵大人，到时会当面解释清楚。"

丁义拱手问道："制置使大人，既说冉璞通金，想必是有铁证了。不知大人能否给我等看一下，我们回去也好交差。"

赵善湘摇头反问："通金？谁说他通金了？"

第四十二章　茈石陨落（二）

蒋奇、丁义二人听罢，不禁面面相觑。蒋奇上前问道："我们接到通报，说大人认定冉璞通金，这才将他监禁。难道这个消息竟是假的？"

赵善湘再摇头："我从未说过他通金。"

蒋奇追问："既然如此，请问大人为什么要抓他呢？"

"那是因为，有人向本官投诉了他通金，本官必须受理。"

蒋奇和丁义听懂了，他们在互相推诿。蒋奇便问："那就请大人给我等看一下那人投诉的证据，如何？"

赵善湘抚须说道："这个案子仍然在勘查当中。跟此案无关的人，不可以接触此案。"

蒋奇反驳："大人，我们都是冉璞的同僚，怎么能说跟此案无关呢？"

"待本官回到扬州后，自然会给你们大人查看证据。你们就不需多言了。"

蒋奇很是激愤，躬身向赵善湘行了个礼，然后说道："制置使大人，赵葵将军的部下赵胜，在战场混乱时用毒箭射伤了赵汝谠大人。之后他为了掩盖真相，几次杀人灭口，甚至连临安府余天锡大人派来调查的专差都要杀害。大人，此贼劣迹斑斑，您千万不能因为顾忌什么人，就视而不见，包庇嫌犯哪！"

赵善湘顿时大为恼怒，用力拍击桌案，喝道："你大胆！狂妄！你说的这些事情，都有证据吗？"

蒋奇昂首回答："有的。"

"拿来给我看。"

蒋奇正要回答，却被丁义打断了："大人，请恕他一时口不择言，我替他向您赔罪了。不过，他说的证据，在赵汝说大人那里。您见到我们大人时，自然会给您看的。"

说完，他使了个眼色给蒋奇，让他不要再说了。

赵善湘一时疑惑了，难道他们真的有铁证能证明赵胜谋害赵汝说吗？他只好退让了一步："那也行，你们退下去吧。"

蒋奇心里仍然愤愤不平，却无可奈何，只好准备离去。这时丁义又说："制置使大人，在下告退前，有一事相告。"

"说吧。"

"赵胜曾经几次杀人灭口。我前夜亲身遇到，所以在下并不是跟此案无关之人。"

"哦，讲清楚点。"

"前天他派了一些人埋伏在树林里，要乘黑夜劫杀冉璞，却被在下救了。"

赵善湘抚须问道："这么说来，在大营外那片树林里，有几个军士被杀，那是你们干的吗？"

丁义连忙否认："不，那些杀手全都身穿黑衣，用黑布遮住了面孔，怎么可能是士兵呢？"

赵善湘点头说："本官知道了。你们遇袭这件事，自然会一并查处。本官现在还有要事，你们退下吧。"

蒋奇着急了，这里疑点重重，他还有好些话想问。而丁义见赵善湘脸色难看，只好连拖带拉地把蒋奇拽出了军营。

出营之后两人商量了一下，都觉得赵善湘这般态度，是绝对不肯放出冉璞了。二人无法，只好赶回扬州去，再做计议。

等他们回到转运使衙门时，已是深夜。二人刚进了大门，周平出来迎接说道："你们总算回来了，大人还在等你们。"

两人赶紧跟随周平进了内室，向病榻上俯卧的赵汝说汇报了经过。

赵汝说听罢，因为情绪激动，脸色急剧变成了黑红。周平见势不妙，赶紧把药端了过去，扶着赵汝说坐起，喂食了一些汤药。过了好一会儿，赵汝说的气色才平复，对丁义说："那证词，拿来。"

丁义犹豫了。他想起冉璞再三的叮嘱。

赵汝说见他犹豫，有些着急，怒道："拿来！"

丁义无法，只好取出了公文袋递给周平。周平将封口打开，取出了证词交给赵汝说。

赵汝说费力地逐页阅读，看后叹了一口气，喃喃自语说道："其实那天，我看到赵胜了……"

众人倍感震惊，既然大人目睹赵胜行凶，为什么不向赵善湘指认呢？蒋奇和丁义顿时都急了，立即提议再找赵善湘去。

可赵汝说摆手，让他们都出去。过了一会儿，周平也出来了。

周平对二人说："大人的状态很不好，刚刚昏睡过去，我必须将郎中叫过来。他伤口未愈，千万不能再受刺激。从现在起，你们二位再也不要打扰他了吧。"

二人点头，义愤难平地退了出去。

不料，两天后形势急转直下，临安那里接连传来了一些坏消息。不知为什么，严格保密中的楚州和谈，竟然走漏了风声到太学里。一些太学生听说后义愤填膺，以汪平世为首的十多位太学生联名上书理宗和宰相史弥远，谴责赵善湘畏惧金贼，消极避战，卖国求安；又指责赵汝说任用奸坏，勾连金人，居心叵测。

赵汝述和梁成大二人出面，接见了汪平世等太学生，收下了他们写的上书。二人对太学生们好言抚慰了一番后，太学生们就散去了。随后，二人如获至宝般地来到了宰相府。

梁成大和赵汝述在相府常来常往，管家万昕并不阻拦，二人径直走进东花厅里。

此刻，史弥远病体稍安，叫来了郑清之和余天锡，三人正在议事。梁成大对郑、余二人并不见外，笑嘻嘻地将太学生们写的上书直接呈给了史弥远。

史弥远看后，皱了皱眉头，传给了郑、余二人阅看。然后问梁成大："楚州和谈的事情，我都不是很清楚，为什么太学生们会知道？"

梁成大一时语塞，无法回答，只得说："丞相，下官不知道。"

郑清之知道，一定是有人在捣鬼。对这种做法，他本能地深为厌恶，便接话说道："都是捕风捉影的事情，汪平世为什么如此关心？"

余天锡笑了笑，问赵汝述："明可，汪平世是你的外甥吧？你应该知道些情况。"

赵汝述立即将头摇得像拨浪鼓一般："不，不。余相，我也是刚刚知道。"

史弥远问郑清之："德源，你看这件事怎么处理？"

"丞相，这些太学生对军政大事一知半解，就妄发议论，指责、干扰国家的大政方略。这种歪风不可助长。而且，他们怎么会知道楚州和谈这么绝密的事情？我看是有人在暗中传递，要利用他们……"

郑清之已经猜到，应该是有人利用太学生，来打击赵善湘和赵汝谠二人。但他并不挑破这一层，算是给梁成大和赵汝述留了面子。

史弥远点点头："清臣肩负淮东重任，我们得支持他，绝不能拆他的台。"说完，似有意又无意地扫了梁成大和赵汝述一眼。

梁成大和赵汝述只好都闭口不言。

"不过，赵汝谠那边，是应该好好申斥一下。机速房报来了消息，也不知道为什么，他的那个手下，和谈还没有办好，就从楚州去了金国，竟然还被金国皇帝奉为上宾。这是怎么回事？嫌我大宋屈才了他吗？"史弥远看了看众人，无人应答，便继续说道，"还有另外一人，竟然跟金国元帅同气连枝！他们要干什么？这不是通金，是什么？据说此人在淮东军中，到处搜集什么证据，他究竟要干什么？想要搞乱我们的淮东大军吗？"

郑清之对赵汝谠的印象不错，本想为他辩解几句。当初是赵善湘本人委托冉琎去的楚州，这件事情的经过，几位参知政事都看过赵善湘的奏章，因此全都了解。但后来发生了什么，他们就不甚清楚了。现在史弥远是这样强烈的态度，郑清之就不愿多管闲事了。而余天锡一直嫌恶赵汝谠，自然乐得在旁看看笑话。

不过郑清之还是转圜了一下，说道："史相，寿朋和履常不在，这事要不要知会他们一下？"

史弥远摇头："寿朋对我的意见，从来不会反对；赵汝谈去了江西，一时赶不回来。就算他在，我们也是多数。就这样吧，按照我刚才的意思，拟一道圣旨给赵汝谠。"史弥远停了片刻："再有，派一个小御史到扬州去，不足以威慑赵汝谠。礼部侍郎李韶不是要去建康府吗？叫他带上旨意，顺道去一趟扬州，传旨去……"

李韶接到圣旨后，一时感到愕然。他跟赵汝谈、赵汝谠兄弟二人交往多年，彼此互相欣赏。李韶认为他们兄弟都是朝廷官员中的君子，更是独当一面的柱石大臣。历练官场多年，李韶对党同伐异，自然看得明白。史弥远趁赵汝谈不在朝，大肆攻击污蔑赵汝谠，这实在令他不齿。他认为，作为宰相，史弥远的气量未免太过狭隘！但是胳膊拗不过大腿，他只好带着这个旨意去了扬州。

李韶带领从属进入转运使官衙时，赵汝谠病势沉重，无法跪拜接旨，但他挣扎着想要起来接旨。李韶见状，赶紧上前将他按在榻上，然后转头吩咐所有的随从和差事全部出去。

只余下他们二人后，李韶说："蹈中，我不是外人。圣旨现在就交给你。等我走后你再慢慢看吧。只是有一样，你看了之后，千万不可着急。没什么大不了的。"

赵汝谠点了点头。

李韶又指着圣旨说："履常去了江西，并不在朝。听说这是史相自己的独断。"

"多谢……李大人了。"

李韶便展开圣旨，轻轻铺在了病榻上面。

赵汝谠强忍背痛，仔细阅读旨意。当他看到旨意斥责他居心不良，任用奸小，勾结金人，不禁脸色大变。最后看到朝廷要将冉琎、冉璞二人缉拿归案法办之时，不禁眼前一黑，顿时晕厥不醒。

李韶大惊失色，连忙大呼"来人"。

蒋奇和丁义在外听到，立刻冲了进来，大声喊道："大人，你怎么了？"

然而再也听不到赵汝谠的回应了。

这时赵汝谠背上的伤口处开始涌出了鲜血，二人顿时脸色惨白，蒋奇惊慌地高声喊叫："快去请太医……大人的伤口迸裂了。"

这夜，扬州突然刮起了狂风，随即风雨大作。这场暴风雨来得如此猛烈，竟然将扬州城里的无数大树吹折推倒。

李韶站在官衙的走廊下，看着狂雨肆意袭来，接连打了几个寒战。他一时觉得自己像掉进冰窟一般，从内到外都是彻骨的寒意。

午夜之后，风雨渐弱，却从官衙的内室传出了阵阵哭声，差事们纷纷跑了进去。李韶听到有人痛哭着喊道："大人过世了。"

李韶只觉鼻子一酸，忍不住泪水挂满了脸庞，沾在胡须上面。他喃喃地说道："大宋的一个柱石，陨落了！"

第四十三章　兵进卫州（一）

李韶走进了内室，里面到处都是悲哭的哀声。他走到病榻旁，向赵汝说的遗体鞠躬致敬。

约半个时辰后，人们陆续停住了悲恸，准备料理后事。李韶问蒋奇："赵大人临终前，可有什么遗言？"

蒋奇摇头。

李韶自言自语道："不，赵大人生前一定有事交代。"

这时，周平站出来说："尚书大人，我知道。"

李韶赶紧问道："赵大人说了什么？"

"大人那时已经无法开口说话，但他用尽最后的气力，指着桌案上的一份文书。"

"那是什么？"

周平走过去，从桌案上拿起那份信函："这是赵胜犯案的目击证词。"

李韶接过了信封打开，将证词拿出仔细阅读。

周平接着说："大人去世前最焦虑的事，就是营救冉捕头。"

丁义急忙问："大人要我们怎么做？"

"这我不知。但从他的手势猜，应该跟这证词有关。"

蒋奇说："是要我们拿着它去临安告御状吗？"

周平摇头："我觉得大人不是这个意思。"

李韶在荐福寺遇险，被冉璞救下，所以他一直心存感激。现在冉璞被困，自己义不容辞地应该出些力。于是他对众人说："各位，我认为赵大人不会希望你们盲目地将事情闹大，大家还是应该仔细商议，找一个稳妥的方案。"

周平问："尚书大人，您是不是有什么建议？"众人的眼睛都看向李韶。

李韶抚须回答："本官是赵汝谈、赵汝谠两位大人多年的故交。他有事，我断不会置之不理。依我看，不如我将这份东西带到临安去，交给赵汝谈大人，请他转交给皇上。这样比你们自己去告御状，效果会好很多。"

蒋奇、丁义和周平商量了一阵后，三人一齐对李韶作揖感谢。周平说道："多谢李大人出手相助。不知您何时动身到临安去？"

"我有公务在身，必须先到建康府，预计三日后可以返回。你们看如何？"

三人听罢，都有些失望。李韶带给赵汝谠的旨意，很可能也同时发给赵善湘了。这三天里，冉璞可能随时处在危险当中。

李韶见众人犹豫，便说："这样吧，本官明日清早出发，你们就有足够的时间，再仔细商议一下。"随后他就返回馆驿去了。

李韶走后，众人商量了一阵，还是莫衷一是。丁义就对蒋奇和周平说："冉捕头对我说过，如果大家有难以决断的事情，可以找苟梦玉先生求助。"

蒋奇同意，对周平说："我和丁义现在去找苟先生。我们不在时，府里的大小事务以及大人的丧事暂时就全拜托你了！"

周平拱手领命。

苟梦玉就住在附近的观音山上。一个时辰后，蒋奇和丁义找到了他，向他说明了来意。苟梦玉向二人索要了那份证词，仔细看过之后，问蒋奇："你们现在做何打算？"

"我们想带着它到临安去，找赵汝谈大人来周旋此事。"

丁义说："苟先生，可是我们担心，赵胜那厮心狠手辣，在这期间会对冉捕头下毒手。"

苟梦玉问："难道赵善湘大人会坐视不管吗？"

蒋奇恨恨地说："赵善湘跟赵葵就是一丘之貉，对赵胜百般包庇。不然，

236

他为什么不分青红皂白就抓人呢？"

苟梦玉摇了摇头："恐怕没有那么简单。"

丁义问："那先生认为，他想干什么呢？"

"赵善湘是淮东主官，现在又是跟金国大军对峙的时候，最要紧的是什么？"

"当然是打仗了。"

"对，可是要打胜仗，就必须军心稳定。"

丁义反问："如果他不抓冉捕头，就一定会军心不稳吗？"

苟梦玉微微一笑："冉璞随军去平珂桥，真实的目的就是搜集证据抓捕赵胜。这一点，赵善湘一定知道。我听说那赵胜几次立过战功，很受赵葵重用。因此要抓赵胜，首先必须征得赵葵的同意。如果冉璞真查到了赵胜犯案的证据，而赵葵又竭力反对，他赵善湘是同意抓赵胜，还是不抓？"

蒋奇义正词严地回道："朝廷自有法度，身为制置使，更应该按律行事。"

苟梦玉点头赞成："话是对的，可这样的话，他们将帅之间就会失和，就犯了军中大忌。因此，赵善湘一定会尽量拖延，等战事结束，再来理论。"

丁义摇头说："赵胜恣意妄为，竟敢谋害朝廷官员，之后又多次杀人灭口。这样的人难道不更加是军中大忌吗？"

"你说得很对。只要你们手里握有铁证，能够证明赵胜犯案，可能就不一样了。"

蒋奇问："先生的意思是，我们手里这个证据还不够有力？"

苟梦玉点头："正是。大凡证词，首要就是必须经得起推敲。得到证词的时间、地点以及来源是否正当，都会影响它的可信度。更重要的是证人本身，他是否直接参与了案件？是目击者，还是旁听者？证人对此案情形的参与程度以及认知能力如何？他平日里的品行如何？这些都会成为别人质疑证言的地方。"

丁义和蒋奇做过多年的捕头，对这番话自然无法不赞同。

苟梦玉接着说："因为直接证人钱旺和间接证人麻四已死，赵胜完全可

237

以推说这证词是伪造的，或者说证人被屈打成招。他甚至会说钱旺和麻四二人赌博成习，品性低劣，如此等各种理由，导致这份证词最后不被采用。"

蒋奇不服："可是还有临安府吴康、刘威他们做人证呢？"

"钱旺和麻四已经死了，这份证词的效力已经被大大削弱了。至于吴康和刘威他们……"苟梦玉叹了一声，"如果我所料不错，他们很可能已经受到上司的压力，应该不会再涉入此案了。"

蒋奇很是沮丧："我们真的就无可奈何？"

苟梦玉默想了一阵说道："你们想想，赵汝谠大人去世前，手指着这份证词，这是做什么呢？在我看来，他应该是要你们把这份证词交给某个人。"

蒋奇和丁义两人同时发问："是谁？"

苟梦玉抚须说道："如果我所料不错，是赵善湘。"

二人听罢，立刻表示强烈的质疑和反对。

蒋奇的情绪尤为激烈："赵善湘根本就是一个老狐狸，丝毫不值得信任。我们怎么可以把证词交给这种人呢？"

苟梦玉抚须说道："这就是置之死地而后生的办法，你们可以明白告诉他，这是赵汝谠大人生前最后的嘱托。我认为，无论是于理，还是于情，这之后他都必须立即释放冉璞。"

蒋、丁二人对视一眼，非常犹豫。

苟梦玉见二人这般模样，接着说："刚才我解释过，这份证词起不到决定性的作用。而赵善湘拿了，却可以用它震慑赵葵和赵胜。因此你们交给了他，就是对他的有力支持。这恐怕就是赵汝谠大人的用意所在。"

蒋奇顿时红了双眼："我明白了，为什么大人在战场上亲眼看到了赵胜，却一直没有告诉我们和赵善湘，他这是委屈自己以大局为重啊。"

丁义听罢，连声叹气，哽咽着说："苟先生，我们现在是有仇不能报，有冤无处诉！"他双眼满含泪水，"赵大人一心为国，实在太冤了！我们要是不能给他报仇，岂不枉做一世顶天立地的大丈夫？"

苟梦玉被二人的话深深打动了："你们放心，赵胜他跑不了。总有一天，我们会把他绳之以法，明正典刑，还赵大人一个公道！"

一天后，这份证词被蒋奇亲自送到了赵善湘桌案上。

赵善湘看完之后问："赵大人临终前，可有什么遗言？"

"没有，他就让把这个交给大人。"

赵善湘顿时眼圈红了："赵大人拳拳之心，赤诚报国，毫无个人计较，实在是我辈的楷模！"说完，他站起来将官帽摘下，向南方的扬州方向作揖，默哀片刻。

回到座位后，他问蒋奇："蹈中大人的丧事如何操办？"

蒋奇犹豫了一下回道："已经通知了家眷，目前打算停棺在扬州几日，准备好车船之后送往温州家里，在那里办丧。"

赵善湘点头说："本官马上向朝廷申报，敦促礼部尽快办理。等皇上赐予赵大人的谥号及礼仪到了之后，你们再扶棺南下如何？"

蒋奇拱手施礼："多谢大人了，一切听从大人的安排。"

"很好，你们还有什么需要吗？"

"大人，我们还有一位同仁，因为不实之词，被暂时扣押在这里。大人，您可不可以让他先回去参加丧事？以后大人有事找他，一定随传随到。"

赵善湘捻须问道："你说的是冉璞吧？"

"是的。制置使大人，赵大人重病之时……极为关心此事。"

赵善湘点了点头："不用再说了，他的确是被冤枉了。就是你不说，也要放他走的。"说完吩咐差事，带着蒋奇一道去将冉璞领出来。

蒋奇对着赵善湘一躬到底："多谢大人了。"

第四十四章　兵进卫州（二）

当冉璞走出监牢时，看到来接的人是蒋奇，并且他的脸上充满了悲戚，不由得心头一震，问蒋奇："是不是出事了？"

蒋奇点头："大人他……"

"他怎么了？"

"大人昨天夜里……殁了！"

这犹如晴天霹雳一般，冉璞惊呆了。他只觉得天地间突然一片黑暗，顿时痛彻心扉。片刻之后，他的眼眶湿润了，强忍着悲恸问蒋奇："不是有太医在吗？到底怎么回事？"

蒋奇哽咽着，将那夜的经过讲述了一遍。

当冉璞听说宰相史弥远矫诏，恶言指责赵汝谠时，不由得捏紧了双拳。

默想了片刻，冉璞自言自语道："这件事绝不简单。"

蒋奇问："下面我们该怎么办？"

"李韶大人三天后会到扬州来是吗？"

"是的。"

"那我们先回去，为大人办理丧事。"

"然后呢？"

"之后，我们一起扶灵南下，将大人送回温州家中。不过我还要去临安……"

冉璞抬头望着天空，一行鸿雁整齐地列阵向南飞去。冉璞不禁心想，这群大雁好比自己这些人，赵汝谠大人就是头雁。如今没了头雁，自己跟蒋奇、丁义这些人，该何去何从呢？

这时，他不由得特别想念兄长冉琎。

而此刻，冉琎、王琬以及白华、彭渊与何忍等众人，正跟着完颜合达的10万大军，浩浩荡荡地开往卫州。

路上，白华告诉冉琎，他此行卫州，是受金主的任命担任监军去了。冉琎好奇地问："白兄，他为什么又派你去卫州担任监军呢？"

白华抚须笑道："因为武仙在那里驻守。"

"哦，莫非有什么隐情？"

"不错，的确有些缘故。武仙将军是恒山公，在卫州建了帅府。跟他同守卫州的完颜白撒，虽然爵位没有他高，但官任平章政事，比武仙高。两人所率军队的士兵数量大致一样，因此互相不服，常常因为公事争执不下，导致彼此厌恶对方。皇帝担心两人互相掣肘，影响战事，所以让我过去调解他们。"

"哦，那皇帝为什么看中了白兄你呢？"

白华回答："皇帝说了，他认为我善辩，跟武仙熟识。加上常年任职枢密院，跟完颜白撒也很熟悉。所以能胜任这件事情。"

这时王琬正在他们身旁，她穿着男装，扮成了一个书办，说道："白大哥，我倒觉得，皇帝认为你是汉官，武仙信任你。派别人去，武仙肯定不理。"

白华抚须回道："应该有这层意思。"

王琬问："我听说完颜白撒是皇帝的一个宠臣。"

白华点了点头："不错。完颜白撒是完颜合达的堂弟。这个人虽然认不得几个字，但账簿、文册、政事往来等，他一听就懂。平日里这人很是滑头，喜好夸夸其谈。虽然是个官，但身上颇有些商人气味。"

王琬笑了："可能是因为皇帝现在严重缺钱，所以喜欢用他这样的人吧。"

"那倒不是，完颜白撒这个人，跟任何人往来都和善可亲，因此人缘不错。他还有一个很厉害的特长，就是擅长猜中皇帝的心事，时时刻刻地迎合上意，所以皇帝对他极其宠信。他发达了以后，便在汴梁城西边建造了自己的豪宅，其规模跟皇宫相比，一点都不显寒酸。这个人还特别好色，他从各地搜罗来的婢妾数以百计，每个奴婢的例钱都跟带兵的将领相当。即便这样，他仍然不满足，利用一切的机会为自己敛财。"

冉琎摇摇头："这样的人，去担任一路大军的统帅，他能称职吗？"

白华叹道："他在女真亲贵里面还算得上比较出众的吧，皇帝现在就是重用他这样的人。"

冉琎点点头："明白了。"

大军到了卫州附近，探马跑来向完颜合达急报，此刻史天泽率领大军正在攻城。

完颜合达问探马："他们有多少兵力？"

"大约2万不到。"

完颜合达顿时怒了："卫州城应该至少有七八万人，却被2万敌兵围攻？"

"回大帅，两个时辰前，完颜白撒将军带着自己的本部人马去滑州了。"

完颜合达更加恼怒："谁让他去滑州了？"

"张柔重兵围攻滑州，昨天滑州派人向卫州求救。完颜白撒将军一定要去，武将军劝阻不下，只好让他去了。"

白华皱了皱眉头，对完颜合达说："大事不好，去滑州的路上，一定有埋伏。"

完颜合达点头同意："白大人，你看现在应该怎么办？"

"应该赶紧派军去接应完颜白撒，说不定他已经中了人家的埋伏了。"

"那好，我们分兵行事，我亲自带人去救白撒，你按计划到卫州去。"

随后，完颜合达分兵3万给了白华，而自己率领其他人马，改道向滑州急速奔去。

冉琎建议白华道："白兄，你可以下令士兵们，把所有的旌旗全部挂起来。"

白华拍手赞成："妙，妙。"随即下令，所有的士兵行军时，要拉开距离，将所有的旗帜全部打开。

王琬笑着问冉琎："诸葛孔明吓退司马懿，用的是空城计，你们现在用的是什么？"

冉琎笑了："就是常规的疑兵之计吧。"

一旁彭渊问道："是不是以少充多，貌似10万大军，吓退卫州城外的蒙古军？"

冉琎点头称是。

大军开到卫州城外时，果然没有看到史天泽的攻城大军。探马来报说，半个时辰前，史天泽撤兵了。于是，白华领着大军开进了卫州城里。

恒山公武仙带着部下，整齐地排列在帅府外面迎接众人。武仙身材极其魁伟，声如洪钟一般，跟白华非常亲热。众人谈笑着，一起走进了帅府入座。

白华问武仙："武将军，现在滑州的守将都是哪些人？"

武仙呵呵一笑："你一定想不到，蒲察官奴带着五千忠孝军接管了滑州，其余的基本都是我们汉将。郡王张惠、范成进、王义深等共3万军士，全部受他节制。"

"那城外张柔有多少兵马？"

"目前最多3万，就算蒙古军增援，估计也去不了太多，蒙军的主力还是在我这里。"

"既然这样，按说滑州还是可以支撑一阵。"

武仙冷笑一下："据报，张柔仓促出兵，没有攻城的器具，就把长枪绑接起来当云梯用。滑州城池高大坚固，张柔这样是没法攻进去的。就算蒲察官奴他们再不济，守上一个月总是可以的吧？"

"那蒲察官奴为什么再三催促你们援救？"

"这厮贪生怕死，根本不是当统帅的那块料，我不懂为什么皇帝要派他去守滑州。"

冉璡问道："他手下不是还有张惠这些猛将吗？"

武仙笑了："张惠这些人都是百战余生的将领，怎么可能对蒲察官奴这样的小人服气呢？"

白华点了点头："看来蒲察官奴指挥不动张惠这些汉将，所以心慌失措，拼命向你求救。"

"就是这样。完颜白撒这厮要去救蒲察官奴，我屡次劝他不能去，半道上肯定有伏兵。他不听，仗着自己兵多一定要去。我估计他已经中了张柔的埋伏。"

"武将军放心，进城之前，我跟完颜合达将军分兵，他领着大部分兵力去支援完颜白撒了。"

武仙叹了一口气："皇上早点派完颜合达过来，也不至于现在这么被动。"说完，吩咐小校摆宴，他要招待白华跟冉璡一行人。

冉璡拱手问武仙："武将军，我们受皇帝的委托，要到燕京去。现在大军厮杀，北上的路还能通吗？"

武仙摇头："肯定过不去了。"

"哦，这是为什么？"

"因为张柔那厮派人堵住卫河，然后掘开堤坝，放水淹了滑州城。现在那里水位很高，以前的官道都被淹了。"

冉璡就请武仙拿来了本地图本，跟白华一道查看了起来。

白华指了指滑州附近的河流，说道："滑州这里河道纵横。100年前，大宋东京留守杜充为阻止北兵南下，在这里决开了黄河堤防，导致黄河下游河道改道，分为两股。"然后手顺着河道向下游滑动，问武仙："北股黄河流经老河道从河北入海；南股黄河向南往东汇进淮河入海。可据我所知，30年前北股黄河就断流了；南股河道在一次大水猛涨时，河堤崩塌，再次南徙，黄河从此彻底移出滑州了。是不是这样？"

"不错，的确如此。但张柔那厮引了卫河水猛灌滑州城，现在，以前的河道全都灌满了水，官道更加被彻底淹没。"

王琬担心地问:"这样的话,真就没有办法通过吗?"

冉琎摇头说:"不,一定有路能通过的,放心吧。"

众人正说到这里,探马紧急来报,完颜白撒大军在滑州城外白马境内中了埋伏,3万大军被张柔军击溃。败军已经彻底失去控制,四处游荡劫掠百姓,挑挖焚烧,各种恶事,无所不为。现在滑州境内尸横遍野,惨不忍睹。

白华与武仙听罢大怒。武仙立即就要分出一部分兵力去滑州镇压乱兵。白华冷静下来说:"武将军,你这里不能轻动,还是派人知会完颜合达将军,请他去平叛吧。"

武仙余怒未消:"那我们也不能坐视不管。白大人,你我一起上本,参劾完颜白撒,如何?"

白华一口应允。

冉琎劝阻道:"白兄,武将军,依我看,你们二位还是不要上这个本为好。"

第四十五章　瓦岗之战（一）

武仙皱眉问道："冉先生这是何意？"

冉琎拱手说道："武将军，完颜白撒公然纵兵抢劫，极有可能就是大金皇帝默许的。所以你们上表参劾他，不但毫无用处，反而让这些女真亲贵对你们更加厌恶。今后，你们之间的摩擦将越来越多。"

武仙听罢，摇头不信："冉先生，你不可以这样乱说话。"

冉琎笑了笑："前次我在归德，亲身遇到了从徐州逃出来的溃兵，也是到处抢劫杀人。徐州的元帅徒单益都，根本没有任何管束士兵的举动。那次如果不是将军您率军赶往徐州收拢败兵，那里的百姓会遭到更多的劫虐。"

白华与武仙默然无语。王琬和彭渊亲眼见过归德的惨景，全都暗自点头。

冉琎接着问："二位想过没有，金国军队的军纪为什么每况愈下？"

白华愧然叹道："我们是身在其中，反而不好言说了。"

冉琎看着王琬说："王鄂兄担任同知申州那时，曾经遇到饥荒。他怜悯百姓穷苦，三番五次向大金朝廷申请赈灾免赋，可是大金皇帝从来没有同意过。为什么？是大金皇帝不怜惜百姓吗？还是官员们失职，对苦苦挣扎的中原百姓视而不见？"这时无人接话。

冉琎摇头说："其实都不是。真实的原因是：大金朝廷国库空虚。跟蒙军战事吃紧，军粮尚且不足，哪里有余粮去赈灾呢？"

武仙问："所以你认为皇帝默许完颜白撒纵兵抢劫百姓，还是因为缺粮？"

冉珽点头："不错。实话说，大金国已是积重难返了。"

武仙瞪大了眼睛，突然一拍桌案，猛地站起身，呵斥道："大胆，你竟敢在大金国的军队里散布谣言，动摇军心。信不信，我现在就可以杀了你！"说完，大喊一声："来人！"

外面的亲兵听到命令，全都一拥而进。

彭渊与何忍立即站了起来，护在冉珽身旁。

白华见状，上前按住武仙："武兄，你这是干什么？"

武仙怒气冲冲，不理白华，两眼狠狠地瞪着冉珽。

白华劝道："冉先生是我的好友，也就是你的朋友。他没有把你当作外人，告诉你一些实话，你应该感谢他，怎么反而动怒了呢？"

武仙更加恼怒："连你也认为那些不实之词就是实话？看来，你我真要割席断交了！"说完，怒气冲冲地坐了下去。

冉珽呵呵一笑，再次拱手对武仙说："武将军，您应该知道君子和而不同。这里并没有外人，所以在下愿意坦诚相见。刚才我所说是不是实情，相信您也有自己的判断。"然后转头对白华说："白兄，您不用劝的，武将军是个明白人。"

武仙哼了一声，不再说话。

白华见那些亲兵站在周围，不肯退出去，便从怀里掏出了令牌，大声说道："我是皇帝钦命的监军，你们都给我出去！"

那些亲兵哪里肯听，都在看武仙的脸色。

冉珽见双方对峙僵持，也有点后悔刚才说话太过直白了，但现在怎么化解危局呢？

这时王琬忽然笑着说："都说闻名不如见面，依我看，见面还不如闻名。没想到大名鼎鼎的恒山公，竟然连一句话都承受不住！"

武仙知道她是王鄂的胞妹，受皇帝委托，身负秘密使命到燕京去。这些都是不凡之人，刚才自己的确有些孟浪了。于是他冲亲兵们摆了摆手，亲兵们便退了出去。然后武仙略带愧意地说："刚才我过于激动了，抱歉！冉先

247

生，我只是一个带军的粗汉，您不要跟我计较。"

冉琎点了点头："武将军对大金国赤胆忠心，令人钦佩！"

王琬接话说道："古人说，非我而当者是我师，谄谀我者却是吾贼。武将军，以您的阅历自然知道，一句真话有时值得千金，而一句假话却能毁掉半生哪。"

武仙心里对这话是赞同的，长叹一声："有些事，武某也知道，只是心里实在不好受。活在当下这个世道，大家都不易。各人的路自己走，选错了也不用抱怨。我真的很羡慕各位，因为你们还有机会选择；可是我，已经没有选择了！"

众人听他的话，似乎对大金国的现状、对自己都很不满意。

"所以刚才失态了，见笑。"武仙说完，冲着众人弯腰，叉手施了一个礼，随即吩咐亲随开酒宴招待众人。

此时众人各有心事，于是这场宴席便匆匆了事。

随后众人来到客栈稍事休息。王琬埋怨冉琎："你刚才何必说那些话呢？"

冉琎微微一笑："不这样说，也试探不出武仙的真心所想。"

"那又何必，难不成你还想策反了他，为大宋效力？"

冉琎苦笑。

"那你说那些话，白白刺激了人家，又有什么意义吗？"

白华在旁听到这话，呵呵笑道："有李全、夏全等人的例子，武仙他怎么会投奔大宋呢？说实话，大金皇帝倒真不担心他们投宋，却最恨他们投奔蒙古，再为蒙古人打自己。"

冉琎点头："嗯，张柔就是这样。记得白兄曾经说过，中原北方汉人将领当中，李全、武仙、张柔、严实和史天泽，最是出众，并称北方汉军五虎。依你看来，究竟谁最强呢？"

白华抚须回道："要论武功，是李全最为高超，一杆铁枪，号称天下无敌。而且他势力最大时，也曾拥兵十数万。但是要论心胸谋略和品行为人，李全就是最差的。所以他最先败亡，这一点都不奇怪。"

"余下几个人呢？"

"依我看来，余下人中，还是张柔稍胜一筹。"

王琬笑着问："因为张柔是你们宗主亲自调教的吗？"

白华摇摇头，然后意味深长地回答："现在的张柔，恐怕宗主驾驭不了他了。"

王琬问："这是为什么？"

"身逢乱世，张柔他自己，只怕也是身不由己。"白华叹了一声，"不谈他也罢。你们可曾想过？就现在的形势而言，表面上是蒙古和金国，算上大宋，三方逐鹿中原，争夺天下，其实，还有各种潜伏的势力此消彼长。我们明尊教只是其中一支，还有弥勒教、白莲教，等等。"

"白大哥这么说，难道你们的宗主也有雄心争一争吗？"

白华摇头："我们宗主宅心仁厚，与世无争，一心想着天下太平无事，百姓安居乐业就好。"

冉班笑道："这样不是最好吗？难道白兄你想争霸天下？"

白华连连摇头："时势造英雄。你们看武仙、张柔、李全，甚至国用安他们，都能拥兵自重，称雄一方。可像我等这样，既不得'时'，更没有'势'，不过一个庸人罢了，哪里敢去争雄？再说我们宗主，他老人家希望天下太平，政通人和，百姓安居乐业，可是以目前的大宋来看，理想和现实相差实在太远了！"

王琬笑着问："白大哥，你对大金不满意，对大宋瞧不上眼，又说蒙古残暴无良，那你到底想要怎样？"

白华的情绪突然有些低落："在这样的世道里，其实我也一直很迷惘。"

冉班笑了："白兄，不如最终跟我一起到云台山上去修道如何？"

王琬笑着说："如果说冉兄去修道，我还能相信几分。白大哥你不会的，万一将来金国和大宋都不行了，你一定会退隐泉林，著书立说去了。"可是说完这话，王琬立刻有些后悔地看着冉班。

三人正说着话时，何忍进来了，带来了一个消息，完颜合达大军开进滑州境内，想要接应被打散的完颜白撒军队，却因为大水所阻，又不知路径，被迫绕道瓦岗山。结果在那里被张柔军和赶来助战的史天泽大军围在山上。现在张柔和史天泽各自带领军队，一刻不停地向山上攻击，完颜合达岌岌可危。

白华听罢，紧皱双眉，立即在桌案上摊开了大幅图本。冉璘和王琬也上前观看。三人看了一会儿，白华自言自语："史天泽的军队一直在卫州，他能及时赶到瓦岗山一起围攻完颜合达，这行军的动作真是太快了！"

冉璘一边看图，一边说道："张柔和史天泽两个一直相互配合，一旦出现了战机，就迅速靠拢共同歼敌。完颜白撒应该就是吃了这个亏。"

"如何打破他们，冉兄有什么高见？"

冉璘的目光看向了滑州城："张柔放水淹了滑州城，现在就算水开始消退了，那里的道路必定还是泥泞难行。可从卫州到滑州的路应该是干的，所以史天泽行军速度一定不慢。"

"冉兄的意思是，如果武仙军队现在就出发，也能很快地追到那里去参战？"

冉璘摇头："张柔和史天泽两个，都是人精一般，一定会在半道埋下重兵。"

白华有些怀疑："围了完颜合达，引诱武仙过来，可这还是用过的老套路。"

"只要有用，他们不会犹豫的。"

王琬笑了："他们两个跟师父没学好吧，为什么只会一个招数？"

"看来王大小姐有办法了，那就请教了？"

王琬从容回道："他们的目标是武仙，可他们忘了，自己身后还有一支军队。"

第四十六章　瓦岗之战（二）

白华疑惑地问："你说的是蒲察官奴吗？"

"是啊。"

白华摇头："这种人还能打什么仗？"

冉琎忽然笑了："还是琬妹机敏。白兄，你忘了，滑州城里有能打仗的人！"

"你说的是张惠和范成进他们？"

"正是。蒲察官奴怯战不出，张柔一直围攻城池，从没见过他们主动出击过，一定对守将很是轻视。这时张惠他们如果出击史天泽的背后，一定会大出他的意料之外。"

白华手拍桌案说道："太好了，这就是一支奇兵！史天泽一心等着武仙，却想不到从自己的背后，还能有一支能打的军队杀过来。"

随后白华赶到中军大帐，跟武仙商量这个对策。

武仙连连摇头："计策虽然不错，但滑州城主帅蒲察官奴，成事不足，败事有余，他一定会阻挠出兵。"

白华以手用力地捶击桌案："那就免掉他的主帅之职。我是皇上委派的监军，如果他因为胆怯避战而贻误战机，那我可以就地免了他。"

武仙惊讶地看着他："白兄，想不到你有这么大的魄力！"

"事不宜迟，我现在就得动身。"

"那好，我派五千精兵助你。再选一些本地人带路，抄小道进入滑州城。"

"多谢武兄。对了,我们做戏一定得做足啊!"

武仙一拍胸脯:"你放心,明天我就派军大张旗鼓地往滑州开过去,吸引他们的注意。"

两人商议已定,白华连夜率领军队出发,在黎明前顺利地进了城。

一切正如预料,蒲察官奴听白华讲了用兵策略后,头摇得就像拨浪鼓一样:"监军大人,你初来乍到,不知道张柔他们的厉害。他们怎么会不防备我们呢?不行,我绝不允许你们去冒险!"

白华劝道:"大帅,我们只需一半兵力出击就够了。还有一半守城,你担心什么呢?"

"不行,绝对不行。"

"大帅,机不可失,时不再来啊!"

"你不用再说了!皇上让我守城,并没有要我出战。况且在本帅看来,你这个办法没有任何胜算。"

站在下面的张惠和范成进他们,都是久经战阵的将领,立刻看出白华的计划完全可行。

张惠本就看不起蒲察官奴,现在见他强行阻挡,顿时又气又急,走出来大声说道:"大帅让我去吧,如果有什么闪失,你拿我抵罪就是。"

蒲察官奴呵斥道:"你懂什么?还不下去!"

张惠不禁大怒:"皇上亲封我为临淄郡王。你就这样跟本王说话吗?"

蒲察官奴一愣,随即冷笑:"嘿嘿,你有王爵又怎样?现在兵权在我,你不听本帅命令,想要造反吗?来人。"帐外的几个卫兵立即进来,准备拿人。

这下可激怒了范成进和王义深,两人双双站到张惠前面,怒目瞪着蒲察官奴。一时间,双方剑拔弩张。

白华见形势紧张,知道此刻不拿下蒲察官奴,势必无法出兵了。于是他掏出了金主交给他的金牌,大声喊道:"蒲察官奴接旨。"

蒲察官奴见到金牌,虽然极不情愿,只得走下主帅大案,半跪下向金牌行礼。

白华说道："皇上命我到卫州、滑州监军，予我临事自决之权。蒲察官奴，你一味怯战，困守孤城，致使敌人嚣张，竟然引水灌城，给军民带来巨大损失。本官现在迫不得已，行使皇命，免去你主帅之职，由本官暂代。现在交印吧！"

说完，不等蒲察官奴起身，白华走到主帅案前，将大印拿在手上，然后坐了下去。

张惠反应很快，立即蹲下身参拜："参见白大帅。"

其他将领见状，都陆续跟着参拜了。蒲察官奴虽然心中无比恼恨，但已失兵权，此刻不得不低下头，只好忍气含辱，也参拜了下去。

白华就领着众将走到大幅挂图之前，仔细讲解，一一吩咐。众将听他分派完毕，不由得全都喜不自胜，信心百倍。

张惠尤其兴奋："白大人，我们已经憋屈太久了，早就盼着打这一仗了，这是我们投奔大金国以来的第一仗，此战必胜！"

范成进和王义深等众将跟着喊道："此战必胜……"

瓦岗山，山势极其雄险，易守难攻。隋末之时，翟让、李密、李世勣和秦琼等英雄好汉，曾经在这里结义反隋。

此刻，白华与冉玼站到了山北之巅，眺望远处，见张惠和范成进等人的军队顺利展开，到达了各自指定的阵位。白华手拿令旗，等待探马最后确认敌军的位置。

越是大战来临之前，越是一片肃杀静寂。白华看着山中景致，喟然叹道："可惜了这一片壮美河山，我汉家英雄辈出之地，今天竟然变成了蒙、金两军厮杀的战场。"

冉玼在旁见他这番感慨，便笑着说："'人生到处知何似，应似飞鸿踏雪泥。'无论是昔日瓦岗寨英雄，还是今天这里的战场，不过都是人世间的雪泥鸿爪罢了。"

白华又摇了摇头："是啊，只是可惜眼前如此壮美的景致，即将变成血

253

腥杀戮的战场。"

冉珽点头："兵凶战危之地，所以我坚持不让琬妹跟了来。"

白华看着冉珽："你们去燕京之后的处境，只怕丝毫不亚于这里。看不见的敌人和刀剑，比战场上的真刀真枪更加凶险。"

冉珽默然。

过了一会儿，探马回来汇报敌军的位置。白华打开图本，标注确认后，命令传令官打出旗号，发出了进攻命令。张惠、范成进和王义深接到命令后，分头领军向史天泽军的背后猛插过去。

大约半个时辰之后，山里四处回响着厮杀的声音。突然遇袭的史天泽完全没有想到，自己的身后会有军队杀来。他随即发现敌军非常勇悍，远非滑州城里颓丧的金军可比。这些金国士兵不断地被射倒，却又如同潮水般不断地涌上来，很快双方士兵开始接触，展开了肉搏。

史天泽眼看自己的士兵纷纷被砍倒，惊讶之余，不禁有些心慌起来。正在这时，探马紧急来报，武仙大军出动，正在向滑州赶来。史天泽寻思，如果此时不走，很快就将陷入两边敌人的夹击。万般无奈之下，于是他果断下令全军撤退。

张惠等人率军趁势猛追，一直追到了卫州境内才收军。而张柔得知史天泽败走后，担心自己腹背受敌，也下令全军撤走。被围在山上的完颜合达得知之后，立刻率军追击，一直追到几十里之外。这一战，白华不但解救了被围的完颜合达，而且大败了史天泽和张柔，获得全胜。

随后几天，张柔和史天泽不约而同地停止攻城，转而只在城外设伏，想要野战歼灭金军。至此，两军在卫州和滑州两地，形成了对峙僵持。

随后几天，冉珽让何忍派人，四处寻找通往燕京的路径。

终于有本地人告知了他们一条隐秘的途径，但是必须得渡河。有一个叫白马渡的地方，自古以来就是黄河故道的渡口，附近有以往的官道可以行走。因为黄河南迁，那里河道水流逐渐减少，多年来退化成一条小河，河运从此荒废，所以官道也废弃不用。最近张柔决堤放水后，白马渡被水灌满。

他们可以在白马古渡那里过河，再沿着废弃的官道直奔大名府和中都而去。

冉珽和王琬得知后很是高兴，何忍又说："渡口现在被张柔的军队占着。前些日子，我们几次派人去联络张柔，可他都没有回应。"

王琬问："再派人去联络看看呢？"

何忍却笑着说："这次不用我们再派人了，张柔已经主动派人联络了我，说他期盼见一见白华和冉珽二位尊使。"

王琬问道："为什么他要这样前倨而后恭？莫非他有什么诡诈？"

冉珽苦笑了："琬妹你一直待在书斋里，恐怕对如今的世道人情还有所不知。"

"请教了，冉兄。"

白华笑着回答道："那是因为他们这次吃了败仗。张柔可能很是气馁，他想不明白，为什么同样是滑州城里的军队，在瓦岗山上的表现会截然不同？"

这时，何忍和彭渊都钦佩地看着白华和冉珽。

何忍接话说："他肯定派人打探过，滑州城里虽然还是那支军队，但统帅换成了我们的光明尊使白华大人，更有智慧尊使助阵。他当然想见面了。"

白华点点头："换一个角度看，如果我们这次打不赢，可能他对我们还是不理不睬。"

王琬摇头笑了："不是说此人豪侠仗义吗？可他这般行事，竟像个奸商一样。"

白华问："为什么说他像奸商呢？"

"我看这个张柔待人，翻脸就像翻书一样迅速！三百六十行当中，一般就数商人最精于计较。谁能帮他得利，他就向谁献媚；反之，就会冷脸对待。"

白华抚须微笑："世间事都有通理。趋利避害，人之常情，更何况是这个世道！若你对他无用，甚至可能有害，他自然不会待见；如果相反的话，他自然会主动找你来了！"

255

何忍问："二位尊使，那要不要见他呢？"

冉琎回答："当然要见，但是地点必须由我们定。"

王琬补充道："必须在那个白马渡口。"

冉琎和白华听罢，都是会心一笑。

第四十七章　白马渡口（一）

于是白华派人跟张柔约定，第二天上午巳时，在白马渡口会见。

当夜，冉琎跟王琬精心准备了行装。白华给二人准备了一辆上好的马车，给彭渊等提供了上等好马。何忍又预备了各处的图本以及路途所需的各种物什。

第二天黎明时分，白华带了两千兵马，护送王琬和冉琎前往白马渡口。

行到半路时，后面有一队人马追来。一个军校跑来向白华报告，是完颜合达将军到了，说有事情要跟冉琎先生讲。于是众人便下了车马等待。

片刻之后，完颜合达追到，下马先对白华说："白大人，我奉皇上旨意，有话要问冉先生和王姑娘。"

白华有些诧异，却只淡然回道："完颜将军请便。"

冉琎和王琬也在纳闷，金主要干什么？

完颜合达走到冉琎跟前，做一个手势请冉琎跟他走到一旁，说道："冉先生，你们是不是现在就要去中都？"

"不瞒将军，是有这个打算。不过，还不知道能否成行。"

"哦，这是为什么？"

"我们正要赶往白马渡口，已经在那里准备了渡船。只是不知道张柔守军会不会给我们放行。"

"既然有蒙军阻挡，你们多半过不去吧？"

冉琎笑道："张柔跟在下还算有点缘分，所以我想去试一试。"

完颜合达点点头，他正是听说张柔约见了白华和冉琎，不由得起了疑心，于是追上来探问究竟。现在看起来，冉璡对自己并没有什么遮掩，接着问道："冉先生此去燕京，路途遥远，而且颇有凶险。如果先生有什么顾虑，就不要去了吧？"

冉璡拱手回答："完颜将军的好意，我心领了。只是让王琬姑娘孤身到中都去，在下怎么可能放心呢？"

完颜合达愣了一下，哈哈笑道："好，好！"然后对冉璡身旁的王琬说："王姑娘，到了蒙古人那里，一切都要小心！"

"完颜将军请放心。"

完颜合达叹了一声："如果见到岐国公主，一定要替我转达一声问候。我是眼看着她从小长到大的，后来迫不得已又亲自送她去蒙古和亲，想起来就非常难受啊！"

王琬见完颜合达动了情，也有些感动，劝慰道："锦瑢她在蒙古那里很好，非常尊贵，人们都敬称她为公主皇后。将军就放宽心吧。"

完颜合达点点头，将手里的一个锦盒交给王琬："这是我送给她的礼物，如有合适的机会，请你务必转交给她。"

王琬接过了锦盒："将军放心，礼物一定带到。"

完颜合达又转头对冉璡说："冉先生从蒙古回来后，就不要再去南朝了吧。"

冉璡问："将军这是何意？"

完颜合达突然一改刚才的口吻，郑重地说道："皇帝陛下口谕：'冉璡先生才智超群，朕很喜欢。'"这时他停了一下，见冉璡没有任何表示，完颜合达心里有些不悦，继续说道："陛下对我说，冉先生功成归来之后，他将亲自出城迎接，之后要拜先生为兵部侍郎，白华担任兵部尚书。冉先生，我给您贺喜了，只要您愿意辅佐大金，就跟白华一道掌管兵部，辅佐皇上平定天下，这真是难得的君臣际遇啊！"

冉璡拱手称谢："完颜将军，陛下对我青眼有加，这实在愧不敢当。如果我本就是金国人，一定愿给陛下报效犬马之劳。只是我身为大宋之人，从来不敢忘记自己的出身。还请陛下见谅。"

完颜合达的双眼顿时就瞪了起来，双手紧握成拳："冉先生，本帅是个粗人，说话一向直截了当。据我所知，你在南朝不过是一个小吏，不要说开府建牙了，恐怕连你们皇帝和宰相这些高官的面，都没有机会见到吧？"

"不错。"

"身为小吏，你只能整日跟南朝那些庸官一起蝇营狗苟。纵使你满腹才华，何日才能建功立业？如果不能出人头地，你岂不枉为男儿一世？"

冉琎再次拱手，微笑着说："完颜将军，在下自幼修道，深信富贵犹如浮云，生不带来，死不带走。人生苦短，转瞬即逝，但求无愧于心。就请将军不要再说了。"

这时王琬见完颜合达的脸色越来越难看，便打圆场说："完颜将军，我们此去燕京，危机重重。还不知道能不能全身而退，现在说这些都太早了吧。"

完颜合达这才和缓了些，说道："王姑娘说得有道理。罢了，希望冉先生认真考虑一下本帅的良苦用心。那本帅就祝你们一路平顺，马到成功。"

王琬赶紧拉着冉琎回到了马车上。

而白华早就瞧见了他们对话的神情不对，正担心着，见谈话结束了，便走到完颜合达马前，说道："完颜将军，还请你们的人马就停在这里吧。如果张柔看见，可能会以为我们要袭击他。"

完颜合达点头同意，然后郑重地对白华说道："请白大人转告冉先生，如果能从蒙古顺利回来，就不要再去汴梁了。"

白华有些愕然："老将军这是何意？"

完颜合达冷冷地回道："这是为了他好。"说完，就带着人马离开了。

白华和冉琎、王琬等人重新启程，赶往白马渡口。路上白华一直回味完颜合达话中的意思，心想，难道是有人要对冉琎不利？于是询问冉琎、王琬刚才的情形。

当他听说金主要拜他做兵部尚书，冉琎为侍郎时，不由得抚须笑道："怪不得。"随后白华就把完颜合达离开前说的话转述给二人。"看来,我们这位皇帝真是看中了冉兄。他必定是下了命令,如果你接受了他的好意,还倒罢了;如果拒绝,他应该是让完颜合达见机处置了冉兄。只不过,刚才完颜合达并没有下手。"

王琬愤怒地说:"都说帝王心术,'飞鸟尽,良弓藏'。臣下一旦没有了利用价值,君王出于对他的忌惮之心,将无情地抛弃,甚至杀害臣下。可是我们都还没到燕京呢,他怎么就起了杀心?"

冉琎苦笑了:"琬妹,这位皇帝心里想的是,无论任何人,如果不能为大金国所用,那么宁愿现在就毁了他,也不能让大金多一个未来的强敌。"

旁边的彭渊大怒,说道:"心胸这么狭隘,他如果不亡国,天理难容!"

白华摇摇头,轻声叹了一口气。

随后众人一路无语地向前赶路。距离白马渡口不到10里的时候,探马来报,白马渡口附近的驻军已经移走,目前渡口附近没有一兵一卒,只有几艘船只停靠在岸上,船上都有艄公。

白华下令随行的军马就地停下,不再前行,然后跟冉琎、王琬商议了一下后,只带了十几个随从,护持着王琬的马车向渡口奔去。

恰好就在巳时刚过,众人到达白马渡口,却不见张柔的踪影。但可以清晰地望见,远处有几艘船只停靠在岸边。

彭渊问何忍:"你跟张柔有没有约定如何见面?"

何忍挠挠头:"只说了在渡口见面,并没有说其他。"

白华和冉琎就认真地观察着那几艘船只。

何忍问:"二位尊使,要不我到船那边去看看如何?"

彭渊跟着说:"那我也跟去吧,也好有个照应。"

冉琎点头同意:"二位堂主要小心些,一旦情形不对,就马上撤回来。"

彭渊与何忍领命,策马向那里奔去。就在快到河边的时候,在一艘船的船头站起了一个人来。这人虽然并不十分高大,但身材极为雄健匀称,动作沉稳有力。何忍一眼就认出了,此人正是大力尊使张柔。

何忍上前施礼说道:"见过尊使了。"

张柔点点头:"他们都到了。"

"是的。"

"那好,现在领我去见他们。"说完,张柔跳下船,向他们走了过来。

何忍和彭渊下马。何忍向张柔介绍:"这位是金陵分堂的堂主彭渊。"

彭渊向张柔施礼。张柔问道:"堂主免礼,你是跟着智慧尊使一起到北方来的吗?"

"是的。冉琏先生正在等候,光明尊使白华大人也在前面。"

张柔点头说:"那好,我现在就去。"

说罢,三个人一起走向冉琏和王琬的车驾。冉琏和白华也都下了马,向前迎了上来。冉琏仔细打量了一下张柔,只见此人留着短须,眼眸极其明亮,犹如鹰隼一般锐利,不停地闪烁着精光。白华上前拱手说道:"张将军,别来无恙!"

张柔叉手还礼:"不敢,您在我们几个人中排位最尊,该我向您请安才对。"说完一揖到底。

白华上前扶起张柔:"张将军太客套了。我给你介绍一下,这位是新任智慧尊使冉琏先生。"

张柔上下打量了一下冉琏,心想,此人既然能被师父谢昊看中,一定有着过人之能。于是他极为谦逊地说道:"久闻先生大名,今日才得见面,真是幸会。"

冉琏拱手作揖:"张将军大名,早就如雷贯耳,是在下有幸才得遇见将军。"

说完,三人互相看看,都笑了起来。

第四十八章　白马渡口（二）

冉珊主动拿出了自己那枚墨绿色龙凤玉璜，白华和张柔也各自掏出了自己的玉璜，彼此交换互相欣赏了一番。

看完之后，张柔问白华："宗主他老人家，一向可好？"

白华苦笑着摇了摇头："你可是问错人了，我已经多年未见他老人家。"

张柔的目光便转向冉珊。

冉珊笑道："宗主身体康健，精神矍铄。他平日里很是挂念二位，所以吩咐我到金国来请白华大人回去。"

张柔问白华："那你要辞官回南朝去吗？"

白华摇了摇头，又点点头："早晚的事吧。"

张柔听他这样回答，有些意外，笑着问："白兄现在是金国柱梁之臣，怎么可以一走了之？"

"过誉了，张将军。有没有在下，大金国都是一样的。"

张柔的眼睛闪烁了几下："这话可并非事实哪，白兄过谦了。据我所知，现在大金皇帝能用的人实在屈指可数，白兄算得上是大金国高层官员的中流砥柱。"

白华苦笑，摇头不答。

冉珊便岔开话题，笑着问："张将军饮酒吗？"

"那是自然。只是我们军中规矩极严，出兵在外，严禁军中饮酒。我必须带好这个头。"

"张将军，此处并非军中，今日又不打仗，小酌几壶不妨事吧。"

张柔听冉珽说得有理，而且跟他又是初会，不好随意拒绝了人家，便顺势点了点头："那就恭敬不如从命了。"

白华回头吩咐差事，将携带的上品好酒取了来。这时众人看见河边有一棵硕大的古松，树旁恰好有一个凉亭。于是众人全都走了过去。差事手脚很快，片刻间将酒菜布好。

那几个酒瓮刚一打开，酒香立即扑鼻而来。

张柔顿时喜不自胜。众人见他这般模样，就知道他也是个极其好酒之人。果然，张柔迫不及待地开了一坛，端起来给白华和冉珽斟满酒，然后给自己也倒满，端起来说道："今日明尊教三位尊使、两位堂主在此聚会，实在是天作之缘。让我们为这个机缘，一起干了！"

于是众人端起酒盏满饮了一碗。随后白华和冉珽各自敬酒，三人接连饮了三碗。彭渊与何忍再分别敬过，只有紧挨冉珽身边的王琬浅浅地喝了几口。张柔何等精明，早就瞧出她是女扮男装，询问的目光便看向了冉珽，问道："这位是？"

冉珽毫不犹豫地回答："这是我的未婚妻子。"

王琬听了顿时脸庞通红，可心里却好似饮了一碗甜蜜一般。

张柔大笑："我早猜到是嫂子。"于是举杯向王琬敬酒。

王琬微笑着举杯，冉珽陪着张柔又一起连喝了几盏。

张柔饮罢连说痛快，放下酒盏说道："各位，现在这里没有外人，我有一些话，不吐不快哪。"

冉珽问："张将军请讲。"

张柔说道："我受师父培育厚恩，本该南下侍奉他老人家。可是北方乱世，战事不断，我竟一直无法脱身。张柔为了保全乡邻，只好招兵结寨自保，也算带出了一支队伍。大金朝廷见我有兵，就派人授我县令，后来又升迁我为中都留守兼知大兴。按说待我不薄，可为什么我要弃金国，而投蒙古呢？"

白华明白，他可能要游说自己了，便说："蒙古强而金国弱，张将军的选择自然是正常的。"

张柔听这话有点刺耳，就举杯起身说道："苍天在上，我张柔若是那趋炎附势、卖身投靠的眼浅之辈，就让我死于刀箭之下！"说完，将酒举过头顶敬天，然后一饮而尽。

冉琎笑道："张将军言重了。人各有志，谈不上就是投机攀附。"

张柔对冉琎顿时大增好感："冉先生有见地，不愧是恩师看中的智慧尊使。我效力蒙古，并非因为金国衰落，就抛弃了它。"

白华拱手问道："那张将军是为了什么？"

张柔侃侃而谈："那是因为，金国已经穷途末路，远非我心中能开创盛大功业之主。二位都是饱学之士，当然知道自唐以后到现在，中华之地四分五裂，再没有一统的时候。"

彭渊听了这话很是不服："张将军，这话我就不能苟同了。我大宋南迁之前，自然是统一的。"

张柔微微一笑，回答道："彭堂主，虽然我是个行伍中的粗人，但是一直牢记师父的教诲，坚持读书，丝毫不曾懈怠过。我清楚记得史书上记载，大宋之前的大唐疆域之大，甚至拥有西域极远之地，于阗以西、波斯以东，全部隶属大唐安西大都护府。且不说这些遥远之地，大宋开国的太祖和太宗，可曾管辖辽东之地？可曾收复燕云十六州？更不要说现在，只是偏安东南一隅了。"

白华微笑着说："张将军志向远大，令人敬佩！只是您话中有话，还请直说好了。"

"好。通观历朝史书后，我近来深有感触，各位，大变的时刻到了！"

冉琎问："将军所说的'大变'是什么呢？"

"那就是：中原北方即将再次归一。为什么？各位生活在南方，可能还不了解北方民众的悲惨生活。这里的百姓，不但要被金国官府强征当兵，还要承担沉重的赋税劳役。长期的兵灾匪祸不说，黄河的泛滥、蝗灾和旱灾每隔几年，就要带来一次饥荒。这几年，更加是饿殍遍野，十室九空。中原的百姓，实在太苦了……"

说到这里张柔的眼睛有些红了："就在前几天，完颜白撒再一次纵兵抢掠，我到得迟了一些，只救下了少部分人，但被杀的普通百姓估计有数千之多。"

众人一片沉默。

张柔接着说道："所以，不管谁能结束这个混账世道，哪怕是蒙古统一了北方，只要能带来安稳和平的生活，中原的百姓都认了。"

彭渊怒道："张将军，你是一个汉人，怎么可以说这样的话呢？中原是我们汉人历朝历代居住的地方，怎么可以容忍被外族入侵占领呢？"

张柔微微一笑："各位，我们现在哪里？是大金国，还是宋境？"

这句话让冉琎、王琬和彭渊不好回驳，但心里都有些不满，白华与何忍也都皱起了眉头。

这时王琬开始念起岳飞写的词句："靖康耻，犹未雪。臣子恨，何时灭？驾长车，踏破贺兰山缺。壮志饥餐胡虏肉，笑谈渴饮匈奴血。待从头，收拾旧山河，朝天阙！"

彭渊立即鼓掌大声叫好。

张柔也跟着鼓掌。彭渊便停了，两眼瞪着他。张柔也停了，说道："岳武穆是一个真英雄，我辈的楷模。"

彭渊问："将军既然敬佩武穆，为什么不跟他一样效力大宋？"

张柔摇头道："岳武穆死得太过冤枉，思之让人心寒哪！当年一心求和的南朝皇帝赵构和阴险的秦桧联手，用莫须有的罪名害死了武穆。一直期盼大宋王师北上的中原百姓，听说岳将军莫名被害，从此心死，对南朝不再抱有任何希望！岳武穆临死前的供状上只留下了八个字：'天日昭昭，天日昭昭！'我们北方士人敬拜武穆，才更加憎恶高宗赵构和秦桧那些卑污和阴毒！只要武穆不被彻底平反，正义何在？公道何在？"

彭渊立即回答："岳将军早已平反，临安建了岳庙，害死他的奸臣秦桧、王氏、张俊和万俟卨，都被铸成了铁人像，跪在那里任人唾骂。张将军，这

265

些都是往事，该翻篇了。"

"彭堂主，孝宗皇帝平反武穆的时候，当了太上皇的首恶赵构尚且在世，按理说他至少应该写一份罪己诏，向天下公布，求得天下人的宽恕。但是他一言不发，你知道为什么吗？"

彭渊紧皱双眉："张将军又有什么高见？"

"那是因为形势变了，他不能冒天下之大不韪，违背民意，强行反对平反武穆。但他却顺势把所有的脏水都泼给了秦桧。"

彭渊觉得这种话闻所未闻，一时愣住了，不知道该怎么反驳。

冉琎接话道："张将军所言虽有几分道理，但有失偏颇了。不管怎么样，最终岳将军总是平反了，可见正义仍在，公道仍在。"

"可那都是天下人的舆论逼出来的，更是出于孝宗朝廷北伐的需要，南朝当权者才肯为岳将军平反。后来南朝又要和谈了，于是秦桧就被史弥远平了反，恢复了他的爵位以及'忠献'谥号！"

彭渊摇头："张将军，对你这样说法，我无法接受。"

张柔笑了笑。

白华点头说："不错，南朝官方对待秦桧的政策，总是来回反复，的确会让人们对它的道义产生怀疑。"

张柔接着说道："让人怀疑的不止这一件事情。南朝如何对待李全的，我们这些人全都看在了眼里。不瞒各位说，前不久严实和史天泽跟我议论过李全的事情，我们一致认为，南朝朝廷不可信任！"

冉琎立即说："张将军，李全之败纯属咎由自取。这一点我最清楚了。"随后将李全派人到临安纵火杀人以及长期以来他拥兵自重、称霸江淮、四处劫掠的这些事都告诉了张柔。

张柔听罢默然。

白华叹道："李全就是个野心勃勃的乱世枭雄，即使大宋不剿了他，金国也迟早会灭了他的。"

张柔回答："不谈他了。刚才我说了那些话，就是想告诉各位：天下即将大变。谁能够看清趋势，就可以进则建功立业，退则保身齐家。各位深思啊！"说完，他期待的眼神看着冉珽和白华二人，希望他们能留在北方，跟他一起共事。

冉珽拱手回答："将军的好意，冉某自然清楚。不过三军可以夺帅，匹夫不可夺志。在下虽然只是一个南朝小吏，但现在不想稍改初心，将来更加不会。"

王琬钦佩地看着身边的冉珽，而心情却异常复杂起来。

彭渊听罢立即大声地叫好。

张柔叹了一声说："真希望将来我们是友军，绝不是彼此刀兵相向的敌人。"